记得住乡愁

人民日报文艺部 —— 主编

人民日报出版社
北京

出版前言

党的十八大以来，我国经济社会发展取得历史性成就、发生历史性变革。为记录伟大时代、讲好中国故事，《人民日报》大地副刊深耕现实题材，坚持人文视角，以一篇篇散文佳作展现城市发展和山乡巨变，彰显时代风貌与奋进精神。这里面，有"我与一座城"的相伴与成长，有"遇见一棵树"的欣喜与希冀，有"记得住乡愁"的追寻与感怀……城市与人、草木与人、乡村与人，细微之处见真情，在故事的娓娓讲述中，让人们触摸时代的脉动，聆听社会发展的足音。

书中文章的遴选与编排，大致遵循如下原则：以 2012 年以来发表的文章为主；同一本书中，同一作者一般只选取一篇代表作；文章以地理空间为依据排序。书中穿插精美图片，图文并茂，为读者提供更多的视觉享受。

可以说，遴选出来的这些文章，凝聚了《人民日报》大地副刊以文学作品讲好中国故事的探索与实践。诚愿这三本小书能让读者感受到向上的力量，获得情感的共鸣，并收获阅读的乐趣。

编　者

001	不识故乡路 / 于其超
005	故乡的庭院 / 田　霞
009	村中老井 / 陈庆礼
012	总有一条小河在心中流淌 / 李培禹
017	长调在，故乡在 / 艾　平
022	每年归乡"七天农" / 郭震海
026	月照相思 / 侯志明
028	剪窗花过年 / 肖复兴

033	第九户人家 / 李青松
039	故乡的河 / 李建臣
043	泥做的童年 / 包利民
047	何处是乡愁（外一章）/ 梁　衡
054	木质的村庄 / 王　芸
058	山那边的憧憬 / 宋静思
061	爷爷的金色田野 / 杨汉立
067	秋山响水 / 徐　迅
070	家乡雨 / 安　谅

- 073 湿漉漉的石板街 / 程秋生
- 076 露珠里的村庄 / 洪忠佩
- 079 到佛子岭去 / 叶　辛
- 087 目光里的松阳 / 彭　程
- 094 侨乡楼语 / 陈志泽
- 098 踏雪归乡 / 张金凤
- 102 尚田，福田 / 苏沧桑
- 108 娄底走笔 / 谭　谈
- 112 大陈的风 / 陈加斌
- 117 河流的方向 / 陆　梅

- 121 古风古韵浸透塘栖 / 韩小蕙
- 125 故乡的这片湖 / 何建明
- 129 行在桃木坞和半山 / 李晓君
- 132 深巷里的老墙 / 梁　衡
- 138 有一个故事，叫长江 / 刘汉俊
- 148 告别泥涂 / 刘庆邦
- 152 丹水北去 / 周大新

158	蛙声里的记忆 / 秦伟文
160	流年背影 / 李　伟
166	山村七夕夜 / 徐　鲁
171	风中有棵布惊草 / 郭志锋
175	稻香里的乡愁 / 梅　洁
181	从前的那条学前街 / 费伟伟
188	不忘家乡水 / 谭仲池
192	桃花医 / 刘群华

196	在水的那一方 / 段吉雄
199	漫水村的好日子 / 王跃文
203	大桂山深处 / 王剑冰
207	一起去看山 / 阿　来
219	地名记着所有的事 / 文　猛
223	草木故园 / 彭家河
227	在泸沽湖的波光里 / 梁　君
232	苍溪之溪 / 李　汀
236	武隆的山水交响诗 / 陈世旭

239　回家　回家 / 陈忠实

245　与那村庄的距离 / 王明宇

251　回家的路 / 荆永鸣

256　日子里的黄河 / 秦　岭

262　最是一曲解乡愁 / 安雷生

265　当雄浑的天山打开自己 / 熊红久

272　回乡记 / 许　锋

279　老家在山上 / 马宇龙

283　我家门前 / 王　选

不识故乡路

于其超

离开故乡55载，故乡的黄土阡陌始终在我脑海中明亮着。那些泥土道路笔直平坦，在田野村镇中纵横交错，白白的、亮亮的，悠远而清晰，坦率而真实。

我在故乡只生活了14个年头，对于故乡的记忆好像只有那条沙黄色平直的土路和在那土路上蹒跚着的母亲的身影。

我5岁时父亲随抗日部队远走了，再没有回来。母亲便在无望中守着活寡。她不甘家徒四壁的凄冷，便常带了我到15公里外的姥姥家去住。姥姥也是从年轻寡居，但我有舅有姨，还有舅家的表弟表妹们，姥姥家比我家热闹得多。憨厚的舅舅很敬重我母亲，也爱怜他这个外甥，我在这里能得到特殊的照顾和呵护，幼小的我视姥姥家为天堂，总涌动着对姥姥家的向往。那15公里光亮的泥土道就被我那双小脚板踩熟了。起初总是母亲牵着我的手，听着我那小脚板在她身边呱唧呱唧地响，这声音唤起母亲的惬意和希望。碰到小坑洼，那温暖的手只轻轻一提，我就蹦过去了。母亲笑，我也笑。路漫漫，但我们母子在跋涉中总洋溢着欢乐。大些，我开始不耐烦母亲那双小脚的蹒跚，常常一个人欢蹦着跑到前面去，把母亲甩得老远。

这条黄土大道平躺在农田中间，道中央是两条深深的木轮铁瓦大车

压出的辙沟,它就像火车的铁轨一样,伸向望不到边的远方。辙沟两边是十分坚硬光滑的人行小道,再外面便是被踩平了的野草了。这种草因其生命力极强,根须多而深固,不易拔出来,家乡人给个诨号叫"拌倒驴"。道两边长着这样的草,雨天也好走,踩在上面沙沙响,不沾泥。

母亲手臂上挎着包袱,一摇一摆走得很慢,我常窜到很远的前方,在道边的石碑旁等她。15公里路程中有两座石碑,很显眼地兀立在道旁。一座在前半程,一座在后半程,正好形成我们的里程碑。母亲那速度,给我不少在碑座上玩耍的机会。头一座碑上刻着四个大字"三世完贞",后一座上刻着"四世同堂";都是正楷,字很大,方可尺许。这两座石碑长年累月矗立在荒郊野道旁,我幼小的心灵也曾泛起过若许的悲壮和苍凉感。每次路过这里,小脑瓜总会莫名地沉思一会儿,也只是一会儿,然后便痛快地玩起来。

快到姥姥家的时候,母亲常走进道旁的地里,去撷些叶还绿着可是荚已涨满的豆棵,要我抱着。

"回去叫姥姥煮给你吃。"

"娘!你怎么能撷人家的豆子?"

"你又忘啦,这不是你姥姥家的地吗,这黄豆是你舅种的啊!"

每次走到这里母亲总要给我采撷点什么,劈几穗玉米或掐一把将熟的麦穗儿,由我满怀地抱着,到家交给姥姥给我烧了吃。

舅是个勤苦节俭的农民,表弟表妹们甭想轻易吃到他的青豆和嫩玉米。然而舅却很乐意以这些稀罕物来犒劳他这个馋嘴的小外甥。

我是14岁跟八路军走的,辗转南下,后来在江南当兵。母亲不堪孤独,也到青岛一家猪鬃厂做工去了。后来我调离部队,母亲也退了休,到了离故乡两千里之外我的任上，一待就是40余年。母亲曾几次提议要我陪她回趟老家，姥姥虽早已作古，母亲愿我们娘俩再走走那15公里的土路，去看看我舅和我那些表弟表妹们。但我总以工作忙为由，没有满足母亲这一心愿。后来母亲以89岁高龄而终，始终没能再回山东老家。弥留期间还讷讷地要我回姥姥家看看。

那条土路母亲算走到了尽头。可是和着母亲临终的嘱托，那条黄土路仍压在我的心上。怀念故乡，怀念母亲，脑海里时常浮现母亲踽踽独行在那条土路上的身影。

古稀之年，我思亲思乡情绪泛滥，凄凄然不能自已，硬是拗了女儿们的意思，孤自一人乘火车又倒汽车经一天一夜颠簸，兴冲冲地回到故乡，目的是想去再寻找那步行15公里土路的情怀。未料希望落空。因为那土路，那石碑，连同那遍野庄稼，一概没有了踪迹，而为宽阔的柏油路、林立的高楼和一座座蔚为壮观的蔬菜大棚所替代，高高的大棚中竟然有果树，有爬上架的西瓜。啊！故乡田野的概念变了，土黄色的乡村阡陌没了，连大棚间的通道都由水泥石子修成，运蔬菜、水果的汽车往来不绝。故乡已是一番新的天地。这景致让我难以遏制心中鼓涌的澎湃激情，满心的赞美只剩了不绝于口的"啊""呀"的惊叹。记忆中乡亲们那灰漠漠的呆板的面孔，都变成了舒心的灿烂的笑颜。

我握着表弟表妹们的手，端详着他们霜发斑驳依然满面红光的喜悦神情。舅已步履趑趄，老态龙钟。望着舅，又想起母亲，以致眼眶发酸，泪珠竟沿双颊滚了下来。

我在舅家住了5天，年逾八旬的舅舅，仍像对待孩童时的我那样，喜笑颜开地和我说说笑笑，顿顿饭前问我想吃点什么。走时，大表侄用他的小汽车送我去50里外的潍坊火车站，我向他提议让我走一段先前那样的土路，表侄面有难色，笑着摇头，他腼腆地、不无歉意地说："表大伯，就算咱转遍全市所有县区，也找不到那样的土道了。以后这里还要修铁路支线呢，蔬菜水果可以直发广州、港澳。说不定您下次回来，坐着火车就可以直接到家门口了。"

　　我倚在小轿车的座椅靠背上，品味着车轮在平坦的公路上那沙沙的声音；微微合眼，两幅图画同时在我脑海屏幕上出现：一条辙沟很深的黄土路，小脚的母亲在上面趑行；一条是路基高高的铁道，满载的火车如长龙一样呼啸而过。一个是记忆，一个是憧憬，两幅图画都如现实一样清晰而真切，它们共同为我诠释着民族复兴中国梦的深刻含义。

故乡的庭院

田霞

故乡保定，城市与郊县的分界不是很明显。我们家的庭院位于城北，那里有我们的成长，有父母的爱，有兄妹之情。不久前，哥哥告诉我们说老宅的庭院被划归城市建设之列。再去看看老宅，成为我们兄妹三人共同的愿望。

一

推开很久未见的庭院，一股熟悉的味道扑来，那是嗅得到的满院子的生机盎然。树上的枣花有的已挂果，石榴花在枝头竞相开放。看着满院子黄的枣花，红的石榴花，还有那大大小小若隐若现的果子雏形，我的眼里顿时涨满了泪花。哦，那感觉难以用言语表达，那是内心久存的美好情愫被拨动。

每次探亲回保定，一定要到老宅，老宅也总有美景迎接我：初春，满园的姹紫嫣红，虽然并不是名贵之花，但在这大大的庭院里肆意开放、争奇斗艳。还有一棵一人多高的香椿树，有嫩芽已经可以掰下吃了。院墙边的三棵老榆树，历经年轮，安详地矗立着。上世纪粮食还是定量供给制的年代，我们常摘下榆钱充实餐桌，邻居也赶着季节来我们家采摘。

秋天，庭院里是真正的满园果实。院子里的五棵枣树，每一棵都有老式大瓷碗口粗，已是果实累累，压弯枝头。到深秋，枣长到最大最甜一定是熟透的时候，该采摘了，家长会选择一个晴朗的早上，全家出动打枣。打枣也叫棒枣，枣树枝被棒一棒，来年结的果子会更多。树上的枣落得最密集的时候，我会跑到树下感受枣砸在头上的快乐。按祖传，个头大、均匀而没有裂缝的枣，只需在酒里滚上几下蘸均匀，然后放在干爽的坛子里密封好，到春节打开，就是一坛坛沁着酒香、醉得火一样红的醉枣。院子里还有一棵老资格的、诱人的秋桃树，入秋不久可以吃到晚秋。桃子个头不大，脆甜脆甜的，特别是雨后，随手摘几个带上去学校晚自习，分给同学吃，曾是我最惬意的事。自家的桃子是从下往上摘着吃的，从随手可摘，到请哥哥爬上树帮着用竹竿套桃子，我们在树下仰头张着双臂接，当然，也一定有一些挂在高高的树顶上的桃子，我们不去摘，也不想摘，宁愿看着它坚持到初冬来临。那些树尖上的桃子，成就了庭院一道美景。也许是习惯老宅桃子的味道，至今我都不喜欢吃买来的桃子，无论它有多甜多新鲜。

故乡的庭院，是一段人生岁月，是记忆和留恋的地方。

二

妈妈是位医生。也因此，我们家的庭院常常比别人家更热闹些。早在上世纪七八十年代，医疗条件还没有现在这样完备，每当晚饭时分，我们的院子就开始热闹起来，周围的邻居或孩子有个头痛脑热的，总是到家里找妈妈寻医问药，有的问了忘了又折回来再问，母亲总是不厌其烦地讲啊看啊，尽己所能提供帮助。我们的晚饭也常常因此推迟。每当园子里有果子吃的时候，邻里街坊只要来找妈妈的，走时，妈妈还要摘上一些熟了的红枣或桃子让邻里带上。

  小院也有寂静的时候，那是妈妈上夜班或者参加夜校学习的时候，院子会很安静。特别是冬天，各家都早早入睡，有时寂静得甚至希望有人来才好，尤其是大人们都不在家的时候。记得一个冬天的晚上，我和妹妹关上院子的大门，在客厅里把门锁好，等着大人回来。外面一声狗叫，顷刻连成一片，妹妹睁大眼睛，害怕地盯着我，我就更加害怕，院子里的一丁点声音都会让我们更加害怕，盼望爸爸妈妈或者哥哥快点回来，或者来个邻居也好。当时，很难理解，妈妈已经是主治医生，医院的骨干力量，工作非常辛苦劳累，值夜班还常出急诊，干吗还要晚上上夜校进修。尤其是只要上解剖课，回到家满身浓浓的来苏水味，甚至搞得姥姥一到我家来就说我们家的饭菜都有来苏水味。

  妈妈还不到六十三岁就离开了我们，先于爸爸八年去世。每到清明，我们兄妹去墓地祭扫，总会在父母墓前遇到不熟悉的面孔，有说是妈妈医院的同事、晚辈、朋友，有说是爸爸的老朋友。有一次看到一位年迈的老人在墓前念叨着，我们没去惊扰，当她发现我们，不断地说着对妈妈的怀念：陈大夫是个好医生，不仅医术好，对我们病人更好。我常想她，想和她多说说话，可惜她走得太早了……我又何尝不遗憾，当兵在外，回家的机会并不多，与妈妈交流也就更少。当然，也有很多生活片段却记忆犹新，温暖着我的人生。

  我们想念父母，那是内心不可触碰的亲情和无法释然的疼痛。父辈对职业的敬重，母亲，一位普通医生对自己工作的极端负责和热爱，与

病人建立起的特殊医患关系和友情，都给子女留下很深的烙印和记忆，甚至影响着我们的人生态度。

亲情是我人生的珍藏和财富，或许是很早就离开家在军营，或许是部队特殊的环境，战友们天南地北，五湖四海，筑就起军人对情感别样的感受和表达。想念家乡，依恋亲人，感怀战友，每当这样的情感涌上心头，都犹如经历一场心灵滴血般疼痛，然而却是一种难以名状的幸福陶醉与酣畅，这样的情愫与我一生相伴，如影相随。在我内心里最不能容忍任何世俗的东西触碰的就是这样的感情，因为，那是我最美好的拥有与珍藏。

离开老宅，就在关上大门的那一刻，我眼前恍惚再现，年三十家家户户都期盼的瑞雪，纷纷扬扬下了起来，洒满我家整个庭院，一个小姑娘扎着两条小辫子拽着爸爸的衣角在院子里滑雪，一边滑一边喊："爸爸，快点，再快点。"满院子里是爸爸的脚印还有小姑娘滑过的两行窄窄的印痕，不一会儿，又被纷纷扬扬的大雪覆盖，女孩还拽着爸爸的衣角，很快，院子里又滑出爸爸的大脚印和两行窄窄的印痕。就这样，嗅着过年的飘香，闻着年夜的鞭炮声，稚嫩的童音和欢笑，伴着小脚印在院子里滑呀滑，那个拽着爸爸衣角、幸福的小姑娘，就是我。

村中老井

陈庆礼

离开家乡已整整三十个年头,每逢夜深人静或闲暇孤独或烦恼浮躁之时,总泛起缕缕怀乡情思,每每想起村中那口老井。移居城里后,长住高楼顶层,饮自来水,虽也十分方便,但总是时常想起村中那口老井。

朦胧中,孩提时的我,赤着双脚,满头是汗,冒着火辣辣的太阳,飞快地跑向村中老井台,扔掉手中捕捉蜻蜓的小网,撅起屁股一头伸进刚刚出井的水桶里,像牛犊一样咕咚咕咚饮着清凉而甜甜的井水,直把肚子喝得像个气蛤蟆,才抬起头在大人的巴掌下飞快跑掉了。

记忆里我家住的村子是一个典型的北方农庄,方圆占地仅百余亩,农舍聚聚散散,树木疏疏密密,村外环绕着一条弯弯曲曲的界沟,汇集在村后一方形似葫芦的坑塘。夏天,塘里游荡着鹅群鸭群,漂浮着荷叶荷花。老井在村子正中央,井台高三尺,由四块花岗岩石围成;井深丈余,用青砖砌就;井边有棵大柳树,老弯了腰,长条细叶犹如轻柔翠碧,树荫遮罩大半个井场。井口南两米处,竖立着两根粗糙的枣木桩子,横亘着一根梁,吊着底粗梢细中间弯曲的提水撅杆。井台四周连着一条条宽窄不一的小路,通往村子的每一个角落,像一根根绳子系着全村一百多户人家。这口井虽然很普通,但从它所占据的方位,建筑的精巧和坚固,无不显示出先辈造井者的勤劳和智慧。

　　井很古老,具体建造年代,已无从考证。听村里老人们讲,有一次洗井,淘出一个残缺的青瓷瓦罐,底上有清朝乾隆的年号。井壁的砖油光滑亮,井口的花岗石被井绳磨出道道寸把深的凹痕。井的水源很旺,历史上凡遇大旱,微山湖干过,大运河枯过,周围十里八村的井都现了底,这口老井却照常汩汩地涌着泉水。

　　一方水土养一方人,老井水质特好,用它煮饭,米豆烂得快,酿酒酒香,洗菜味鲜,烧壶白开水,也比别的井水甜。小时候听母亲说,小孩子外出带点井水走再远也不会迷路,下湖割草抓鱼带点井水喝了不会腰疼,就连村里姑娘一个个长得标致,小伙子个个生得帅气,村风民俗淳厚,大概也与长期饮用这口井水有关吧?全村人无不为拥有这口老井而感到幸运和自豪。

　　那个年代里,老井成了村人生活的伴侣,谁也离不开它。每天清晨,井台上最忙,家家都来打水,做饭洗碗、饮牛喂猪,一天要用一大缸水。天刚放亮,靠井住着的人家,就能听到铁桶、瓦罐碰撞井台的叮当声,井撅杆的吱扭声,人越来越多,有挑的、有抬的、也有提的。来了都得等,扁担桶罐放了一大片,男女老少站了一大片,老少爷们,天天见面,没多少正经话要说,不是抬杠,就是取闹。早饭后,井台又成了女人们的天地,涮的涮,洗的洗,捶衣声此起彼伏,捶不断絮絮的家长里短。井台成了人们交流思想的场所,联结感情的纽带。

　　爷爷的一生更与这口老井结下了不解之缘。从他年轻时为富人帮工,到中老年给生产队挑水喂牛,不知挑折了多少只桑木扁担,磨穿了多少双布鞋,日复一日,年复一年,随着井边老柳树,爷爷的腰一天比一天弯。老井哺育了村人,也辛苦了村人。

村中老井／陈庆礼

阔别三十年后，我又回到家，进门第一件事就是询问起老井的事来。母亲说："嘿！有好岁年不用它了，家家打了压水井，取水不要出院子，谁还愿跑那些冤枉路呀，井快被废了喽，这不，前阵子有些人嚷着要平掉它派上其他用场。"我的心情顿时失落下来，赶忙快步走向村中老井。

远远望去，老柳树还在，腰更弯了，井台还在，长满了青苔，那地方冷清多了，再也看不见旧时的热闹场面，再也听不见昔日的人户、桶声、扁担声。走上井台，我躬身抚摸着冰凉井口凹处，向井下一看，只见水中有一片很小的天，映出几丝淡淡的晚霞。

我忽感到，该劝说村人，这老柳树、这老井，应长期保留下去，不只是留下村中一景，还留下历史与文化、怀念与情感……

总有一条小河在心中流淌

李培禹

立春的前几天,北京才飘落下今冬的第一场雪。尽管它来迟了,也不是小时候见到的那样晶莹,但纷纷扬扬的雪花,还是给人们带来了欣喜。微信上,各式各样的雪花、雪景在刷屏,有的还配上了音乐——朴树在忧伤地唱着《白桦林》……

雪落无声。不知怎的,我的思绪回到了40年前下乡插队的谢辛庄,想起村旁那条连名字都没有的小河。多少年了,每逢遇到冬天的初雪,我就会想起那条小河。其实,我想不想它,它都在那儿流淌。我知道,无论它水清水浊,水缓水急,哪怕有一天它真的断流、消失了,它也还会在我的生命中静静地流淌着。

总有一条小河在心中流淌。

我们总是春天去看它,因为我们第一次从高中生成为知青,成为农民,就在4月萌春。1974年下乡插队那年,我任性地把落户的村子往山根底下靠,跟随我而来的15位同学,竟没有一人埋怨我。谢辛庄是盘山脚下的一个小村,生活比较贫苦不说,回趟京城要走上十几里土路才能搭上每天只有一趟的长途汽车。幸亏与这条小河邂逅!它是那样的美丽、清澈,从村子旁流过,绕过知青大院不远处,河面变宽,形成了一个天然湖泊。我们叫它湖,贫下中农称它"泡子",因为它的确太小了,小得连个名字也没有。水从哪里来,流到哪里去?全然不知。可在我们眼里,它真的很美：河边是茂盛的钻天杨，水岸边生长着摇曳的芦苇。"三夏"收工后从它身边走过，捧起清凉的河水擦擦汗，涮涮镰刀，顿感一身轻松。女生总能最早适应环境，她们的做法也比男生胆大。一天傍晚，我和同宿舍的立成、吴川往河边走，被一位大嫂拦住。她说，你们不能过去！为什么？大嫂郑重地说，你们的女知青在洗澡呢！"洗澡"，就是游泳，这个我们知道，但还是红了脸，心里一阵狂跳！冬天大雪纷飞，队里歇工了，我们班那几位漂亮女生竟穿上冰鞋，在湖面上滑起冰来。她们轻盈的身影，欢乐的笑声，能不迷倒我们这些正值青春期的小伙子们吗？一块儿滑冰，没有大嫂拦我们了。在几位女同学的召唤下，我第一次换上冰刀鞋，踩在冰面上，摔在冰面上……

谢辛庄的小河，你留下了我们的青春！

大学毕业后，我在京城一家报社当记者。迎接国庆35周年的时候，我已离开谢辛庄整整10年了。在我的力争下，报社领导同意了我的选题，我怀着兴奋与自信，踏上了回谢辛庄的路。当我走进谢辛庄的田间小道时，脑海里不禁涌出唐朝诗人刘皂的一首诗："客舍并州已十霜，归心日夜忆咸阳。无端更渡桑乾水，却望并州是故乡。"诗人曾经旅居他乡10年，恨不得立即离开并州，可是一旦踏上更远的路途，那客居过的并州，却也故乡似的惹人怀思，难舍难离。我那时的心情正是这样。任务完成得圆满，稿子上了要闻版头条，还配发了我拍的小河的照片。那条小河好美，引来不少读者询问，然而我真的说不出它的名字，也不知道它是哪条河流的支脉。

就在同一年，我去采访词作家乔羽，那时他已有词坛"乔老爷"的美名。无意中我和他谈起谢辛庄的小河，不想，引出了他的一个重大话题。他先用浓重的山东口音吟诵道："一条大河波浪宽，风吹稻花香两岸。

我家就在岸上住……"他说,"为什么不用'长江万里波浪宽'?"当时,电影《上甘岭》的导演沙蒙,对这首歌词非常满意,只提了一个建议:把"一条大河"改为"长江万里",这才有气魄啊。乔羽不容置疑地说:改不得,改不得!他说,长江是特指一条江,生活在长江边上的人再多也有数儿啊;而谁的家乡没有一条小河、小溪呢?这河流再小,甚至叫不出名字,但它在儿女们心中也是一条大河,一辈子也忘不了。"我家就在岸上住","岸上"就是你家、我家门前的那条小河、小溪的边上啊!

乔老爷高见。谢辛庄的小河,不也连着《我的祖国》中的那一条大河吗!

有着小河情结的,还有作家叶辛。2012年我去贵州参加一个活动,在休息室和他交谈。这位上海青年,40年前到贵州插队落户当知青,一当就是21年,当然干农活的时间没有那么长。他心中的小河叫神龙河,位于黔湘交界梵净山脚下的云舍村。他曾与乡亲们拉着绳子量过,这条河从头到尾总共长800米,不到1公里。"正是黄昏,夕阳把清澈的神龙河水洒出无数的金斑银点……土家寨子上炊烟袅袅,鸡犬相闻;村寨外头,田畴阡陌,郁郁葱葱的树木铺展到那边叫水银坡的山上,真是神龙河畔一派好风光。"叶辛把他心中的小河写成一篇美文,题作《人间最短的河》。当时我想告诉他,神龙河并非是人间最短的河,我们谢辛庄的无名小溪只有四五百米长啊……可开会的时间到了,他上台去做演讲了。

也是在同一年,2012年的深秋,我和作家凸凹同去新疆参加采风活动,在穿越塔克拉玛干沙漠时,我们看到了夕阳下的塔里木河。那是一条壮阔的大河!我给他命题,写写塔里木河吧。当时激动不已的他满口答应下来。回京后他来电话说,这文章真不好写。我以为他要退缩,不想他说的是,憋了好几天了,越难写越要写好。几天后,他交稿了,题目是"没有流进大海的河流"。这回是我激动不已了。他从家乡的拒马河，写到千里之遥的神河塔里木，在饱蘸色彩地赞美最终没有流进大海的塔里木河的同时，也渗透出作者对家乡那条小河的挚爱。

情同此心，总有一条小河在心中流淌。

去年我在无锡采访，来到荡口古镇时，竟有了一个意外收获。写出"越过高山，越过平原，跨过奔腾的黄河长江"的音乐家王莘，他的家乡在哪里？人们大都知道在天津，著名的《歌唱祖国》，就是他在从北京返回天津的火车上，在一张烟盒纸上完成的。然而，那是他新中国成立后的家。王莘的故乡是无锡荡口，他的童年是在古镇荡口的北仓河边度过的。他的家境并不好，父母在他6岁那年，省吃俭用把小王莘送进荡口施德教会学校。从此，背着书包的小儿郎，每天都要走过小桥去对面的学堂上课。午后的时光，他和小伙伴儿们就在北仓河边玩耍。晚年的作曲家，经常回到故乡，给母校捐款、捐物，义务给小学生们上音乐课，他最后的足迹留在了家乡的小河边。我们来到王莘的金色塑像前，纪念馆的音响播放着"五星红旗迎风飘扬"的旋律。我想，当他执笔书写"跨过奔腾的黄河长江"乐句时，家乡的北仓河一定在他心中奔涌吧！

思绪翻飞，似窗外的雪花在飘舞。这个夜要失眠了，我索性打开手机，一个个信息跳进来，微信群里曾经一起插队的同学们在问：老培哪儿去了？同意不同意啊，倒是给个话啊！同意什么？回村呗，回谢辛庄啊！我赶紧回复：同意同意！

总有一条小河在心中流淌。

看来，今年的回村计划等不到春暖花开了。和我一样，大家想起伴着雪花儿在小河上滑冰的情景了。那条小河，只有谢辛庄有。那时的青春，只有我们确认。

长调在,故乡在

艾平

我身着羔皮镶边的蓝色蒙古袍,佩戴祖母留下的老银子珊瑚头饰,沉静出场。我双手高扬,掌心舒展,仿佛把一条清澈的河流,献给"长生天"。在闻名于世的巴黎艺术圣殿,我的眼睛忽略了金碧辉煌,忽略了珠光宝气,甚至当我走上舞台的那一刻,竟没有在意,全场观众屏声起立,随后发出经久的掌声。我的心里没有璀璨迷离的巴黎,没有满场的唏嘘惊叹,也没有那个年轻的意大利钢琴师深深的眼神。我一如从前,面对绿野长风歌唱。

我看见百草起舞,波浪一般俯向天边,又渐渐扬起身姿,摇曳起舞,因而唱出女人的柔韧;我看见暴风雨中,那纤弱的小草,把绿色收拢于心,倔强地挺立,因而唱出青春的记忆;我看见冰层迸裂,骏马嘶鸣,白云落定,因而唱出牧人的情怀;我看见母羊不肯接受羊羔,便如泣如诉,用歌声劝奶——"陶艾格,陶艾格……毛皮比缎子柔软的小羊羔,眼睛比玛瑙还透亮的小羊羔,它是你生下的孩子啊,快快给它吃奶吧……"

我看见一个七岁的小姑娘牵着双目失明的老父亲,走在初冬的夜晚里。月光如水,霜天寂静,风的脚步那样清晰。饥饿的狼群突然从草窠里跳出来,将他们父女团团围住。父亲如大树一般沉稳,他摘下身上的

马头琴,席地而坐,徐徐奏出古老的长调《辽阔的草原》。浑身发抖的小姑娘跟着音乐慢慢唱起来,那忧伤的旋律,和雪花一起缓慢飘扬。渐渐地,小姑娘忘了恐惧,她的歌声愈发婉转悠扬。沧桑的草原,流泪的母亲,孤独的老马,折戟的天鹅,还有那覆盖万物的大雪,都走进了她的歌声。歌声弥漫旷野,徐徐注满苍穹。不知过了多久,动物的柔情也被唤醒,群狼慢慢趴下来聆听,最终悄然退去。这个小姑娘长大以后,以这一曲《辽阔的草原》赢得了1955年波兰国际青年联欢节的金质奖章,让呼伦贝尔的长调名扬四海,她就是草原人敬爱的长调歌唱家宝音德力格尔老师。每当她在草原上唱歌的时候,太阳会躲进云的影子里,吃草的牛羊会停止咀嚼,母羊会把乳房送进小羊羔的嘴里,梦中的白天鹅会翩翩起舞。

在呼伦贝尔民歌宽广的音域中,保留着人类初始对大自然的模仿,保留着游牧生活的记忆。那是来自天地、又唱给天地的歌,那是来自万籁生灵、又唱给万籁生灵的歌。那是永不枯萎的种子,世世代代在呼伦贝尔草原的土壤中发芽。

远行的那一天,那个白马金鞍的青年,送我在一片月光下。我从他的马上剪下一段亮闪闪的马尾,细细地编进自己的帽缨里,告诉他我不会因为巴黎离开草原。我说,当剪短的马尾长到地面的时候,他会听到我的长调从云端归来。

我要回来做他的新娘,将长长的宴席铺成一道彩虹,从蒙古包门前延伸到水天一色的湖畔,举办一个三天三夜不散的婚礼。让呼和诺尔的白天鹅、赫尔洪德的黑天鹅、乌兰泡的蓑羽鹤和漫天的蓝蜻蜓都来聆听我们爱情的长调。邀请所有热爱草原的朋友相聚在美丽的呼伦贝尔,面向苍天，高举金杯，祝福天地风调雨顺，五畜吉祥如意！然后，我要骑上一匹白马，与他的白马并辔而行，一直走到骏马驻足的地方，在那里驻扎起崭新的蒙古包。

在我们的新家园，红狐狸是天天来访的客人，围着我的裙裾要吃食；百灵鸟是家人，在牛粪垛上孵卵；一条条大鲤鱼在包前的湖水中撞马腿；野黄羊妈妈，把小黄羊带到绵羊群里抢吃绵羊妈妈的奶……我们要放牧满山活蹦乱跳的牛羊，生养一地身强力壮的孩子。他带小子们抱小牛犊锻炼臂力，我教姑娘们唱祖先传下来的歌。夏季深了，全家一起去捡蘑菇，采野韭菜花，打牧草……那达慕开幕，我坐在骆驼上拿着麦克风唱歌，他在草地上为摔跤的儿子加油……

等到孩子们一个个长大成人，我们俩就天天坐在云朵的影子里说话，回忆年轻时候的事。我会告诉他，巴黎留在我心里的永恒记忆，是一位侨居国外的老额吉（蒙语母亲之意），暮雪白发，皱纹里噙满眼泪。曲终人散的时候，她久久地留在观众席上不肯离去，一直等到拉住我的手，说一句——长调在，故乡就在，母亲就在。

每年归乡"七天农"

郭震海

在一年12个月份中,10月总是很特别。迎来共和国的华诞后,随之而来的便是铺天盖地的金色收获。尽管我在城中安家落户,工作生活了十余载,但庄稼和土地如烙印般早已融入周身流淌着的血液里,秋天一到,魂牵梦绕的总是金色的田野,成熟的庄稼,劳作的亲人。每年的国庆假期,当大家喧闹闹出游时,我便急切切归乡。

每一次归乡,脚踏着敦厚的土地,心灵顿感安稳,面对一株成熟的庄稼,总想低头去亲吻。在太行山那个生养我的小山沟沟里,换上宽松耐磨的衣裳,戴上一顶大草帽,挽起袖子,走进成熟的庄稼地里,当七天农人,做七天农活,帮亲人们收五谷。每年"七天农",年年如此,十余载从不曾改变。虽说每年假期结束返城后,总是双手掌内起泡,月余难消,浑身肌肉酸痛,数日不减,脸上被认生的庄稼划出一道道伤痕,时久难愈,但内心是幸福的,这种真实的幸福感远远超出身体的劳困。

站在金色的沃野里,身边的玉米、大豆和谷子走向成熟,你会发现,高远的蓝天之下,辽阔的金色大地之上,就如一个宏大的金色展台。成熟了的谷子们穿着金色的盛装,弓着身子,头上顶着沉甸甸的谷穗儿,一个个尽管累得气喘吁吁,也不忘排列着整齐的方阵,呼哧呼哧喘着粗气,等待农人们的检阅,等待着颗粒归仓。一株株玉米,不管怀里藏着多大的一个"宝贝儿",累得丢盔卸甲,也会将身子挺得笔直。阵阵秋风中,金色的躯干上金色的叶子迎风招展,哗啦啦发出金属般的脆响。黄豆子们最憨实,也很是可爱,身材原本就不高,成熟后更是矮胖矮胖的,浑身挂满了如爆竹般金色的豆荚儿。不过太阳一出来,就碰不得了,这一株株可爱的小家伙们,似乎天生就怕痒痒,若是在火辣辣的太阳下,你一不小心碰到它们,它们准会"咯咯咯"地开口笑,这一"笑"不要紧,嘴里含着的"宝贝儿"会丢一地,这会让农人们心疼死。记得,最初几年秋收,我总会忍不住跑到黄豆地里去摘熟透了的小豆荚,没少挨亲人们的数落。后来才懂得收割黄豆子,需要在清晨,此时的它们正闭着嘴还在酣睡中,等醒来后,已经被农人运到了晒场上。正午时分,骄阳当空,秋收归来,女人下厨,男人们在等待吃饭的空余,总会去晒场上故意"逗"豆子们"笑",在"咯咯咯"的笑声之中,饱满的金色"豆粒儿"会纷纷跳将出来。每年的这个时候,邻家一位李大爷总会拿一粒放在嘴里嚼,丰收的喜悦瞬间便会站在他的眉梢上。

  三春不如一秋累。金秋美如诗,秋收却不如诗一般优雅轻盈。清晨,秋收期间的太行山区已经很冷,虽说这种冷没有冬天那般凛冽,但阵阵秋风吹过,亦足可穿骨。最淘气的就是那成群结队的小露珠儿们,在原野里,它们几乎无孔不入,无处不在,或贴在小草的叶面上,或躲在庄稼的躯干后,一个个瞪着亮晶晶的小眼睛,专盯着人,你若靠近,它们就会不容分说迅速钻进你的鞋子里、裤腿里,瞬间的冰凉会穿过全身。每年国庆假期,我和亲人们一道,在清晨迎着冰冷的秋风出门去收秋,往往人未到田里,鞋子和裤腿已经湿透。太阳慢慢升起后,露珠儿们倒是全跑了,睡了一夜的庄稼却会迎着朝阳醒来,醒来后的庄稼会变得很

是认生。如在农人手里很是温顺的玉米,你若是认为它们本就这般温顺可谓大错,它们高大的躯干上,每一片叶子都是一把锯条,锯齿细小难辨却无比的锋利,划在脸上、赤裸的胳膊上,或是手上,疼痛钻心。

　　看似蛮可爱的谷子们也不好惹,它们的叶子比玉米的叶子还要强势,划伤之后,几日内奇痒难忍。倘若一片细长的谷叶进了裤腿里,若是不立即将这淘气的家伙拖出来,它会随着你的弯腰或起身,像是长了腿似的一路划着你的肌肤往上蹿。如果说清晨很冷,接近中午的太阳又如头顶扣着一个巨大的火盆子,烈日之下,汗流浃背,双腿就如灌了铅。特别是汗水浸泡着庄稼叶子划过后留下的伤痕,浑身又如长满了刺。苦累遮不住收获乐,汗水掩不掉秋收喜。不管身体多么的疲惫,看到金色的沉甸甸的收成,心总是欢愉的。成垛的玉米棒儿金灿灿,成堆的谷穗儿金灿灿,晒场上铺展开了暴晒的黄豆粒儿金灿灿,在金色的太阳下,天地之间流动着金色的光芒。秋收期间,曾无数次醉倒在那比黄金还要耀眼夺目的光芒中,无数次累极了,索性倒地,平躺在金色的玉米棒儿中,在金色的光芒中瞬间入睡,很快又会从金色的梦中笑醒。我曾仔细去留意过农人们的表情,无论身边有人或无人,只要一接近这金色的光芒,他们的脸上总是挂着甜蜜的微笑。如果这一年的收成高于往年,看吧,他们会乐疯的,个个像个孩子似的手舞足蹈,且逢人就说,这种分享幸福的劲头儿是真实的、急切的、浓烈的,更是持久的。

　　从挥动鞭儿赶着牛车到机声轰鸣开进田地,秋收也逐步现代化,不过再先进的机械化收割,也离不开人的操作。小时候父亲就告诉我,秋天是"龙口夺粮",成熟后的庄稼怕雨、怕冻,更怕风。"春种一粒粟,秋收万颗子。"农人们谁不期望着汗水能结晶、苦累变成蜜、心血可结果。所以，秋天的农人是"咬"着节令和时间赛跑，秋分节令一过就是寒露，霜降则虎视眈眈尾随其后，加之喜怒无常的秋风，捉摸不定的霜冻，秋收等不得、慢不得、拖不得，更懒不得。如果谁家的五谷因人不勤没有做到颗粒归仓，被绵绵的秋雨浸泡变质，或被无情的秋风抢了去，大家纷纷指责不论，自我的心痛就会持续很久。对于农人来说，每一粒粮食都是珍贵的，糟蹋粮食就是作孽，是不可宽恕的罪恶。

每年国庆"七天农"，一次参与就是一次难得的人生历练，一次秋收就是一次对生命的彻悟，也是人生之中一次最好的成长，更是我与乡下亲人们之间关系的一次融洽和提升。在外多年，乡下的亲人们没有因为我在城里而变得疏远，走向陌生，反而距离越来越近，交往越来越深，情感越来越浓。每年"七天农"，也让我这个吃五谷杂粮长大的孩子，不至于走得太远，被浮华所迷失，忘了自己的根本。

其实，无论脚步行多远，生活多富足，如同不能忘记自己的故乡和爹娘一样，永远也不能忘记乡村，更不能忘记那敦厚的土地和五谷杂粮。灿烂的中华文明也正是源于这无言的土地和醇香的五谷，那是供养我们这个民族一路浩浩荡荡、生生不息得以传承至今的血脉。

月照相思

侯志明

算来已经有十多个年头没能在故乡度中秋了。不但如此,这十年来几乎连月都没有赏过。

因此,每年的这个时节,只好把自己放回到过去,静静地回味儿时的乐趣。

在黄土高坡上的我的家乡,中秋节是仅次于春节的一个节日。大概因为这个时候,土地上生长的作物已经收割完毕,庄稼人便有了充足的时间来安排筹划,于是,这个节总是过得像模像样的。

过这个节最热闹的不是杀鸡宰羊,而是烙月饼和供月亮。

每家在中秋节的前夕要烙好多好多的月饼,有的人家要从下午烙到后半夜。他们认为,月饼烙得越多时间越长,越表明这家的丰收和富裕。

烙月饼虽然是大人的事,但我们孩子总是围在跟前。看母亲如何把月饼包好,如何用一个刻好的五角星或六角星蘸了红色印上去。然后,看母亲把月饼拿去,到一个平底锅里去烙。

母亲这天所烙的月饼有好几种,其中有两种我印象最深,一种是小月饼,一种是大月饼。所谓小月饼,并不是个头小,而是一些各种各样的图案。所谓的大月饼确实很大,我所见过的母亲烙过的大月饼直径有一尺二三。这个大月饼是很需要一番苦心制作的。首先得在里面包糖,擀平后，边上须得切出些花来，然后再在中间画出个圆圆的月亮，最后再在这个圆圆的月亮中间写上一个"月"字。母亲在制作这个大月饼时很让我吃惊，因为斗大的字不识一个的母亲，竟能认认真真地写出一个规规矩矩的"月"来。可见在母亲的心中，月亮以及中秋节的分量和位置了。

中秋节这天最热闹的是供月亮。在父母一辈人的嘴里，月亮被称作月亮爷。等月到中天时，家人把桌子搬到院里，先放了写有"月"字的大月饼，然后把切开的苹果、西瓜摆上，毕恭毕敬地站立，向月亮致意。

这之后，月饼、水果就拿回家里，让家人"开吃"。先是切了大月饼，每人必须吃一块，然后吃水果、吃肉，然后孩子们高高兴兴地去玩。秋高气爽，月光如水，大地朦胧，田野寂静，其乐融融，此情此景，想来实在让人留恋。

我一次回家谈起母亲当年供月亮的事，弟妹们都笑母亲迷信，母亲说，"迷信迷信，迷上才信，不迷了谁还信！"听这话颇有点意外，不能不说是母亲思想的重大进步。

唐代大诗人李白有句名诗："举头望明月，低头思故乡。"远离故乡和亲人的人们，中秋夜恐怕不能不想到这句名诗。然而，想归想，又有几人能像李白那样，在仰俯之间尽情洒脱地表露思乡之情呢？也许有人同我一样，此时会念及范仲淹的词：年年今夜，月华如练，长是人千里……酒未到，先成泪。

剪窗花过年

肖复兴

过春节,一般年前最忙。到大年初一,人们就可以尽享清福,阖家欢乐了。年前,男主人、女主人都要外出忙着采购年货,一些妇女和孩子留在家里,洒扫庭除之后,围坐在炕头和桌前,开始剪窗花了。

这样的风俗,有两方面原因。

一是,剪出的窗花贴到窗上,和大门两旁贴的春联、大门中央贴的门神、屋子墙上贴的福字,和房檐门楣上挂的吊钱,一定都要在大年三十之前完成,才算是过年的样子。清末竹枝词里说:"扫室糊棚旧换新,家家户户贴宜春。"其中的"贴"字说的就是准备过年这样必需的程式。

另一面,和过年的时候家里人不许动刀剪的民俗有关(还有不许扫地倒脏土等,都是防止不吉利的说法)。清时诗人查慎行有诗:"巧裁幡胜试新罗,画彩描金作闹蛾。从此剪刀闲一月,闺中针线岁前多。"这里说的巧裁新罗,画彩描金,就包含有剪窗花,从此剪刀闲一月,后来改成到正月十五;再后来到破五;现在,已经彻底没有这个风俗了。

春联、门神、福字、窗花和吊钱,这五项过年之前之必备,我称之为过年五件套。和后来结婚时候一度流行的手表、自行车和大衣柜这三件套的说法相类似。只是,结婚三件套,早已被时代的发展所淘汰,而过年这五件套,几百年过去了,至今依然风俗变化不大,除了吊钱如今在北京见到的少了，其余四种，仍然在过年前看许多人家在忙乎张罗。因为这是过年必备的庆祝仪式的硬件标准。可见，民俗的力量，在潜移默化中，代代传承。

到正月十五灯节之前，再加上各家大门前挂上一盏红灯笼，就是过年必备的六件套。这六件套，全部都是红颜色，过年前后这一段时间里，全国各地，无论乡间，还是城市，到处是这样一片中国红，那才叫过年，是过年的色彩。如果说过年到处是这样红彤彤一片的海洋翻滚，那么，窗花是其中夺目的浪花簇拥。

过去的岁月里，年前要准备的这五件套，除了门神尉迟恭、秦叔宝的形象复杂，要到外面买那种木刻现成的之外，其余四件，普通百姓人家，都是要自己动手做的。这和年三十晚上的那顿饺子必须得全家动手包一样，参与在过年的程式之中，才像是过年的样子。普通人家剪窗花，是和贴春联、挂吊钱，包括做门神、写福字一样，都只用普通的大红纸。各家都须到纸店里买大红纸。大红纸畅销得很。

那时候，家附近有两家老字号的纸店，一家是南纸店，叫公兴号，在大栅栏东口路南；一家是京纸店，叫敬庄号，在兴隆街，我们大院后身。家里人一般都将这项任务交给我们小孩子，我们都愿意舍近求远去公兴号，一是那里店大，纸的品种多；二来路过前门大街，到处是卖各种小吃的店铺和摊子，我们可以将买纸剩下的钱买点儿吃的解馋。家里人都嘱咐我们买那种便宜的大红纸。其实，不用嘱咐，我们都会买最便宜的，这样剩下的钱会多点儿，买的吃食也会多点儿呢。

有一阵子，公兴号流行卖一种电光纸，我们又叫它玻璃纸，因为它像玻璃一样反光，一闪一闪。我们都喜欢，便买回家。家里大人不乐意，

看着就撇嘴，让我们立马拿回去换纸，一准觉得还是传统的那种大红纸好。

过去年月里普通人家房子的纸窗，贴的都是高粱纸，很薄，透光性好。传统的大红纸也很薄，做成窗花，贴在这样的花格纸窗上，很是四衬适合。清末《燕都杂咏》有一首说："油花窗纸换，扫舍又新年。户写宜春字，囊分压岁钱。"诗后有注："纸绘人物，油之，剪贴窗上，名'窗花'。"诗中所说的油花窗纸，指的应该就是这种高粱纸，红红的窗花贴在上面，红白相映，屋里屋外，看着都透亮，红艳艳的，显得很喜兴。电光纸厚，贴在这样的花格纸窗上，不仅不透亮，还反光，没有那种里外通透的感觉。确实是什么衣配什么人，什么鞍配什么马，传统的窗花用纸，和老式的纸窗两两相宜。老祖宗传下来的玩意儿，有它的道理。

后来，经济条件好些了，各家的窗子换成玻璃的，还是觉得贴这种传统大红纸剪成的窗花好看。那种电光纸，到底没能剪成窗花，亮相在我们的窗户上。

窗花，是老祖宗传下来的，既是手艺，也是民俗；既可以是结婚时的装点，更形成了过年必不可少的一项内容。窗花的历史悠久，有人说自汉代发明了纸张之后就有了窗花，这我不大相信，纸张刚刚出现的时候，应该很贵，不可能普遍用于窗花。有人说南北朝时对马团花和对猴团花中就有了锯齿法和月牙法等古老的剪纸法；有人说唐朝就有，有李商隐的诗为证："镂金作胜传荆俗，剪彩为人起晋风"；也有人说窗花流行于宋元之后……总之，窗花的历史悠久。

我私下猜想，窗花最初是用刀刻，然后转化为剪裁。刀刻出的图案，应该受到过更早时的石刻或青铜器的雕刻影响，艺术总是相通的，相互影响和借鉴是存在的。从石刻到剪纸，从刀到剪，只是工具和材料的变化而已。剪和刻的区别，还在于剪是要把纸先折成几叠，是在石头上无法做到的。别看只是这样看似简单的几叠，却像变魔术一样，让剪纸变成了独特的艺术。

窗花，应该是剪纸的前身。窗花也好，剪纸也好，不像石刻或青铜器雕刻，多在王公贵族那边，而是更多在民间，其民间的元素更多更浓。窗花，又是农耕时代的产物，所以，它的内容更多的是花草鱼虫、飞禽走兽、农事稼穑、民间传说、神话人物，以至后来还有八仙过海、五福捧寿等很多戏剧内容，可以说是花样繁多，应有尽有。只有正月一五灯节时的彩灯上描绘的内容，可以和窗花有一拼。灯上的图案，在窗花上大多可以一一找到对应，只不过，在窗花上删繁就简，都变成大红纸一色的红。这便是窗花独到之处，一色的红，配窗子一色的白，如果过年期间赶上一场大雪，红白对比得格外强烈，就更漂亮了。

民间藏龙卧虎，窗花有简有繁。有的很丰富，我从来没有见过。前面所引的《燕都杂咏》诗后还有一注，说有这样的窗花，是"或以阳起石揭薄片，绘花为之"。这种类似拓印式的窗花，我没见过。《帝京风物略》中说："门窗贴红纸葫芦，曰收瘟鬼。"这风俗和年三十之夜踩松柏枝谓之驱鬼的意思是一样的。大年三十的夜晚，踩松柏枝，我没有踩过，那时我们院子里有人买来秫秸秆，让我们小孩子踩，意思是一样的。但是，这种贴红纸葫芦的窗花，我也没见过。《燕京杂记》中说："剪纸不断，供于祖前，谓之'阡张'。"过年期间，如此夸张的剪纸，是窗花的变异，我更是没见过。

小时候，我看邻家的小姐姐或阿姨剪窗花，顺便要几朵，拿回家贴

在窗上。我有了儿子之后，孩子小时候磨我教他剪窗花，我不会，便把他推给我母亲，告诉他：奶奶会，你找奶奶去！其实，奶奶只剪过鞋样子，哪里会剪窗花？但被孩子磨得没法子了，只好从针线笸箩里拿出剪子，把大红纸一折好几叠，便开始随便乱剪一通。谁想到，儿子把红纸抖搂开一看，尽管不知道剪的是什么图案，但那样像抽象派的图案，还挺新鲜，挺好看呢！这样剪窗花，一点儿都不难嘛，儿子抄起剪刀，也开始学奶奶的样子，剪出一床窗花来。我家那年春节的窗户上，贴的全是奶奶和她的小孙子剪的窗花。

流年似水，一晃又到春节。儿子的两个孩子，一个八岁，一个十岁了。他们跟爸爸新学会了剪纸，年前剪了一堆的窗花，比他们的爸爸当年剪得有章法多了。虽然人在国外，但两人准备春节前送给每个同学一个窗花，让他们那些外国同学也知道中国人过年贴的窗花是什么样子。视频通话的时候，我让他们两人先别忙着把窗花送同学，一人选出自己最得意的一个窗花，先送给我，今年贴在我家的窗上。他们和他们的窗花，陪我们老两口一起过年。

第九户人家

李青松

小腰岭子屯原有十六户人家,后来就剩下了八户,东一户,西一户,南一户,北一户,毫不规则地散落在山沟里。

小腰岭子的土地真是厚道。玉米黄豆茄子豆角,种什么长什么,从不嫌累,也不嫌烦。可是,屯里脑子灵光的人烦了,世世代代土里刨食有什么出息?就有强人把家搬到城里去,再也不回来了。还有一些人家呢,过着过着,人就过没了,只留下破宅子,几垛残垣断壁在那儿戳着。蒿草齐人高,蛇蝎乱窜。

然而,小腰岭子屯倒也不封闭,电视和互联网把它与世界连为一体。只是每当傍晚来临,农家院子里少了些欢乐的生活气息。直到有一天,随着一对夫妇在此安家,屯子里的一切悄悄发生了变化。

老邹,邹恒,五十多岁,面容清瘦,戴一副眼镜,说话干净利落,不拖泥带水。原来搞实业,顺风顺水,算是先富起来的那一部分。在城里,老邹的日子过得安安稳稳,基本没什么愁事。可是,突然有一天,老邹对城里的一切腻歪了,厌倦了。于是,跟媳妇贺凤娟商量,咱们换一种活法,去乡下安个家吧。贺凤娟的眼睛眨了眨,看看他,然后坚定地说了一个字:行。

老邹驱车带着贺凤娟在辽东山区整整转了七天,最后选定了小腰岭

子屯。他们买下一所破房子，拾掇拾掇，便把家安在这里，成了小腰岭子第九户人家。有村民哧哧笑了，说，人家有能耐的都往外搬，进城里住楼房，这对夫妇却相中了这破地方，生生往里搬，过乡下人日子，莫不是在城里犯了王法，逃来的吧？夫妇俩假装没听见，不言语。就这样，乡下的日子在小腰岭子人狐疑的目光中开始了，与他们相伴的除了那八户人家，还有三头牛，三十只鸡，十五只鸭，两条狗；还有不休的鸟语、嘶嘶的虫鸣以及满天星星。

老邹在内蒙古插过队，当过知青，知道农村是怎么回事。插队时，老邹曾经是骟匠呢，所谓骟匠就是阉匠。就拿公牛来说吧，一般性情粗暴，饲养管理比较困难，不易上膘。骟后的牛就温顺了许多，脾气也没了，干活儿更吃苦耐劳了。骟牛一般是在春天的早晨进行，老邹带媳妇来到小腰岭子村的时候正好是春天，老邹让村长老韩通知各家，想要骟牛的，尽可牵来。那日天刚蒙蒙亮，老邹就开始忙活了。老邹抖出多年不用的骟刀，几个村民打下手，三两分钟手起刀落，一头牛就被他骟妥了。连媳妇贺凤娟都在一旁看呆了——天哪，老邹还会这门手艺？

老邹进屯时，开的是一辆高级轿车。三天后，他把那辆高级轿车换成了一辆皮卡。皮卡可比老牛能干多了。何况，不用骟，不用喂草，不用饮水，不用挠痒痒，不用担心得口蹄疫。只要把油加满，皮卡突突干活不吝力气。老邹两口子的一举一动，都被村长和村民们看在眼里，他们的脸上露出一丝不易觉察的表情——老邹两口子不是来旅游图个新鲜，他们可能要在小腰岭子扎根了。

老邹那辆皮卡，虽然车厢载物时被砸得龇牙咧嘴，后灯的外罩也被弄得失魂落魄，但跑起路来还是那么欢实，天天泥里水里颠簸折腾，也折腾不出大毛病。老邹不是上级派来的干部，但屯里大大小小的事情，村长老韩都会来请老邹出主意，村长相信老邹总有解决的办法。而很多问题呢，老邹都是靠那辆皮卡解决的。

那辆皮卡几乎成了屯子里的"公车"：盖房子拉木料拉砖石，要用这辆皮卡；修路拉河沙拉水泥，要用这辆皮卡；秋收时拉玉米棒子拉黄豆拉地瓜拉萝卜，要用这辆皮卡；谁家摩托车水泵电视机出了毛病要拉到镇上去修，要用这辆皮卡。

屯子里的人，人人熟悉那辆皮卡，人人对那辆皮卡充满敬意。

自打老邹来到屯子，这里的人开始时不常地伸长脖子仰望天空。因为小腰岭子的上空，偶尔会有无人机飞来飞去。忽上，忽下。左一圈，右一圈；右一圈，左一圈。干啥呢？臭显摆？当然不是。老邹的媳妇贺凤娟是某大学教授，手上正在做课题，无人机是人家做课题的探测工具，地形测绘要用无人机拍照哩。当然啦，贺凤娟开心时，就是让它在空中遛几圈的情况也是有的。反正不是送快递，不是送求婚戒指，也不是播撒云彩。

换个角度看世界，小腰岭子变得新奇了。无人机——这种四轴的飞行器，它可以携带摄像机或者录像机，想拍什么就拍什么。然而，除了能够让屯里人看看它拍的照片视频，无人机似乎与屯里人的生活也没有太大关系。不过，后来发生的两件事情，让屯里人改变了对无人机的看法。

有一次，屯子里吴老二家的羊丢了，四处寻找不见踪影。老邹闻讯后，跟贺凤娟说，要不让无人机升空找找？贺凤娟说，当然可以。于是，无人机升空了，一圈一圈地找，玉米地高粱地里没有，柞树林里榛柴棵

子里找遍了也没有，最后无人机翻过一座山岭，终于在一道河湾里找到那只羊。原来，河湾里的草实在太好，那只羊贪吃，竟索性不归了。吴老二气得够呛，找到那只羊后，狠狠抽了几鞭子。那只肚子吃得溜溜圆的羊委屈地叫了几声，挤出几粒粪蛋蛋，扭头拼命往家跑。

还有一次，屯子里住得最偏远的一家老人病了，高烧不退。家人给贺凤娟打来电话，问有没有退烧药。贺凤娟翻箱倒柜找到了退烧药，可是怎么送去呢？步行去要走半小时路不说，而且必经的一座木桥刚刚被一场洪水冲断了。情急之下，贺凤娟又想到无人机。用胶带把药品绑在无人机肚子上，外层还加固了防撞泡沫。手指在遥控器上轻轻一点，无人机升空了，几分钟后，那边就收到了药品。老人吃下退烧药后，病情很快得到控制。

小小无人机发挥了大作用。一提到无人机，小腰岭子人会齐声说出一个字：赞！

老邹两口子在家种了些西瓜。贺凤娟吃瓜，顺手就把西瓜和瓜地的照片发在微信上，马上就有人来问这问那，也有人开始问价，价刚一报出，就有买卖上门。贺凤娟喜不自禁，说话间，一百斤西瓜就卖出了。这倒给贺凤娟带来了启示，何不开个微店，把当地的土特产品往外卖呢？

说干就干。微店正式开张了。

小腰岭子屯的黑玉米、黑花生、黑稻米、黑木耳、蚕蛹、土鸡蛋、柞蚕丝被、獾油很快就通过微店销出去了。屯子的人瞪大了眼睛。啊呀，手机还有这等功用？

贺凤娟的微店里最受青睐的是柞蚕丝被和獾油。小腰岭子周边的山岭上到处都是柞树，吃柞叶的蚕叫柞蚕。柞蚕是野蚕，与在家里喂养的桑蚕不同，是人工放养在柞树林里的。柞蚕吐出的丝就是柞蚕丝。柞蚕丝纤维有股蛮劲儿，回弹好，光泽深黄，做出的蚕丝被也是上好的。

貛，也叫貛八狗子，是柞树林里的杂食性动物。头扁，鼻尖，耳短，脖子粗，头部有白色纵毛一条，由鼻尖到头顶，两颊也各有一条。爪有力，善掘土，性凶猛，叫声似猪，形态甚顽劣。夜间常出没于小腰岭子屯里，老邹曾多次遇到，用手电筒一照，小眼珠子贼溜溜乱转。貛油治烫伤，对痔疮和胃溃疡也有一定疗效。屯里有养貛的人家。那些貛喜食橡子果、榛子果，个个胖墩墩，溜溜圆。好嘛，专为贺凤娟的微店提供貛油呢。

在村民眼里，劳作不止的老邹，是越来越像农民了。在老邹眼里，掌握了多种技能的村民则是越来越像自己了。时令一到，村民会提醒老邹该种什么了，怎么种也会一板一眼地告诉他。尽管老邹心里已经清楚了，但还是会虚心听他们把话讲完，有时还刻意请教一番。

老邹和农民打交道，和他们一样蹲着说话。老邹家的门也从来不上锁，他置备了农村过日子几乎所有能用到的工具，一件一件挂在墙上。村民来他家里借，见他不在家，就打电话。他就告诉人家，那工具在什么地方，自己去取。

老邹家搞照明电路集成安装，冲水马桶改造，在太阳能水塔上接自来水管，暖气循环系统集中供热等设施，都不怎么声张，搞好以后，再把好处有意无意地说给村民听，好奇的村民们就来老邹的家里东瞧西看，问这问那。等着吧，用不了多时，家家也就照着弄了。农民也都聪明着呢。

不过，冲突和矛盾有时也是难免的。比如，老邹家的羊偷食了人家玉米，狗把人家鸡咬死了，老邹从不耍赖，该赔的赔，每每还要多赔人家一些。钱上的事情，老邹从不计较。渐渐地，屯里人把老邹当成了自己人，大事小情总要请老邹到场。杀年猪，家家请老邹去吃肉喝酒，老邹也不客气，该吃吃，该喝喝。酒桌上拉拉家常，说说来年打算，倒也尽兴。

在小腰岭子屯里，老邹的心不累。安宁，踏实。

小腰岭子的未来会怎样？谁也说不好。但是，有一点可以肯定，邹恒贺凤娟夫妇的思维方式和理念，一定会给这里带来潜移默化的影响，乡村一定会建设得更美好，而不是把城市搬到乡村，更不会在乡村复制城市。

故乡的河

李建臣

童年最难忘的记忆，是故乡的那条河。

它发源于辽宁省清原县，一路浩浩荡荡，最终注入松花江。

它叫辉发河。

从源头流出后，辉发河与一条支流交汇。这个支流就是吉林省的梅河。围绕着两河交汇点，人们世代辛勤劳作，繁衍生息，并且把这个地方亲切地称作梅河口。

这里，就是我的家乡，我生命的摇篮。

最早的记忆，是跟随母亲去河边洗衣。我的任务，就是把母亲洗好的衣服晾在用石头垒就的大坝斜坡上。

长大一些，这条河便成了小伙伴们玩耍的天堂。那个年代，物质极其匮乏，孩子们所能追逐的，就是青山绿水，蛙声蝉鸣，鱼虾泥鳅，蜻蜓纸鸢，在大自然的怀抱中编织着五彩斑斓的童年。

夏天，大家在河中尽情嬉戏。时而鱼翔浅底，时而蛟龙出海，你追我赶，常常流连忘返，哪里还顾得上家长的训斥和老师的告诫。至于蚊虫叮咬，那更是家常便饭。

冬季，除了堆雪人、打雪仗，孩子们更喜欢到一望无际的冰面上打哧溜滑或支冰车。打哧溜滑一般选择有坡度的冰面，从上到下会滑出很

远。也有人会坐在爬犁上滑下去。但这些玩法常常为冰车族所不屑。冰车是一种东北地区小朋友特有的自制玩具，又叫单腿驴，结构简单，驱动灵便。蹲在上面，穿行于白茫茫的世界，势若脱兔，凭虚御风，惬意无限。只是在冰车上蹲久了腿有些吃不消。小朋友不管那些，有时玩得兴起，会一口气支出十多公里。在零下二三十度的气温下，手脚时常冻得皲裂。若要缓解冻伤，辄须再用雪来搓，很是遭罪。但再相约去玩时，遭罪的事便忘得一干二净了。

当年的梅河大桥是木桥，比较破旧，桥板之间缝隙不小。透过缝隙，可以看到桥下湍急的河流，令人望而生畏。记得有一年涨水，河水几乎漫过桥面。过桥时，人们手扶栏杆，逡巡踯足。这个场景给我留下了深刻印象，以至于几十年来时常在梦中浮现。

桥的南面是农村，北面被称作城里。城里这个称呼让我纳闷了许多年，始终没找到"城"在哪里。实际上所谓城里，就是最早的梅河口村变成了梅河口镇。一条河，分隔了城乡。

最深刻的记忆，是有一次小伙伴们一起去游泳。我不会游，便站在岸边观看。不料被一个淘气而又不知深浅的家伙从背后一脚踹了下去。我当时在河里扑腾了好一阵子，喝了不少水。好在他们发现情况不妙，及时把我拉上岸。这件事令我至今心有余悸。

其实真正的恐惧并不是水中挣扎的瞬间，而是事后的回味。静静一想，原来人的生命是如此脆弱和偶然，去留原本只在一瞬间。更让人惶恐和难以参悟的是，有时已处去留边缘，却还浑然不知。这种变幻与无常，岂能不令人唏嘘和骇然！古人云，上善若水，天下至柔莫过于水。可当它吞噬生命的时候，却变成了野兽，它的柔已经荡然无存。善恶易变，乃在须臾之间。

故乡情是一种奇妙的情结。我常想，人们为什么会有"胡马依北风，越鸟巢南枝"的情感，为什么会有"近乡情更怯，不敢问来人"的心境，为什么会有"露从今夜白，月是故乡明"的情怀，为什么会有"此夜曲中闻折柳，何人不起故园情"的慨叹？

这是因为，在我们最初睁开好奇的双眼，去认识、理解和感悟这个世界的时候，是故乡给了我们滋养、欢乐、希望和信念。它开启我们人生旅程的起点，确立了生命价值的航线。它把我们的稚嫩，紧紧裹进它温暖的怀抱；把我们的根，永久镌刻在故土的青史间。它把厚重的文化情怀根植在我们的基因里，让我们无论身在何处，都无法抹去烙在灵魂深处的故土印记；它把对儿女博大的爱融化在我们的血液中，让我们走遍天涯海角，也挣不脱闯入梦境的金色华年。特别是当我们漂泊半世，蹉跎岁月，饱尝人世的甘苦与冷暖，带着难言的伤痛与疲惫，去寻觅精神的慰藉和心灵的港湾，我们会情不自禁地想起无忧无虑、不识愁滋味的日子，会不由自主地思念滋养我们的故土、给予我们力量的生命庄园。也正因如此，故乡才成了我们奋斗的动力、情感的依托、信念的支撑。

外面的世界虽精彩，但生命之根永远在故园。多年来，我去过塞纳河，到过莱茵河，走过多瑙河，领略过哈德逊河。但最令我魂牵梦绕的，还是故乡那条弯弯的小河。河不大，却养育了千千万万优秀的梅河儿女；水不深，却哺育出一生为民、两袖清风的好公仆郑培民这样的参天栋梁。

每当走近故乡久别的河畔，我的耳旁便仿佛响起王洛宾先生那荡气回肠的旋律：故乡的河／多少回你从我的梦中流过……我的眼睛就会湿润，思绪便随着潺潺河水，流向远方，飘去天际。

　　河究竟是什么？河是一首温馨的诗，河是一曲深情的歌，河是一杯浓烈的酒，河是一部波澜壮阔、起伏跌宕的交响乐。面对奔腾不息的滚滚流水，哲学家说，人不能两次踏入同一条河；思想家说，逝者如斯，不舍昼夜；科学家说，水是生命之源；文学家说，哀吾生之须臾，羡长江之无穷……

　　实际上，人生又何尝不是一条河。有急流，有平缓，有激越，有险滩。随着时光的流逝，终将一去不返，并且毫不吝惜地带走你的一切。

　　但物质世界再富有也会消失，再华丽也会腐烂。只有爱，只有精神财富，才会汇入人类文明的历史长河，在汹涌澎湃中闪现，长流天地间。

　　你听，天边传来的袅袅歌声，那是不是生命的音符在跳跃，是不是远方的游子在呼唤——

　　　　我思念

　　　　故乡的小河

　　　　还有河边吱吱唱歌的水磨

　　　　噢，妈妈

　　　　如果有一朵浪花向你微笑

　　　　那就是我

　　　　那就是我

　　　　那就是我……

泥做的童年

包利民

我沿着东房山的背阴处，躲过太阳的热情，走过那只在阴凉里吐舌头的花狗，路过墙根那两头不停拱坑的白猪，来到房后北园的墙角。几个伙伴已等在那里，阳光在别处洒落，软软的泥巴在几双手里变形着，延续着古老的游戏。

倚着的土墙，就像大地站了起来，长了些不知名的小小草株，泥土里掺杂的草沫散发着浅浅淡淡的味道。我们的笑声掠过身边的飞虫爬虫，攀上蜻蜓透明的翅，攀上蝴蝶多彩的翅，悠悠飞过墙上的短栅。我们坐在泥土上，快乐地玩着泥巴。比谁把泥巴摔得响，摔得爆出的孔儿大，泥沫飞溅中，仿佛有幸福不断地爆开来。

摔够了泥泡儿，便用泥巴做玩具。小小的汽车只有苍蝇当乘客，而小小的房子，也只有蚂蚁进进出出。我们在八月的热风里，同大地上的精灵一起游戏。午后，屋里的人酣眠歇晌，我们和风一起，和阳光一起，和各种虫鸟一起，守着简单的快乐。

家家户户开始出现声响。先是人们睡足起来，扛着锄头去田地里干活。不远处的小河清清流淌，里面融化着欢声笑语。这时我们转移到田边地头，坐在田垄上，拽下几根狗尾巴草，编成毛茸茸的小动物。

屁股下的泥土越来越热，我们会跑到河边，脱光衣服，冲进那一脉

清凉中。很是眷恋脚掌踩在河底软泥上的感觉,一种轻轻的痒,一种淡淡的暖,还有一种微微的滑,汇入心田。许多年以后,也会记得。就像记得那条浸满我们快乐的小小河流,不管身在多遥远处,回想起来,都会有着无边无际的流连。

一场大雨不期而至。先是在村南的低而阔的遥远处,在无边的大草甸上,雨的脚步飞快地跑过来。接着,雨的脚步经过那些茂草,经过那些干硬的土路,经过没来得及避开的人或牲畜,迅速地闯进村子。伏在窗台上,隔着玻璃,隔着草檐的水帘,我看到歪脖二叔赶着羊群在小林中避雨,也看到前院大表哥急急地跑出来盖酱缸,看到远处大草甸子上一些熟悉身影。

大雨倏来倏去,把人间洗得一片清凉清新。当房檐上的草茎切口处还在不断地渗出明亮的水珠时,院子里已经被小家伙们弄得泥泞不堪。两只白猪拱出的土坑里,满是泥水,它们并排躺卧其中,惬意地哼着。鸭子们伏低身躯,扇动翅膀,仿佛在水中嬉戏一般,从这头跑到那头。而几只小鸡崽儿,正好奇地用尖嘴去啄小水泡中那弯闪亮的虹。

我们冲出院子,脚步压着泥泞。正赶上歪脖二叔赶着羊群归来,绵羊们的蹄声惊得泥水四溅。走过这一群已黑白不分的队伍,路面便已不成样子。我们来到低处形成的小溪或小池塘边,岸上的泥土湿润柔软,在我们的手上变成小桥,变成堤坝。它们等着太阳把它们变得坚硬,然后,身后的水洼就消失了,它们茫然站在阳光下,不知守护着什么。

我们把快乐揉进泥里,哪一天泥已干了,不小心踩到,碎了,笑声便溜了出来,往事也溜了出来。我们就在一场雨的停落之间,在积水的盈涸之间,在泥巴的干软之间,把童年融进湿漉漉的岁月。

阳光倾泻而下,在父亲的额头冲出了一道道汗迹。父亲正与一大堆泥较量,手中的二齿子在泥里不停地搅动,把泥和水还有碎草或者麦壳尽量搅在一起。和泥是极累的活儿,就像把不同的季节硬生生地捏在一起。泥和好之后,要填到长方形的坯模子里,一块一块,凝固成厚重的淡黄色,等着垒起一堵堵挺拔的墙。

除了制成土坯,更多的时候,是用大泥来抹墙。房子的外墙,每年都要重新抹一遍,仿佛要把阳光和庄稼的气息都抹进去。朝阳夕阳,把房子东西两座大山映得生动无比。未干的墙面挽留住了每一天的阳光,墙面干了后,里面藏满温暖。

有时候,阳光倾泻而下,我们这些小孩子也挥汗如雨。我们细细地和着泥,却是另有用处。选很细的土,最好是黄土,放少许沙子,然后用水和泥,把泥揉得均匀细腻。接着,把和好的泥搓成无数个玻璃球大小的泥丸,放在太阳底下晒。这是我们男孩子重要的东西,是随身携带的子弹。每个人都有一把自制的弹弓,口袋里都装着干硬的泥弹。

那些年,我们把无数的泥弹射向天空,也不知落于何方。而当年那些飞散的泥弹,就如今天回忆中的往事,在岁月深处一点点地搜寻,每找到一颗,都是无限的欣喜。

那时候,觉得每个人都像是神话传说中所讲的,是泥做的。我们这些小孩子自不必说,每天在大地上翻滚,如泥猴一般。那些在大地上劳作的人们,也是尘埃满面,常被汗水冲出一条条泥痕;坚硬的手掌上,那些如沟垄般的纹络里也积满泥尘;干完活回到家,一盆清水洗成泥水,可是身上脸上依然是泥色。

在经历了一生中每一天与大地的亲密接触后,那份泥土的颜色便已

深入肌肤，融进血脉。于是就这样变成特征一代代地遗传下来，我们便都有了泥土的肤色。

歪脖二叔在一个雨天，赶着羊群回来的时候，摔倒在泥水里，再也没有起来。雨后，一个坑已经挖好，泥土堆在边上，黑黑的，亮亮的。几年后，外公也睡进泥土里，然后，爷爷也回归了泥土的怀抱。看着自己的亲人长眠在这片土地上，心中便有了很深的牵挂。就像生长在这片土地上的根，再也拔不出来。多年以后，当我离那些泥土越来越远，心中的想念却越来越深。忽然明白，亲人长眠的土地上，才是真正的故乡。

童年已遥远，那片土地也已遥远，但泥土构建的初始却不会被岁月的浪潮冲毁。泥土的芬芳，是我们的标志，是我们的印记，在不管走出多久多远后，依然能让心回到最开始的地方。

何处是乡愁(外一章)

梁 衡

乡愁,这个词有几分凄美。原先我不懂,故乡或儿时的事很多,可喜可乐的也不少,为什么不说乡喜乡乐,而说乡愁呢?最近回了一趟阔别六十年的故乡,才解开这个人生之谜。

故乡在霍山脚下。一个古老美丽的小山村,水多,树多。村中两庙、一阁、一塔,有很深的文化积淀。我家院子里长着两棵大树。一棵是核桃,一棵是香椿,直翻到窑顶上遮住了半个院子。核桃,不用说了,收获时,挂满一树翠绿滚圆的小球。大人站到窑顶上用木杆子打,孩子们就在树下冒着"枪林弹雨"去拾,虽然头上砸出几个包也喜滋滋的,此中乐趣无法为外人道。香椿炒鸡蛋是一道最普通的家常菜,但我吃的那道不普通。老香椿树的根不知何时,从地下钻到我家的窑洞里,又从炕边的砖缝里伸出几枝嫩芽。我们就这样无心去栽花,终日伴香眠。每当我有小病,或有什么不快要发一下小脾气时,母亲安慰的办法是,到外面鸡窝里收一颗还发热的鸡蛋,回来在炕沿边掐几根香椿芽,咫尺之近,就在锅台上翻手做一个香椿炒鸡蛋。那种清香,那种童话式、魔术般的乐趣,永生难忘。当然炕头上的记忆还有很多,如在油灯下,枕着母亲的膝盖,看纺车的转动,听远处深巷里的犬吠和小河流水的叮咚。这次回村,我站在老炕前叙说往事,直惊得随行的人张大嘴合不拢。而村里

的侄孙辈也如听古。因为那两棵大树早已被砍掉,河已不再。只有旧窑在,寂寞忆香椿。

出了院子,大门外还有两棵树,一棵是槐树,另一棵也是槐树。大的那棵特别大,五六个人也搂不住,在孩子们眼中就是一座绿山,一座树塔。长记小树下总是拴着一头牛或一匹马。主干以上枝叶重重叠叠,浓得化不开。上面有鸟窝、蛇洞,还寄生有其他的小树、枯藤,像一座古旧的王宫。而爬小槐树,则是我们每天必修的功课。隐身于树顶的浓荫中,做着空中迷藏。槐树枝极有韧性,遇热可以变形。秋天大人们会在树下生一堆火,砍下适用的枝条,在火堆里煨烤,制作扁担、镰把、担钩、木杈等农具,而孩子们则兴奋地挤在火堆旁,求做一副精巧的弹弓架或一个小镰把。有树必有动物。现在,野生动物事业,就归国家林业局来管。村里的野物当然也不离古树。各种鸟就不用说了,松鼠、黄鼠狼、獾子、狐狸的造访是家常便饭。夏天的一个中午,正日长,人欲眠,突然老槐树上掉下一条蛇,足有五尺多长,直挺挺地躺在树荫中。一群鸡,虽以食虫为天职,但还从未见过这么大的虫子,一时惊得没有了主意,就分列于蛇的两旁,圆瞪鸡眼,死死地盯着它。双方相持了足有半个时辰。这时有人吃完饭在河边洗碗,就随手将半碗水泼向蛇身。那蛇一惊,嗖地一下窜入草丛,蛇鸡对阵才算收场。现在,就是到动物园里,也看不到这样的好戏。

还有一天的晚上,我一个叔叔串门回来,见树下卧着一个黑影,便上去踢了一脚,说:"这狗,怎么卧在当道上!"不想那"狗"嗖地翻身逃去。星光下分明是一条狼。大约是来河边喝水,顺便在树下小憩片刻。第二天听了这故事,很令人神往,我们决心去找这只狼。长期在农村,早得了关于狼知识的秘传：铜头、铁身、麻秆腿。腿是它的最弱项。傍晚时分，四五个孩子结伴向村外走去。随身带上镰刀、斧头、绳子，这都是平时帮大人打柴的家什。大家七嘴八舌，说见了狼，我先用镰刀搂腿，你用斧砍，他用绳捆。正说得热闹，碰见一个大人，问去干什么？答，去找狼。大人厉声训斥道："天快黑了，你们还不都喂了狼？给我回去！"我们永远怀念那次未遂的捕狼壮举。

出大门外几十步即一条小河。流水潺潺，不舍昼夜。河边最热闹的场景是洗衣。在没有自来水和洗衣机之前，这是北方农村一道最美丽的风景。是家务劳动，也是社交活动，还是一种行为艺术。女人和孩子们是主角，欢声笑语，热闹非凡。许多著名的文艺作品都喜欢借用洗衣这个题材。如藏族舞蹈《洗衣歌》，歌剧《小二黑结婚》等。我们山西还有一首原汁原味的民歌就叫《亲圪蛋下河洗衣裳》。印象最深的是河边的洗衣石，有黑、红、青各色，大如案板，溜光圆润。这是多少女子柔嫩白净的双手，蘸着清清的河水，经多少代的打磨而成的呀。河边总是笑声、歌声、捶衣声，声声入耳。偶尔有一两个来担水的男子，便成了女人们围攻的目标。现在想来，那洗衣阵中肯定有小二黑、小青、亲圪蛋等。洗好的衣服就晒在岸边的草地上，五颜六色，天然图画。

我们常在河边的青草窝里放羊，高兴时就推开羊羔，钻到羊肚子下吸几口鲜奶，很是享受。那时也不懂什么过滤、消毒。清明前后，暖风吹软了柳枝，可退下一截完整树皮管，做成柳笛，呜哇，呜哇地乱吹。大人不洗衣时我们就在这洗衣石上玩泥，或坐上去感受它的光润。那时洗衣用皂角，村里一棵硕大的皂角树，一季收获，够全村人用上一年。皂角在洗衣石上捶碎后，它的种子会随河水漂落到岸边的泥土里，春天

就长出新的皂角苗。小村庄,大自然,草木之命生生不息,孩子们的心里阳光满地。大家比赛,看谁发现了一株最大的皂角苗,然后连泥捧起种到自家的院子里。可惜,这情景永不会再有了,前几年开煤矿破坏了地下水,村里的三条河全部干涸,连河床都已荡平,树也没了踪影。洗衣歌、柳笛声都已成了历史的回声。

忆童年,最忆是黄土。我的老乡,前辈诗人牛汉,就曾以敬畏的心情写过一篇散文《绵绵土》。村里人土炕上生,土窑里长,土堆里爬。家家院里有一个神龛供着土地爷。我能认字就记住了这副对联"土能生万物,地可载山川"。黄土是我的襁褓,我的摇篮。农村孩子穿开裆裤时,就会撒尿和泥。这几年城里因为环保,不许放鞭炮,遇有喜事就踩气球,都市式的浪费。且看当年我们怎样制造声响。一群孩子,将胶泥揉匀,捏成窝头状,窝要深,皮要薄。口朝下,猛地往石上一摔,泥点飞溅,声震四野,名"摔响窝"。以声响大小定输赢,以炸洞的大小要补偿。输者就补对方一块泥,就像战败国割让土地,直到把手中的泥土输光,俯首称臣。这大概源于古老的战争,是对土地的争夺。孩子们虽个个溅成了泥花脸,仍乐此不疲。这场景现在也没有了,村子成了空壳村,新盖的小学都没有了学生。空空新教室,来回燕穿梭。村庄没有了孩子,就没有了笑声,也没有人再会去让泥巴炸出声了。

农家的孩子没有城里人吃的点心,但他们有自己的土饼干。不是"洋"与"土"的土,是黄土地的"土"。在半山处取净土一筐,砸碎,细筛,炒热。将发好的面拌入茴香、芝麻,切成条节状,与土混在一起,上火慢炒至熟,名"炒节子"。然后再筛去细土,挂于篮中,随时食用。这在城里人看来,未免有点脏,怎么能吃土呢?但我们就是吃这种零食长大的。一种淡淡的土味裹着清纯的麦香,香脆可口。天人合一,五行对五脏,土配脾,可健脾养胃,村里世代相传的育儿秘方。

　　从春到夏,蝉儿叫了,山坡上的杏子熟了,嫩绿的麦苗已长成金色的麦穗,该打场了。场,就是一块被碾得瓷实平整,圆形的土地。打场是粮食从地里收到家里的最后一道程序,再往下就该磨成面,吃到嘴里了。割倒的麦子被车拉人挑,铺到场上,像一层厚厚的棉被,用牲口拉着碌碡,一圈一圈地碾压。孩子们终于盼到一年最高兴的游戏季,跟在碌碡后面,一圈一圈地翻跟斗。我们贪婪地亲吻着土地,享受着燥热空气中新麦的甜香。一次我不小心,一个跟斗翻在场边的铁耙子上,耙齿刺破小腿,鲜血直流。大人说:"不碍,不碍。"顺手抓起一把黄土按在伤口上,就算是止血了。至今还有一块疤痕,留作了永久的纪念。也许就是这次与土地最亲密的接触,土分子进入了我的血液,一生不管走到哪里,总忘不了北方的黄土。现在机器收割,场是彻底没有了,牲口也几乎不见了,碌碡被可怜地遗弃在路旁或沟渠里。有点"九里山前古战场,牧童拾得旧刀枪"的凄凉。

　　没有了,没有了。凡值得凭吊的美好记忆都没有了。只能到梦中去吃一次香椿炒鸡蛋,去摔一回泥巴、翻一回跟斗了。我问自己,既知消失何必来寻呢?这就是矛盾,矛盾于心成乡愁。去了旧事,添了新愁。历史总在前进,失去的不一定是坏事。但上天偏教这物的逝去与情的割舍,同时作用在一个人身上,搅动你心底深处自以为已经忘掉了的秘密。于是岁月的双手,就当着你的面将最美丽的东西撕裂。这就有了几分悲剧的凄美。但它还不是大悲、大恸,还不至于呼天抢地,只是一种温馨的淡淡的哀伤,是在古老悠长的雨巷里"逢着一个丁香一样的结着愁怨

的姑娘"。乡愁是留不住的回声,捕捉不到的美丽。

那天回到县里,主人问此行的感想。我随手写了四句小诗:

何处是乡愁,
云在霍山头。
儿时常入梦,
杏黄麦子熟。

南潭泉记

霍州之下马洼村,因唐李世民过此下马而得名。儿时记忆中是一个极美丽的山村。两山一沟,东西走向。窑洞顺北坡而下,高低错落,掩映于黄土绿树之间。鸡犬相闻,炊烟袅袅,有如仙境。南山为翠柏所覆,村民推窗见绿,天生画屏。沟里有三条小河穿村而过。我家院子临近沟底,前后各有一河,朝洗青菜门前溪,夜闻窑后水淙淙。南山之顶不知何年修了文昌阁、文笔塔各一座,倒映于山下池中,取"巨笔砚影"之意。而沟底的杨、柳、椿、槐,为追探阳光,与两山比高,千树如帆,一沟绿风,为远近闻名之奇景。

村中多泉,大小十余处,最美数南潭泉。泉贴南山之根,有一老杏树护于泉上,青枝绿叶,如华盖之张。环泉一片杏林,杏林之上是连绵的古柏,堆绿叠翠,直接蓝天。泉不大,仅一席之地,甘洌沁脾,无论雨旱,涌流如常。水极清,沙粒颗颗、鱼虾往来,清晰可见。杏叶筛落一池阳光,水波陆离万变,宛若龙宫之穴。水极静,如鱼吐泡,从沙中轻轻泛出，细流漫淌，汇于数十步外的一个大池中，蓄以灌田。池上一大沙果树，偶有鸟啄果落，叮咚有声。杏熟时，孩童攀缘于树，如猿之影。

南潭泉在村人心中是神泉、药泉，可去灾、可保命。天有大旱，于此求雨，屡屡有应。人有病，来提水一罐，涤肠洗心。家父三十一岁时得大病，一年不起，高烧不退，渐至垂危。有老者说，人临走也须还一个清凉。遂到南潭取水一罐，缓缓灌下，未想竟起死回生。遇有山洪暴发，数日内河水不清，而密林中的南潭泉则神清气定，清澈如镜，为全村最后之备用水源。每到夏日，割麦打场，酷日当头。人嗓子里冒烟，牲畜顺毛流汗。大人抢夏，孩子们的任务就是到南潭提水。人喝畜饮，暑气顿消。取水多用孩子，合童贞之纯；必用瓷罐，表质朴之心。不怕头上三尺火，一片冰心在罐中。南潭泉永是村人心中一道清凉的风景。

我是上世纪五十年代离开故乡的，南潭美景时在梦中。本世纪初某日，有村干部来京，说因开煤矿，全村已河断泉枯，水声不再，杏林不存。我心中怅然有失，断了相思，碎了旧梦。2017年春节回乡，忽闻喜讯，县里发展旅游，将重修南潭泉，追回旧时景。

凡村不可无水，或河或井，最好是泉。才从地心来，又在人心上流。顾盼其影，叮咚其声，一村之魂。我八岁离乡七十回，真正够得上少小离家老大还了，故乡已几经沧桑。六十年一甲子，风水今又转了回来。

南潭归来，山水之幸，吾乡之幸。

木质的村庄

王芸

溯流而上，大致可以发现，木质的多寡，是判断村庄古老程度的一种标尺，也决定着一座村庄由内而外散发的气质。

南方的传统村庄，多木。木是结构房屋的主体，构造实用的部分，也镶嵌于修饰的部分。木的包容、温和质感，渗透于宅屋的角角落落。我喜欢这样的村庄，除了天然的草本、木本植物四处见缝生长，数人才能合抱的大树栖息在村头村尾、桥边河沿，还有一座座进去就能感觉清凉与妥帖的老宅。

这样的老宅经过时光的沉淀，墙体泛出斑驳之色，复杂得难以用颜料描述。木质的部分也无预期地残损了，有人为的破坏，也有岁月随性的手笔。但它安详，如同村头的老树，似乎可以承受一切，布满疮疤，依然无损它的安详。我固执地以为，这些老宅，可以安妥地、舒展地放置身心。

村中那些老树，巨枝虬结在半空中，如巨大的手掌托住了流转不定的时光。树下，总有一群群不知疲累的孩子玩耍着，捉迷藏、抓蚯蚓、滚泥球、抓沙包……他们一茬接一茬地长大，老去，最终消匿了身影。而树还在那里，成为村庄不离不弃的陪伴。

有了这些树，再寡静人稀的村庄，也有了安慰。在江西宜丰采风时，去过一个叫坪上的古村。绕村半壁的石垒古墙上，散布着数十棵八百至千岁的古树，大多为樟树，看起来三四人方可伸臂合围，还有生长极缓慢的石楠和罗汉松，腰身紧致。它们与村庄的年岁相仿，一路绵延成环抱的姿态，护卫着这个村庄。村民出门抬头便见它们的身影，一年四季被它们荫庇。它们仿佛一条隐秘的时光通道，连接着村庄的源头。

盛夏，慕名至婺源，随古村落立档调查人员走访古村。这里古村密集，因被群山抱持而得以保持本真生态。

同行的当地女子有个男儿气的名字，显峰。她家在一个尚未被旅游开发的古村，村内老宅不少。她家的宅子建于十九世纪后半叶，在族谱上可查找到源头。在这些上百年的老宅里，每一年都有木质的部件在悄悄地裂变、腐烂、风化，在眼睛看不见的地方，直到坍塌碎裂才被惊觉。

木质的物件，有自身的寿限。这样的老宅牵系着久远的祖先的脉息，在岁月的起承转合中不断存储着生活的细节、时光的重量，即使有人居住其中，整日小心翼翼地维护，还是有人力难及之处。而且，真实的生活，有着凸凹粗糙的质感，哪里可以做到周全无遗的呵护？

老宅里，愈是繁复的细部，那些镂空或雕花的雀替、柱础、窗框、飞梁、翘檐，有着目光和手指难以触及的细微转折和深部空间，却可以被粉尘、虫豸、风雨、阳光轻易抵达。这些来自自然的物事，在漫长的时光中，随性出入，耐心地对这些部件进行二次雕琢，直到它面目全非。

每走进一处老宅，当我们留意着那些难以复制的精美细节时，显峰却专注于询问房主如何保全，如何维修，如何保持品质地仿旧。她与古宅是一体的，即使她已经搬进县城，住进水泥楼房多年，只在年假时偶尔回一趟老宅，但她与老宅有过相同的呼吸节奏，成长的记忆渗透着被

老宅过滤的光线的质感,生活习惯也延续着对老宅的迁就与贴合。无论离开多久,她对老宅始终怀有亲人般的牵挂和担忧。与我们说起老宅,她的语气里有些许骄傲,也似连缀着无声的叹息。那是时光的馈赠,也是无法挽留的遗憾。无法,却又拼力想去挽留。

在虹关村,詹姓老人正在翻修老宅。三米长的横梁是精挑细选的好木,前一日进屋时,因为老宅低调的门脸、高耸的板壁、紧凑的结构,木匠师傅们想了很多种办法。此时,它安卧在老宅正中,比周遭的木色都新、都亮,却有一股安妥的气息。似乎有它稳稳地坐镇一方,这满屋的狼藉躁动之气,都不足为虑了。不远的天井一角,堆放着比人高的沙土、瓦当,瓦当是从老宅屋顶上揭下的,有着让今天的匠人称羡的结实质地。梁的下方,几位木匠师傅正在赶活儿。进门的一侧厢房里,也有木匠师傅在忙,木屑散布在老人稀疏的头发、圆眼镜片和脸颊、鼻端。他端举着一张被木屑粉尘"装饰"的脸,好奇地探出头来打量我们。

在上海工作退休的詹老,对这座老宅念念不忘,对这座古村也是。街头巷尾的粉墙上,都能看到墨色涂写的巷名,这都是他的作为。他乐此不疲地将时光打发在这些事情上,全然出于自觉自愿,似乎想在老年一气偿还远离古村的那些时光。

也是在虹关村,我们路过一处只剩支离骨架的老宅,颓败的脏腑隐没在半人高的草木中。野草恣肆地横逸斜出,疯狂滋长,改写了老宅原本封闭自洁的空间。已经没有门扉的木框上,挺立的杂草丛中,悬有一枚蓝色簇新的门牌:"浙源乡虹关村100"。新与旧,如此突兀地组配在一起,颇为触目惊心。不知这老宅是无人居住而自行毁败的,还是主人主动地放弃,在他处改建了新宅。

在古村，你会不断地与呈现颓态的老宅相遇。颓而不败的它们，支撑着骨架，挺立在同样古老的街巷与树影中。你也会不断地与形态如旧但质地簇新的新屋相遇。人们改善生活空间、生活质地的渴望，是无法阻挡的。老宅的好，老宅的亲，老宅的贵，老宅的不可复得，只能在懂得、体恤、珍惜它的人那里，才能得以保全并延续。

也有老宅被移植。人挪活，树挪死，那么老宅呢？它们被从坦入土中的基础上挖掘而出，远离了自己植根多年的村庄，整体标记后迁至新地，再按标记组装起来。移植者，多是承包了某一村落旅游业的投资者。他们出于打造景区的目的，将一座古村的村民迁空后，再填置进一些移植来的老宅。看起来整个村落的古宅生态更加丰美，可被抽空的村庄，还能葆有多少本真的活泼泼的生气？

那些老宅在被移植的过程中，也被修复。朽败的骨架，用水泥框架支撑。门头檐角，借用日益高端的修旧如旧的技术，老的与新的、真的与假的，混淆一体，看起来面目无异，可气息不对。那种走进老宅可以闻见的，从老宅骨子里、木缝中散发出的天然木香，被生硬粗暴的水泥气取代。

我静静地望着这些被拆骨又接骨的老宅，不知它会否在夜深人静时发出压抑的呻吟，又会否在体内留下反复发作的伤痛。这些，都只有老宅来默默地承受了。

颓败的老宅与簇新的门牌，存留在相机里，那一点亮蓝和一片深暗的木色之上，有挺立的生气勃勃的草茎。在按下快门的一刻，我记得有风吹过，轻轻摇动它们。这一切构成了某一时刻的记忆，留于感觉，留于影像，留于文字。但，这不是完结。

山那边的憧憬

宋静思

秦岭横断，巫山绵亘，汇织成鄂西这片山高谷深、弯多水急，却又风景旖旎、蕴藏丰富的土地。

多少年来，我看到的是起伏的群山和巍峨的悬崖，踏着的是棱角遍布的石阶和泥泞满地的小路。我也曾如一位诗人所写："常伏在窗口痴想/——山那边是什么呢？"平原和大海成为幼时的憧憬和向往。但当我在疾驰的火车上第一次看到一望无际的平原，极目远望，看那没有尽头的尽头，不仅没有欣喜，甚至颇为沮丧。就这样看着永远是远方的平原，是多么单调和乏味呵，历史的沧桑和岁月的流痕都缥缈无所依凭。而我攀缘过无数次的高山背后，却还有着蜿蜒起伏的群山，青松覆盖的山谷，其中蕴藏着迷人的故事和传说。

奔驰在关中的土地上，未央、商洛等古色古香的地名令人发千古之忧思，生慷慨悲歌之气，如同置身于《史记》所记载的秦汉风云里，但那种情思是深沉而稳重的，历史的沧桑撩拨的是内心的怅惘。一旦驶入平原的尽头，看到高低起伏的群山，脑海里浮现的是童年山头放歌，遥望群山婀娜的景象，大山的巍峨和自然的美带来的是羁鸟归旧林的畅快和欣然。我们的目的地，恰是群山环抱的鄂西北边陲小城——郧西。

自西安至郧西县城，近四个小时的车程，一路在秦岭中穿行。当同路人昏昏欲睡之时，我却如美梦回转，流连于陕鄂之间俊俏、挺拔的峰峦，那苍青色的林海，有时甚至会情不自禁地指指点点。在山的那边，"是用信念凝成的海"，还是用意志熔铸而成的山，谁又说得清呢？

郧西东为"秦之咽喉"，西是"楚之门户"，崇山峻岭，关卡无数，东部天河穿县城而过，自北而南注入汉江水道，恰与天际河汉交汇形成互文之意。这片山川秀美、民风淳朴的土地，有着与牛郎织女传说相映衬的民俗风景。郧西似乎占据着天时、地利、人和的优势，有与银河遥相呼应的天河水，织女编织五彩云霞的金梭石，河汉交汇的归仙镇，天河口巍峨的娘娘山，历史悠久的牛郎庙，以及众多与之相关的民俗风物。

这里的百姓把千百年流传的民间传说熔铸到自然风物里，每每提及牛郎织女，便能道出他们与山川风物相关联的千丝万缕。在一处数十米高的陡崖畔，漫山遍野都是葱郁的韭菜，于过去常年饱受饥荒的郧西人而言，这无疑是自然赐予的救命之举。而他们所感怀的，却是银河之畔的织女，据说是她在鹊桥头看到牛郎饿殍遍野的故乡，动了悲悯之心，播撒下救命的韭菜种子。密布的群山使鄂西北成为闭塞的所在，但这里的民众不仅没有屈服于环境的恶劣，反而养成了忍耐、善良的品质，如织女般勤劳，如牛郎般质朴。

这里没有足够的资源发展工业，也没有开阔的土地发展农业，几乎一片贫瘠。但郧西人却依凭着古老的传说，率先发展起旅游业。他们在广场上立起了亭亭玉立的织女像，在天河畔塑出了静卧远望的铜牛身，让金梭的七根银针织出色彩绚烂的时光隧道，他们更耐心地在天河两旁的石栏上雕刻了感人的爱情诗和精美的爱情画，每到夜晚，大尖山上的人造月与自然月共圆缺……郧西的一景一物都留下了牛郎织女的烙印，

此处的民俗也涂抹上七夕的风情。

我们千里迢迢所赴,如情人约会般执着痴迷的郧西,无平原的旷野,也无大海的喧腾,唯有山峦起伏、河溪纵横。而在它所处的更广阔天地里,有千百年来忧伤矗立的神女峰石,有世代敬仰的屈子大夫,当然也有牛郎织女这段凄美而忠贞的爱情——它似乎已成为令人着迷的憧憬和隐喻。

我始终坚信,山的那边,一定"是一个全新的世界",它会"在一瞬间照亮你的眼睛"……

爷爷的金色田野

杨汉立

爷爷坐在田头,一支喇叭筒在唇间"吧嗒"一声,芬芳自唇边漫过田野,漫过整个季节。水稻早已闻惯了这种香气,田野早已闻惯了这种香气,村庄也是如此。其实,这香气已经不是烟草的味道,是爷爷的气味,是从爷爷体内散发出来的东西。自春天播种开始,爷爷就天天穿行在村庄之中、田野之中和水稻之中,爷爷像村庄和田野的孩子,水稻像爷爷的孩子,那么亲切,那么温馨,谁也离不开谁。

用力一吸,爷爷觉得田野好香、村庄好香。这种香味是稻子邀约泥土的香味,和着老木屋的香味和饭菜的香味。爷爷看到了一些香气的河流,那桂花流出一些河流,那稻子流出一些河流,小溪、青山、草木、饭菜都流出一些河流。这些河流流过田野、流到云端。在田野,香气跟着他;进村庄,香气跟着他;进了房间,香气还是跟着他;吃饭时,香气更是跟着他。所以,爷爷觉得这复合的诱人芳香总在饭桌上回荡,一日三餐如此,日日如此。爷爷觉得这乡村的香气,滋养着他的生命,成为他的灵魂,他注定离不开这个村寨,因为他离不开这种气味。

在爷爷慈祥的目光中,水稻腼腆地低下头,笨拙却温柔地轻轻摆动身子,把柔情悄悄地变成一股浪,淹没爷爷,淹没田野,淹没村庄,甚至要把已经很蓝的天空再洗一洗;鸟群飞过上空,把一些弧线交给天空、

田野、村庄的目光，交给爷爷和水稻的遐想，歌声一滴一滴坠落，让壮实的谷粒更加饱满，让金黄的稻田更加闪亮。一瞬间，田野铺上了黄金。爷爷的汗珠滴入泥土，缓缓进入根须，涌上茎秆、稻叶、谷穗，整个田野在涌动，像亿万把扇子在扇动，扇起阵阵香风。太阳更加兴奋，把这大片大片金黄的田野照得更亮了。

乡村的秋天就是唐朝，唐朝极为任性地喜欢盛大，喜欢热闹，喜欢肥厚。一株株水稻身怀六甲，身体越来越丰腴，她们以杨贵妃为标准，以胖为美，一个个展示着肥硕的身姿。稻田越来越挤，往日的行与列没有了，一株挨着一株，一穗与另一穗交错。她们是争宠的妃子，秋天的皇上喜欢她们这样示好，喜欢她们没有秩序，喜欢她们拥挤在一起。她们是秋天放牧的羊群，为了争食秋天的阳光，都急着往前挤，一株与另一株挤，一行与另一行挤，一列与另一列挤，一丘与另一丘挤。她们把没有秩序挤成了另一种秩序，整个田野那么美丽。

这是一张由稻子交织的黄金毯子，田埂勾勒出图案，村庄、绿树缀于其间，不知是村庄、绿树烘托稻田，还是稻田簇拥着村庄。他们团结在一起，都是同一个父母所生的兄弟姐妹，都是同一台戏的各个角色。他们不计较是不是主角，主角努力在展示风采，配角也努力在增光添彩。青山静立于远方，像叶子一样围着田野，他既是观众，默默地看着田野和村庄，他又参与演出，和田野、村庄组成一个大歌舞剧。馨香是主旋律，金黄是主色调，即使没有风，舞台上也有丰富的动作。

这实在是一朵巨大的向日葵，是谁画出来的啊？他比凡·高要伟大，画技要高超百倍。爷爷不晓得什么凡·高，只觉得自己最喜欢一年四季中的秋季，秋天这么成熟，这么实在，这么令人喜悦。他微笑着，边走边抚摸一下稻穗，像捋着他的胡须，他把稻穗抚摸成胡须，把胡须捋成稻穗。他捋着胡须时，捋出阵阵清风，清风染上香气，然后像胡须一样拂过田野和村庄，稻谷光亮了，村庄有着一种清爽的气韵流动。

行走在秋色中，爷爷看见这么多金色的稻子在风中轻轻地摆动，像是抖开往昔挥洒的汗珠。汗水和阳光是一天天沉积起来的，沉积多了就泛光，先是泛绿，越来越绿，绿得胀满，胀得田野装载不下，似乎要直奔汗水和阳光的源头而去，天空便暖和起来，心灵便温润起来。然后泛黄，越来越黄，直到比黄金还诱人，直到分不清是阳光染黄了稻谷，还是稻谷染黄了阳光。积累了一天的黄，傍晚成为富翁，不光田野那么黄，不光阳光那么黄，连云朵也黄或红，满天的晚霞是天空长出的熟透庄稼，等着我们去收割。

墙上的弯月生锈已久，镰刀一次又一次的怀想和渴望业已结茧。正午的阳光挤进木屋来看他，他的心怦然而动，想把影子留在墙上，而自己出走，逃到田野。爷爷握着一杆长杆烟筒走来，把黑暗深深地吸一口，然后吐出一团惬意的云雾。于是他知道爷爷快要给他一个指令了，觉得还是不能擅自出走，而应等待时机，获得冲锋陷阵的机会。午夜的月光走进来看他，他把心事托付给月光，把月光的幽静留给自己的心灵。爷爷均匀而悠长的鼾声和关于丰收的梦呓穿过黑暗，缓缓传来，像一首催眠曲。好吧，安静地入眠，做一个好梦。

直到那天，父亲把整个季节卷成一支喇叭，在一个响晴中吹响了号角，引我们兄弟，以田野为砥，用阳光和汗水打磨锈月，收取零存的汗滴和黄金。爷爷不甘示弱，拍打了好一阵子腰腿，不理会我们要他休息的劝告，踏入稻田。这个时刻，乡村开始沸腾，嘭嘭作响的打稻谷声，

在田野里此起彼伏,像一台侗族大歌,多声部的合唱激励着季节。一群鸟雀从东山飞到西山,又从西山飞到东山,把飞翔的影子投在田野里,让田野有飞翔的音符。

母亲的饭香远远飘来,弥漫整个田野。桂花香也邀约了稻谷香和泥土香,与饭香会师,释放一年的积蓄,把乡村灌醉。母亲一句声音拖得长长的呼喊"吃饭啦——",把我们呼唤得格外饥饿,似乎可以吃下一整份鼎罐饭,可以吃下整个田野,可以吃下整个秋季。我的血加速奔涌,像泥鳅在田泥里猛钻;我的心柔软起来,像那些湿润的田泥,让一些脚慢慢陷下去,然后用一种细腻包裹它,让它发酥发软,让它长出须根,长成一株硕大的水稻。我敢肯定,是一代一代母亲把村庄喂大了喂老了,把田野熏香了。

在饥肠辘辘却又满怀醉意中,伫立在秋色里,于是便有一些种子在心里悄悄生根、发芽、猛长。我的心田有了四季轮回,其中的秋天也一定会有属于我的金黄的田野。

秋山响水

徐迅

我对山水总有一段割舍不掉的情缘。所以,当朋友邀我到天柱山卧龙山庄住上一宿时,我就不假思索地同意了。及至卧龙山庄,闻着木屋散发出的杉木的清香,站在山庄的走廊上,眺望着那澄碧的天空,连绵、起伏不断的群山,一种好久不曾有过的和谐与宁静立即布满周围,心中陡然就有一种既熟悉又陌生的生命颤动。

是下午时分到达卧龙山庄的。其时,几抹红霞还灿烂地挂在西边的天际,天柱峰、飞来峰、蓬莱峰静默无语,在夕照里兀自泛着白光。特别是天柱山主峰,那被唐人白居易引以为豪的"一柱擎日月"的雄壮,在这个角度望去就平白地减去了几分。尽管我知道"横看成岭侧成峰"的道理,但我没见过天柱峰这个模样,心里忽然被生命的另一种可能挤兑、冲撞着。抬眼望去,面前的山峦一山逶迤,层层叠叠的树林交柯错叶,或绿、或黄、或红、或紫。有的澄碧透亮,犹如汹涌着的大海波涛,由浅渐深、由深而浅,向山脚下缓缓地推去,让我内心暂时获得稍许的安慰,只得诧异于天柱深秋的深深深几许了。

隐隐约约的,传来一种声音。我以为是谁在树林里弹筝抚琴,仔细一听,却是溪水的响声。顾不得休息,便唤来朋友循声找去。只见山庄右侧树木丛林,枝条轻扬,掩映着山间小道。沿小道有一条跌宕起伏的

溪流蜿蜒着。于是，我们就沿着小溪的两旁走。山幽林密，泉隐其中，水声淙淙。溪岸两旁，繁密的枝叶虽已凋落有序，但枝条勾肩搭背，却在头顶上搭起了参差斑驳的穹顶。倏忽间，林木疏朗处突然闪过一泓澄澈，溪床细沙乱石，纤尘不染，水底的树叶纹脉，清晰可辨，那汩汩的水声好像响在别处。风过树林，树叶哗哗作响，茂密的枝叶丛里又显出一汪清泉，像一位羞涩的少女眨着眼睛，溪流异常清冽，奔突的水声也愈发地大了。

　　一路走着，一路就沉浸在溪水的声响里。忽然看见一块巨大的石头，袒胸露腹地平躺在溪间，上面刻有"观山听水"四个红漆大字。我立即跳跃着跑到那块石头上，双手合十。静坐了片刻，心里突然冒出了"秋山响水"的句子，于是对朋友认真地说，我觉得面对这一座秋山，这一条响水，不要刻意地去观听，心中便能感受到一种宁静。朋友点头称是，笑着说，你还真说对了，这条水就叫作"响水"！

　　响水，多么好听的名字啊！

　　于是再走一次响水——好客的当地朋友知道我们来，第二天特意赶了回来。先是开车陪我们走到响水溪的下游，然后从溪沟里溯源而上。秋天，溪水已瘦，看那一泓溪流依岩傍壁，或飞湍直下，或曲折逶迤，更多的在溪床岩石间盘旋不已。有一缕浅而明净的白练，从苍青的山间流淌而下，然后又从石褶皱里潺潺而出，遇顽石则回流成旋，咽咽地漫漶而流；过平坦舒缓处，则泠泠淙淙，发出美妙的音响……头一天所见的溪流，如果说还有点像柳宗元游过的小石潭，有苏轼游览承天寺的意味，那么此时的响水溪便是大开大阖，大起大落，跌落有致，有些春水澎湃的意思，让人觉得是地道的响水了。

抬头看天空，溪流两侧森林满岸，葱郁茂密，天空仅现一线。大峡谷刀砍斧削，直劈千仞，真有一种"一夫当关，万夫莫开"的雄关气魄。置身谷底，让人无端地生出感慨，一下子觉察到生命的渺小来。

一阵小心翼翼，一阵欢呼雀跃，我们在溪沟里走了一程又一程，终于，觉得面前的出口赫然在目，以为这就走了出来。但走上前去，一缕流泉叮咚有声，眼前却没有了路——只好等着朋友过来，逆着水流，在石头的洞隙里缩头勾背，如蛇状爬行而出。"山重水复疑无路，柳暗花明又一村"，念着现成的诗句，我们依次步入刚走过的石级，心中有些胆战心惊，还有些莫名其妙的感动，一种与大自然渐渐地融合在一起的欢愉。

山水总是有灵性的。

坐落在北回归线上的天柱山，因这一纬度的神秘，自有别样的灵性。这里峰幽林密，水源充沛，山高水长。山水有着天地的庇护，草木受了泉水的滋润，春绿夏凉，秋黄冬藏，一年四季都充满勃勃生机。可到卧龙山庄，远远再望一眼响水大峡谷，只觉天柱秋山巍巍，连绵起伏，不绝如脉——我知道，有一条响水溪被葱郁、壮观的林木覆盖着、遮蔽着，流水有声，那就有一种深邃、丰富的静谧了。

静静地凝望着天色、山影和森林，我浑身打了一个激灵。突然想，这么多年过去，天柱山让我魂牵梦绕的究竟是森林、峰峦、流泉，还是那糅杂在一起的浓浓的乡愁？

家乡雨

安谅

我不习惯带伞，嫌烦，嫌多余，所以小时候上学，淋雨就成为常规的节目，时时上演。衣衫湿透，犹如落汤鸡一般，时常引发感冒，大人叱责，同学嘲笑，依然我行我素。工作之后，也不带伞。因为我早上基本不听天气预报，对天气变化似乎相当迟钝。对雨季来与不来，也并不在乎，你要来就来吧，我以不变应万变，这雨砸在头上也不会砸出窟窿来，也就更加淡然视之。何况在雨中尽情地嬉戏，也是充满乐趣的。还写过几首南方雨季的诗，把故乡的雨说得温柔缠绵，把淋雨也作为一大享受。

后来也开始躲闪雨水了。还是青春期时就发现前额的头发日渐稀少，就怀疑自己太不把头发乃至自己当一回事了，这雨也许是掉发的一大缘由。何况，报刊连篇累牍地介绍，这工业城市的雨，并不澄澈洁净，有的还含有某种对人体有害的物质。最极端的例子，就是酸雨了。这雨倾盆而下，断不会有人在雨中漫步，胜似闲庭信步了。

南方的雨，上海的雨，也真够绵密的。梅雨季节，身子老是有湿漉漉的感觉，雨伞也遮挡不住细雨纷扬。有一阵子是骑自行车上班的，那雨披裹在身上，像被包粽子似的，那雨帽还禁不住风的挑拨，时不时地掀开以示罢工了，感觉很是不爽。但还是想抵挡这雨的侵扰，头发凌乱了，衣服湿透了，脸上也是水迹斑斑，这模样还是有损自己形象的。后来有车了，避开了不少风雨。当然，很多时候，还是有点厌烦这突如其来，频频造访的雨。模糊了视线，泥泞了道路，冷不丁打湿了衣履，还裹挟了一阵凉意。雨，终是太多了，也迷蒙了天空，曾有过的诗意，也逐渐淡去。

到了大西北，到了南疆，并且工作生活了几年之后，领略了这里的干燥缺雨，忽然就生发了另一种感受。

一年四季，几乎见不到一场豪雨。上海一天的雨水就几乎是南疆一年的降雨量了！也见识过雨滴。那是在公路上疾驰。还没听到什么动静，就听当地司机说，看，下雨了！在他的指点下，才发现车窗挡风玻璃上散落着几滴雨珠，混浊黏稠。紧接着，又看见几滴弱弱地飘打在窗玻璃上，怯怯的，像一只只懦弱的小昆虫。后来也看见过雨势稍微强盛些的，密密匝匝地从天而降，但很是短暂，飘落的雨，沉没在虚土里，若有若无，显得孱弱而又委顿。

2011年4月29日，我在喀什的泽普县城，忽然尘沙漫卷，当空旋舞，渐渐地天地昏黄起来，那画面的底色像是泛黄的老照片，街上人车稀落，只能裹着面纱戴着口罩出行。不出几分钟，身上落满粉尘。临近塔克拉玛干大沙漠，沙尘肆虐从来都是平常事。令人稀奇的是，一场阵雨紧随而来，大地响起了啪嗒啪嗒的声响，清脆悦耳，像是谁在弹奏一支什么玄秘的乐曲。那雨滴，比鹌鹑蛋大，打在地上，也像一颗颗鹌鹑蛋迸裂，混浊的液体花瓣一样绽放。这雨水在我眼里就像是英雄捐躯，用生命裹挟了尘土，使这天空复原了清纯。

那天南疆的日志，沙尘暴昏黄了纸页。像一只巨大的茧，密封了整

个世界。雨,那轻灵的雨,在深夜也突然来临。以她透明的身躯,舍生取义。裹挟着猖狂的尘土,坠落,毫不犹豫。翌日,一个阳光的日子。破茧而出,仿佛凤凰涅槃。我想追寻这一场雨,但她已幻化成一种传奇。

这是一场壮观绚丽的雨,但实属罕见,雨本身就是稀罕客,豪雨也更难得。即便有一种磅礴气势,人置身其间,也是不堪忍受的。

于是我十分想念家乡的雨了。

南方的家乡的雨,春天,多半是淅淅沥沥的。飘洒在身上,有春天回归、大地回暖的感觉,舔一舔,也有些微甜润。而夏天,雨经常说来就来,说走就走,晶亮清澈,对炎热一阵鞭打,酷暑多少退却了几分。那种凉爽清冽是难以忘怀的。

一夜,故乡的雨淋湿了我的梦,也添加了我的相思。星夜和星辰都被雨水洗白洗亮了。

但白天我能有一种期冀吗?是的,想在喀什,淋一场家乡的骤雨,这一次我不会撒腿就跑。让暴雨从头浇下,浇出我欲望的轮廓,瞬间释放一个游子的鲜亮。南方的雨季里,有来自天朝的诏书,要让戈壁变成一片雨巷。那缥缈中,还会走出一株株的丁香。就让我自告奋勇,做一回喀什的舞者,在雨中湿漉漉地飞翔。

后来终于有机会回家乡,一出机场就被湿润紧紧相拥了。深秋的雨,也在与树叶相嬉戏着飘落,抚摸着我的脸庞,扑打在我的衣裳。虽有一种萧瑟之意,但我仍感觉心旷神怡,温馨氤氲。

我迎了上去。没有打伞,自然也不用雨披。

这久违的家乡的雨呀!你能来得再猛烈一些吗?

湿漉漉的石板街

程秋生

石板街是江南小镇的特色所在。

石板街的前面是街，后面是河，再加上平日里光照不足的缘故，常年湿漉漉的，两边阴沟里长出了些许绿茸茸的青苔。世世代代的人们居住在石板街。就在这条不起眼的水乡小街上，家家户户的前门是熙熙攘攘的街市，后门则是船来舟往的条条纵横交错的小河，只要抬头望去，石板桥、石拱桥重重叠叠，数不胜数。

石板街紧连着各乡各镇各县各市，连着大中国。你看，那些居住在大城市高楼大厦里的人们，不远千里兴致勃勃地跑来这里喝糖粥、吃梅花糕。而许多出生在石板街上的孩子们，长大后不论去哪里求学、经商、做官、行医……只要一想起一提起心中难以磨灭的那条湿漉漉的石板街，都会神情凝重，陷入深思，心中喃喃自语道："乡愁，那是难忘的乡愁啊！"石板街甚至连着全世界。要不，那些黄头发蓝眼睛的欧美人、黑皮肤的非洲人，怎么也会在石板街的茶馆书场里品香茗听评弹呢？怎么也会对石板街上的打铁、箍木桶、弹棉花、织土布、酿白酒、腌腊肉等民风民俗产生浓厚的兴趣呢？

狭窄而悠长的石板街是小镇的缩影，也是水乡人起居生活的真实写照。每天凌晨四五点钟天刚蒙蒙亮，老虎灶兼茶馆的灯早已亮了，开水

冒着腾腾的热气,蹿出木板门,弥漫在石板街上。三三两两赶早市的老人走进茶馆喝起了早茶,他们天南地北地闲谈神聊,大到"打虎拍蝇"、发射卫星等国家大事,小到青菜上市、油条香脆等民生关注,更多的则是家长里短的琐碎小事,谁家儿子娶了大学生媳妇,谁家女儿考上了名牌大学,谁家孙子开了小餐馆等。有些老茶客还能绘声绘色地讲些"吴王夫差与西施""唐伯虎点秋香"等故事。聊得饿了,去隔壁早店铺买块芝麻烧饼或是买根油条当早点,也有的叫上一碗热气腾腾的阳春面,鲜美可口。当太阳升高了,早茶也就结束了,卖菜的去卖菜,修伞的去修伞,屋顶筑漏的去铺瓦筑漏,三百六十行,一人爱一行。当阳光洒满了拱形石桥时,石板街上的早市就到此结束了。而每当夜深人静时,有人穿着皮鞋独自行走在石板街上,还能发出"笃笃笃"美妙清脆且富有节奏的声音。

走进湿漉漉的石板街,不难发现,面对面的二层楼房,屋檐对屋檐,中间只有一条细细的缝隙,人们管它叫"一线天"。住在楼上的人家只需推开一扇窗,就可以相互讲话或是打招呼。胖嫂笑吟吟地问对面的李婶:"你读卫校的女儿放寒假了,给她做点啥好菜吃?"李婶随口一答:"油爆虾、腌菜炒豆瓣、荠菜肉丝汤。""唷,都是小荤呀?"胖嫂似乎不解地问。李婶又说:"女孩子爱苗条,谁爱吃大鱼大肉?"接着又逗胖嫂一句:"谁像你!"胖嫂脸一红,不吱声了。不过邻里关系十分和睦,谁家有难事,只要言一声,众人定会伸手相助。就凭着楼宇间的"一线天",日出日落,刮风下雨,走在石板街上的乡亲们心里都知晓。

小镇原本很穷,没有公路,自然不通汽车,乡亲们去城里购物,上医院看病,孩子读中学,走亲戚乃至婚嫁迎娶等,全靠那条吱吱呀呀的小木船。于是，面对白茫茫、银闪闪的水面，小木船是小镇人唯一的交通工具，船的贵重不亚于当下的"奔驰""宝马"，男女老少摇船的普及率也远远超过开汽车的。不过他们摇船无须考什么证照，因为从小就练就了打鱼摸虾的本领，而且还会哼几句吴侬软语的船歌。

  如此这般的水乡小镇，因为有了那条湿漉漉的石板街，千百年来从未被人们遗忘。作家为它写下美丽的文字，诗人为它浅吟低唱，画家为它精心作画，摄影家为它拍特写……所有这些，都是为了表达心口浓浓的乡愁。这里，乡愁不再是一枚邮票，也不是一座桥、一条河、一棵树、一间房，而是经历千百年，延绵数万里，被千千万万的男男女女、老老少少踩踏过的那条湿漉漉的石板街。

  湿漉漉的石板街，历尽了千年沧桑，写满了游子乡愁！

露珠里的村庄

洪忠佩

很难说得清楚,是一声声的牛哞,还是一阵阵的鸟语催醒了篁岭的春天。田地上有了泛春的迹象,有几丘梯田自然而然蓄起了水,清清浅浅的一匹,长条的,椭圆的,像一面面山地上的镜子,映着蓝天白云,而一畦畦一丘丘层层叠叠铺展的,是嫩绿嫩绿的油菜。

其实,比篁岭的春天来得更早的,是春节前五桂堂与怡心楼的一场婚庆。古旧的门楣上,硕大的"囍"字还是红彤彤的,那喜庆的鼓点和撒粿籽的欢娱,似乎还在村里回荡。而吃过新人糖果的"小把戏"(小孩子)呢,嘴上也像抹了蜜一样的甜……等石耳山上的迎春花发起篁岭的春讯,村里房前屋后一树树的桃树、李树、梨树的花朵也就次第开放了。或许,那蜜蜂的嗡嗡声,最能触动油菜花的神经,一朵朵,一束束,一片片,那油菜新绿上生发的金黄色花朵,宛如田野上奔腾的烈焰。而在山村田野间流连与回旋着的,是油菜花沁人肺腑的清新芬芳。

石耳山,是矗立在江西婺源与浙江开化的一脉界山,篁岭、小潋、大潋等村庄都蛰伏在山中。许慎在《说文》中说:"篁,竹田也。"想必,篁岭的曹姓始祖五百多年前在石耳山上开村时与竹田有关。果不其然,我在《婺源县志》上找到了篁岭村名"其地多竹,大者径尺"的注脚。粗大、高耸、翠绿的竹子,不失为一种壮观。然而,我早年徒步去篁岭村,并没有看到"大者径尺"的竹子,只看到了少量的毛竹、水竹、苦竹,更多的是水口上了年纪的香榧、香樟、枫香、红豆杉、槠树、㭴树、杉树、枞树(松树),还有村中濒临坍塌的祠堂。是鳞次栉比的民居,抑或层层叠起的梯田,让落地生根的粗大竹子消失了吗?而山上的毛竹是否是"大者径尺"的竹子的子孙呢?又是否因为山上村民晒秋的竹盘竹匾用量大,使山上的竹子逐年减少了呢?村里的老人们你一言他一语,最终也没有能够给我一个准确的答案。

从某种意义上讲,村庄坐落的海拔,山中的沟壑,以及村庄水口的走向和自然资源的丰富,都处处体现了篁岭村先民的智慧。曾经,罕见的竹子,作为篁岭地理人文的一种存在,而"大者径尺"的竹子,只是我怀想的一种参照而已。后来,我在行走的脚步开始慢下来的时候,喜欢上了这个滴着露珠与飘着花香稻香,以及民居上长着晒楼的山里村庄。从山顶上俯瞰,我发现倚山而居,有一百多户人家的篁岭村,其形状一如天空滴落的露珠。在我眼里,篁岭春天的油菜花,夏天的稻浪,秋天的晒秋与红枫,以及冬天的雪野,都是村庄四季原生而有质感的影像。

粉墙黛瓦,梨花春雨,还有比篁岭的春天更素雅的村庄景致吗?正当我春天徜徉在篁岭的深巷,为南方的乡村情愫挥之不去的时候,村前层层叠叠的油菜花已经悄然绽放,开始随风奔跑了,灵动,跳跃,汹涌,尤其那浓烈的色彩,特别的炫目与迷人。无疑,这样的油菜花奔跑的烈焰,在梯田上极有力量感,让人由衷发出一声赞叹,抑或有歌唱的冲动。远远地,我似乎感受到了山峦在油菜花的烈焰中悸动。

篁岭的阳光是液态的,从屋檐,或者树叶间流过,加重了民间的古旧和古树的苍劲,以及透出村庄更多的烟火气息。腊肉、苞芦(玉米)、

辣椒在屋檐下挂着，厨房里刚刚出锅的汽糕，蒸汽氤氲，飘着菜油和米浆的原香，还有那带着艾香的清明粿和逸着豆香的豆浆，一一添加着我味蕾上的记忆。而在心中唤醒的却是久违的家乡味道。蒸汽糕蒸清明粿与做豆腐的家庭主妇，由内而外充满母性的亲切，无论在厨房还是堂前，甚至在菜园田地劳作，都是山村生动和谐的画面。我走到篁岭村口的二十四节气石刻前，遇到了荷锄归来的村民老曹。熟人见面，我免不了又缠着他聊起了村庄修葺的宗祠，久远的村事，还有田地上一年四季的收成。

山村田野的虫豸，还有树上的鸟，我叫得上名字的少，不知名的偏多，却是它们拉开了春天山村晨光里的合唱。或许，它们是村民生活中忽略的部分，我却觉得与早晨的鸡啼一样嘹亮，甚至更富有诗意。大地的事物，村庄的关联，都在时光中漫漶。山里的晨岚是纯净的，露水是纯净的，露珠在叶尖上晶莹透亮，有清新灵动之美。我时常会在一滴露珠中去感知一座村庄原生的状态与美好。而篁岭油菜花的烈焰，还有晒楼上的竹盘竹匾，应是以山里田地中生长与收获的斑斓色彩，年复一年地丰富着露珠里的村庄。

到佛子岭去

叶辛

国庆十周年的时候，1959年10月1日，哥哥送了上小学三年级的我一本红封面的硬壳笔记本，装帧十分漂亮，里面还有彩色的照片，都拍的是祖国大地上新的建设成就和风光。

其中一张彩照，下面标明的文字是：佛子岭水库。

只见巍峨的大坝后面，是一泓碧水，煞是漂亮。

那时候我不知道佛子岭在哪里，只因喜欢那张彩照，喜欢漂亮的笔记本，我记住了佛子岭水库这个地名。

上了中学，课本里有一篇"到佛子岭去"的散文，是和巴金一起创办《收获》杂志的老作家章靳以写的。课文不长，老师要求背诵，故而加深了对佛子岭的印象。

课文里提到好几个地名：官亭、梁家滩、霍山、淠河……一些小地名，就是没有明确提到佛子岭水库在什么位置、什么地方。课文中也讲到很多从湖南、山东、成都到佛子岭去的客人，通过人们的对话，我感觉到，全国各地各行各业的人都在往佛子岭的工地上赶，去看热火朝天的工地，去仰望建设中的连拱坝。这让我更增添了对佛子岭的向往和憧憬。

再后来，我爱上了文学，从国庆十周年的散文集中，又读到了"到

佛子岭去"的散文,这才知道,哦,原来中学课本里的,只是整篇散文的节选,原文要长得多。于是不由自主又读了一遍。

读了整篇散文,仍然不知道佛子岭在什么地方,只是感觉是在安徽省山区的某个角落里。

乍到佛子岭

说是乍到,是因为人已经到了那座六十年前开始建造的巍然大坝跟前,这才恍然大悟,原来这就是佛子岭,这就是青少年时期留在记忆中的、课文里背过的、散文集中读过的佛子岭水库。

哎呀,我使劲地回想,昨天坐着大客车,雨雾朦胧之中,从省会城市合肥出发,经过六安市,再到了六安市下面的霍山县,不知不觉间就到了佛子岭。车窗玻璃上蒙满了水汽,必须用手抹拭一下,才能看清外面的景致。章靳以当年写到的茅草棚,路边的小吃摊,都不曾看到。实在是有点遗憾。

我睁大了双眼看,有雨,雾很浓,唯有散文里写到的那条淠河,清朗而又澄净,显得十分温顺。雨雾之中,湿气很重,空气却很清新。同行的作家蒋子龙说:"这地方有雾,没有霾,空气中的负氧离子高,不但夜间睡得好,午睡都睡得很沉。"来自山东的作家张炜则说:"这地方好就好在不可复制的生态之美。"

可见他们的心情和我的一样,虽然碰到了朦朦胧胧看不甚分明的雾天雨地,还是发现了佛子岭独特的生态。同行的张炜私底下还对我们人手一瓶的水发出疑惑的议论:"为什么取名'剐水'?这个剐字……"

于是我仔细端详佛子岭出的这一款口感清冽的水,哦,原来佛子岭上雨雾茫茫之中,有漫坡漫岭的竹海,这水从竹根下流过,经过根须的层层过滤,佛子岭山上的老百姓世代饮用,俗称"剐水"。这水汇聚到山坡下的河谷之中,就是淠河。怪不得当年章靳以写到的"水又清又浅"的淠河,六十年过去了,现在还是那么清碧呢!

我呢,说不清是一种青少年时的情结,还是望着眼前细雨中透光的水波、一湾涟涟碧水,也写下了一首小诗:雨中佛子岭,雾纱漫山林;溪色酿美酒,剐水无弦琴。

最后这一句,是从古诗"青山不墨千秋画,江河无弦万古琴"化过来的。清澄碧透的水色让我想到能酿美酒,是当地老乡告诉我,这地方古来确有酿酒的糟坊,出的酒就以地名相称。是叫霍山酒还是佛子岭,老乡也讲不清了。

我心里说,这无关紧要,只要有依据就行。

回到上海,多少还是有点遗憾,虽然知道了佛子岭的大致方位,是在安徽六安的霍山县境内,但是一路之上,究竟有些什么见闻,具体路径怎么走,还是不甚了了。不过,总算是看见了童年时代在照片上看了又看的佛子岭水库,这可是"共和国第一坝"啊!可以说是不虚此行。

这是两年之前,2015年初夏的事。

又到佛子岭

正是怀有这一心理,今年春夏之交,说又有一次去往佛子岭的机会,你愿意去吗?

我欣然而往。这一次去，内心里有了准备，暗自说，得把如何到佛子岭去，该怎么去，细细地摸个透。

第一站自然是到六安。

知道六安，是因为两个缘故，一个是六安瓜片，一种名茶，在上海名声很大。周总理生前喜爱喝六安瓜片，邓大姐在上世纪九十年代，还让办公室的同志代购六安瓜片。另一个原因是，高铁通了，六安到上海才三个多小时，大量出自六安的农副产品运进了上海，六安的朋友说，我们是上海的后花园，茶叶、红桃、冬笋、香菇、木耳、石斛、小鱼干都运出来卖给青睐生态农副产品的上海人。

吃到六安的农副产品，喝到六安的瓜片茶，六安在上海的知名度大大提高。

这一趟走进六安，又一次到佛子岭去，我这才知道，六安还是更为响亮的大别山区的核心区域，六安不仅仅是一片产农副产品的绿色山区，还是一片红色的土地，有悠久的革命传统和历史。新中国成立后，修建的共和国第一坝，筑起的佛子岭水库，就是根治淮河的重要水利工程。佛子岭水库建好了，才把当年时不时危害百姓的水害变成了水利。

望着那条清澈碧透的淠河，引发我诗性一湾流水，我想起了小时候背过的课文："……这阵它的水又清又浅，发起水来可吓死人……"说的原来就是千军万马修建佛子岭水库的意义。

因为当知青时种过茶，年年春天采过茶，又喜喝茶，懂一点茶，贵州省人民政府聘我为茶文化大使。这一回走进六安茶谷，我很快发现，六安的茶，和别处的全国名茶，确有不同之处，比如西湖龙井、都匀毛尖、信阳毛尖、君山银针一类名茶，都讲究喝个明前茶，清明前后采摘的茶叶，价格大不一样。六安瓜片则讲究采摘谷雨前后的茶，况且采下来加工制作的方式也不一样，甚而至于卖出去的对象也不同，走进一碧万顷的茶谷，会看见路边书一条醒目的口号：中蒙俄万里茶道，六安五百里茶谷。

哦，原来五百里六安茶谷的茶，还远销到蒙古国和俄罗斯。

这是啥原因呢，走久了，在茶谷里喝一杯六安瓜片，品了几口，我顿时明白了，这茶喝来的最大特点是浓醇馥郁，其他的名茶在这一点上不能和它相比。怪不得它从晋朝流传至今，怪不得它曾是贡品，怪不得蒙古国、俄罗斯人都喜喝它，那些地方冷啊！喝来就感觉舒爽有回味。

走车看花，一路绕着弯弯拐拐的山路到佛子岭去，只见群山环抱的层峦之间，碧水缭绕，竹海茶坡连绵无尽，淡绿浓绿深翠，瞅得人眼也醉了。

一路同去佛子岭的作家苏童说："我知道佛子岭，是小时候集香烟牌子，有一张印着佛子岭水库。"

我听了不由笑起来，这和我从笔记本上看到彩色照片，是同样的童年记忆。

泛舟佛子岭水库的碧水间，站在船头，仰望那巍然耸立的大坝，已然有了六十三年的岁月痕迹，我不由问：

"这地方产酒吗？"

闻者"哈哈"大笑："怎么不产酒？产。"

"是霍山酒还是佛子岭大曲？"

"那是半个世纪前的老皇历了，"闻者继续笑道，"那时候用这你说的这两个名字，三四十个人，一个小酒厂，一年到头才出产一百万产值

的酒。"

"现在呢?"我追着问。

"现在这酒厂,每天交给国家的利税,三百多万。"

我骇然,心算了一下,一年足有十亿元。

船仍在碧水间疾行,拐弯了,我眺望着佛子岭的远近山水,随着初夏时节的风,吟出一首小诗:"船行碧水间,风轻一帆悬;雾尽群山艳,万岭露笑颜。"

是佛子岭的笑颜。

是祖国的笑颜。

目光里的松阳

彭 程

在这样的地方,适宜于将眼睛想象成一部摄像机。目光的收放,仿佛镜头的伸缩,将不同距离的目标一一捕捉摄录。

此刻,从站立的地方望去,对面几百米开外,是一处宽展的山凹,仿佛张开的臂膀。一幢幢古旧的房屋,沿着山坡的自然形态,由低处往高处,一级级伸延开来。两排相邻的房屋之间,高低落差两到三米。而整个建筑群的高度,目测在两百米左右。这种层级排列的特点,使得每一排房屋的墙面大部分都袒露着,少有遮挡,相互间拼接成了一个层层叠叠巨大的建筑外立面。墙面原本用白粉刷成,但经过数百年风雨剥蚀,大半已经脱落,袒露出黄土的坚实墙体,色调温暖。一排排黑色扣瓦的屋脊,以平行的姿态排列着,分割开这个巨大的土黄色块。黄黑色调的配搭,使画面构图既灵动又凝重。

这是杨家堂村,一个阶梯式古村落。

几个小时后,视野中出现另一个村庄。这次要更远些,是从位于半山腰处的山路旁俯瞰,目标距离当在一千米左右。整个村子三面被山峦紧紧环抱,仿佛端坐在一把太师椅上。大朵的白云静静地悬挂在村庄上方,映照着蓝得透亮的天空。距目光最近的地方,是进入村口的小路,旁边有一眼方方正正的水塘,碧绿水面有几只白鹅游弋。目光向右后方

向挪移,另一条进村的小路旁,有三棵粗壮茂盛的古松树,一字排开,高高挺立在一片青黑色屋顶之上。

这是酉田村,一个台地式古村落。

如果说上面两处分别是中观和远观,那么接下来显然应该说到近观了。

这一次视觉盛宴发生在第二天。目光和目标间的距离,骤然间缩短到只有三五米,甚至更少。这是一个一万多平方米的院落,由前、中、后院及家祠、宗祠、花园等构成。由祖孙三代陆续建造,自清代同治年间开始,到上世纪二十年代完成。雕梁画栋,美不胜收。尤其是分布各处的众多木雕,技艺精湛,令人惊叹。由鸟兽鱼虫、植物花卉衍生出众多题材,喜鹊登梅、灵猴献寿、岁寒三友等,尽皆栩栩如生,出神入化。

这是黄家大院,一个美轮美奂的古典庄园。

……

令我的目光牢牢羁留的这些场景和画面,属于同一个地方:松阳。浙江丽水市下辖的一个县,位于浙西南绵延邈远的群山中。

"按节下松阳,清江响铙吹。"唐代大诗人王维的诗句,吟咏的是松阴溪,松阳的母亲河。这条河自西至东贯穿县境,流入瓯江。诗人送友人来松阳任职,在他的想象中,这里江水流溅时发出清越的声响,有着某种鼓乐的音律。这样的诗句,一下子给想象注入了一种悠远浑茫的历史感。的确如此,远在东汉建安年代,这里就设立了松阳县,迄今已经历一千八百年时光。

虽然历史久远,但在大多数时间内,它鲜为人知。这首先是因为地处偏僻。交通不便,信息闭塞,以及相伴生的贫穷落后等,注定了难以有更多目光投向这里。不过这倒也并非全是坏事，所谓祸福相倚云云。过去漫长的农耕时代，这样的地方容易躲过兵燹战乱。今天，经济建设大潮裹挟一切地域，但偏僻的地方与通衢大邑和沿海经济发达地区相比，因为硬件条件的不足，往往慢上几个节拍，滞后若干年。这种时间差，从好的方面讲，可以借鉴发达地区在发展中的教训，不走或少走弯路，不用交付巨额的"学费"。

松阳印证了这一点。僻远的地理位置，让松阳有幸保存下众多古村落，也保存了一个良好的生态环境。这就使它具有后发优势。

这种优势，既是自然的，也是人文的。

作为一个生动的比喻，"天下没有不散的筵席"已是耳熟能详，但对于一个外来人，松阳的山水自然，就是一道永远不会撤席的目光的盛宴，只是随着季节和时辰，不断变换着内容。短暂的几天中，感官积攒下了丰富的印象，足够在此后很长时间里反复回味。这里，蓝天白云是天空的常态，阳光穿过透明的空气倾斜下来，树叶仿佛被擦拭过，熠熠闪光。澄澈清亮的溪水，舒缓而辽阔的茶园，桂花树浓郁的香味，夜晚窗外的蛙声，黎明时分的鸟啼，都让我们一行来自不同大都市的旅行者，有一种超出期待、何其奢侈的感觉。由于水量丰沛，云雾缭绕的景色随时可见，行走山水间，恍惚置身于一幅立体的水墨画长卷中。

更为可贵的是，这巨幅山水之间，保留了一百多座格局完整的传统村落，其中不乏国家级、省级的重点保护对象。这些村落散布在"八山一水一分田"的县境各处，依据当地地形的不同，呈现为阶梯式、平谷式、傍水式等各种样貌。对于眼睛来说，尽管目标姿态各异，却可以用一个成语来概括：目不暇接。

　　每一个村子都体现了与自然的紧密融合，或以青山为倚靠，或以绿水为襟带，或仰接峰巅，或俯瞰幽谷，山环水绕，林木蓊郁。走进村头，或者是一道溪流，自山上淌流下来的溪水汩汩有声，清澈见底；或者有一棵高大粗壮的古树，甚至几棵合抱，伸展的树冠遮住了一大片地面。再向里面走，村中巷弄弯曲幽深，脚步在块石和卵石铺就的小径上敲打出声韵，石径的边沿和墙脚交界处，覆盖了一层湿滑的绿苔。

　　从外观看，这里的建筑融合了浙闽徽三地的风格，夯土的泥墙立面，拱形屋顶上的青瓦，高低起伏的马头墙，经过数百年的风雨侵蚀，多已漶漫残缺，诉说着岁月沧桑。推开一扇老旧的门板走进老宅，廊道曲折，天井萦回，地面的方砖大半已经龟裂，纹路纷乱。瓦檐下，窗棂旁，屋梁侧，柱础上，到处可见石雕、木雕或彩绘，内容多取材于神话传说或传统典籍，八仙过海、麒麟献瑞、松下问童子、鲤鱼跳龙门……笔法精致、细腻、生动，有祝祷的寓意，有教化的作用，本身也是精美的艺术品。

　　村子里巷弄纵横交织，幽深曲折。错落的老宅之间，分布着宗祠、庙宇、米碓、水井、水槽、神龛、晒谷坛……一些在别处早已经消亡的农业时代的典型建筑和器具，这里却完好地保留着，仿佛一位历经沧桑的耄耋老者，以从容安详的姿态，淡然地面对外界的纷乱扰攘、兴衰更替。

　　9月下旬的江南，仍然十分炎热，走不多久就一身汗。快速是天然不适合这里的，需要放慢脚步，放松呼吸，让目光缓缓摩挲视野中的一切，一如时光亘古以来在此处缓缓流淌。坐在百年香樟树的浓荫下，喝一杯用多种草药配制的当地传统的"端午茶"，听着松风时作，溪水潺潺，有一种沁入骨髓般的深长惬意。

　　这些老屋旧宅及附属的各种建筑所构成的村落，堪称是中国传统乡土建筑群完好保存的样本。而建筑向来是文化的重要组成部分和最为具象化的存在。无论是一座屋宇，一进院落，还是一口藻井，一扇窗棂，整体和局部，大处和细节，处处都弥漫着传统美学的韵味和情致。

但它们显然并非是独独属于审美的，虽然目光最初感知到的正是这一点。在美的种种样貌形态背后，它们还有着更为丰厚的蕴含，承载十分广阔的功能。譬如"耕读传家"，是数千年的农耕社会所尊崇敬奉的价值，一代代地被传承着。这几个字被刻写在无数古宅老院的匾额上，如果是以对联样式张贴镌刻于楹柱上，就扩展成了"耕读传家久，诗书继世长"。在这样的环境中长大的孩子们，每天进出门口时，抬眼所见都是这些字句，耳濡目染中，如何不受到熏陶？传统文化价值观就是以这样具体可感的方式，渗融进了一代代人的灵魂。前面写到的杨家堂村，一个只有三百来人的小村子，是明代开国第一文臣宋濂后裔聚居地，文风昌盛，绵延不衰，近代以来从这里走出的教授级别的专家学者就有五十多人，在众多领域都取得了丰硕成果。

……

正因为如此，松阳享有"最后的江南秘境""古典中国的完美标本"的美誉，在典籍文献之外，为祖先们数千年来所栖身的家园，为一种悠久而充满魅力的生活方式，保留下鲜活生动、具体可感的形态样貌。

现代化浪潮席卷之处，一应城市乡村都无所逃遁。目光所及，几乎到处都是所谓标准化、时尚化因而也是高度雷同化的环境和生活。喧嚣和躁动，忙乱和焦虑，速度和效益……织就一张无形巨网，让人们灵性窒息，疲惫不堪。相形之下，这里幽静古雅的氛围，舒缓从容的节奏，便愈发显得可贵。仿佛是上天的特意安排，在遥远宁静的群山之间，安

放一种美好,为了让人们真切地领悟,什么才是诗意的生存。

而这里的人们,也的确没有辜负上苍的这一种厚意。

记忆闪回。抵达松阳县城的第一天,晚饭后,我们一行走到老城区的西屏街上。这是一条明清老街,长约两公里,较为完好地保存了当年的样子,青石板的街路两旁,鳞次栉比排列着下店上宅式的二层木结构店铺,有铁匠铺、金银铺、炭烛铺、锡箔铺、草药店、裁缝铺、棕床店、剃头店、制秤店、拉面店、酥饼店……不下几十家店铺,堪称是一个古老集市的完整标本。单单是一个铁匠铺,就摆放着菜刀、镰刀、柴刀、刨刀、锅铲、锄头、斧头、镐头等铁器,很多都是我告别在农村生活的童年后再也没有看到过的。盯着这些器物,仿佛看到了一条时光的纽带,绾结起漫长的岁月。

这样的老街,在不少城市中,或者被拆除,或者把原来的住户迁走,经过一番修葺变成旅游参观的项目,居住生活的功能却被剥离。松阳的做法完全不同。当地政府秉持一种"活态传承"的理念,不但让老街的原住民安心住下去,也鼓励来此赁房做生意的商人以店为家。在保持老街的空间风貌及建筑外立面传统风格的前提下,进行现代化的设施改建,大大提升居住舒适度。房子住了人,便有了鲜活的生命气息。传统生活方式的浓郁气息,也就十分自然地氤氲弥漫开来。

随后几天的行旅中,所见所闻,无不在增强和深化这种感受。它们尤其体现在数十个传统村落的再造上。从政府主导的"拯救老屋行动"、"田园松阳"计划,到民间自发的各种行动,都强调对古村落保护的完整性和原真性。通过政策扶持,让原住户将老旧的房屋改建成对外营业的民宿,通过生态农业、休闲度假、文化旅游等方式,充分展现松阳的山水人文之美。

譬如四都乡平田村。从这个位于半山腰处的村子向四处眺望，目光被几座舒缓绵亘的山峰遮挡。一位经商致富的本地人，向村民租了二十八幢老屋，在政府支持下，请来清华、哈佛的专家进行设计，改建成不同档次的民宿，因为品位不俗，知名度迅速提高，吸引了大批的游客。

其中一处名为"云上平田"的多功能综合民宿项目，让我们大开眼界。这里有茶吧、咖啡吧，坐在宽敞的露台上，可以远望峰峦之上云起云落，近观飞鸟从树梢间一掠而过；一间农耕展览馆，陈列着各种农具，让人恍若回到在田野间奔跑追逐的童年时光；一间艺术家工作室，可以体验蜡染丝绸围巾的制作过程；一间多功能会议室，摆放着现代化的音响设备。伴随着大屏幕上播放出的自拍影像，一位朴实开朗、充满活力的姑娘，介绍她如何辞去杭州的工作，来这里创业，见证从耕耘到收获的整个艰辛而又快乐的过程。

重要的是这里保存了乡间生活的原味。房屋的梁架门窗廊道，都依照原来的格局走向进行改建；木器未经油漆，袒露着天然的色泽和纹路。在各层的房间里，从不同方位的每一个窗口望出去，都是一帧画面：一堵斑驳的老墙，一个逼仄的天井，一池静谧的绿水，一株葳蕤的芭蕉，一片亮蓝的天空，一抹绵延的青黛色峰峦……

置身这样的地方，不由得会想到那一句广为流传的话——

望得见山，看得见水，记得住乡愁。

目光作证。在松阳大地上，这是一个生动确凿的事实。

侨乡楼语

陈志泽

一

在泉州一带侨乡,最引人注目的建筑风景莫过于那些三三两两耸立在乡村的大洋楼了。

这种大洋楼虽然十分壮观,但大多内里冷清。儿时,我家房东阿桂姆的大洋楼就一直只住着她一人。有时父亲差我到她的大洋楼送点什么,走进大楼,总觉得空荡荡的。众多的门窗像是没装好似的,风吹来哐哐直响,天黑下来后听了有点吓人。大洋楼幽暗,只有斜斜的阳光照见主人那岁月雕刻的面容,再就是来自南洋的"侨批"(民间汇款)跨过门槛时,大门内才亮一会儿。

洋楼大而高,众多门窗灌进海上吹来的风、"过番人"的梦呓,飘出观音瓷像前望夫归的妇人那缕缕心香……深居楼里的"番客婶"青丝扎成的小辫,何时变成了散乱的白发,静夜里如泣如诉的南曲游丝般泄出门窗的缝隙……

大洋楼是离乡背井的"番客"们用血汗和生命垒筑起来的。

哥特式建筑、古罗马式建筑、中西合璧式建筑……出洋的人见多识广,他们的构思与创造也格外奇特。雄伟壮丽之中有精细柔美的花鸟虫鱼，奇思妙想与闽南风土融为一体，神来之笔这里一撇，那里一捺——

大洋楼的中央设置"天井"，家的天伦之乐融融，就是井水了。天井里盈满的空气与阳光也是井水。井上嵌着星月，浮游彩霞，飘过风云。井下蒸腾起地气，强盛家的人脉与呼吸。天与人合而为一的歌声在井里荡漾。

大门前的大石埕另一头建有戏台，高甲戏、梨园戏、木偶戏……大洋楼也有闲情逸致，随时的搬演，滋润着生命的枯干，锣鼓声填满心胸里的空旷。

窗是眺望世界的眼睛，为什么窗棂却竖立着粗大的石条？拒绝盗贼使然。为什么高耸的大洋楼建成枪楼？窗，成为对准邪恶的枪口！无须隐蔽的昭示：安宁的生活必须以武装来卫护。

一种敢苦敢乐的品格高高耸立。

二

不久前，我走进晋江一个叫"梧林"的乡村。只觉得一座座大洋楼向我飞来，撞击我的灵魂。

一座座大洋楼从海外游子的梦境里飞出，从下南洋的"唐山人"的双手飞出，从远离家乡，因了距离产生的美与渴望、智慧与创造里飞出。

这是飞越山山水水抵达家乡的寄托，是建在番客婶心上唯一的安慰，是在乡亲们面前凌空站立的荣光……

一根根高大的柱不就是坚忍不拔、奋勇拼搏的"番客"的骨骼吗？

那些红砖的、刻满闽南文化的墙，就是富有创造精神与传奇色彩的

华侨的肌肤!

突然有座叫"德鑵楼"的大洋楼把我震撼,这座楼主体完工时,正值抗日战争爆发,蔡德鑵家族毫不犹豫地放弃了大洋楼的后期装修,将大量钱财投入抗日救亡运动。

无独有偶,还有一幢人称"旧学堂"的大洋楼,原是想要建造成为海外华侨与本地侨眷提供书信投递和货币汇兑服务的"批馆"的。但大楼开始内部装修时,因日寇侵华,楼主蔡顺意同样将准备用于装修的钱银拿去支持抗战。新中国成立后,蔡顺意家族还慷慨地将该楼借与乡民兴办学堂,于是人们习惯称这座大洋楼为"旧学堂"。

两幢耸立在我们眼前的大洋楼都显得少见的粗糙暗淡,却让我们看到爱国华侨赤子之心的通红透亮。

三

小小的一个梧林村,大洋楼与另一种华侨回哺家乡的闽南官式"大厝"竟然多达九十九幢!

成群结队站立,顶天立地站立,这就是我们可亲可敬的海外游子的巍然身姿。

虽然时光终究要浸软坚固壮丽的大洋楼。它蛊惑楼畔日益繁茂的大榕树挤压大洋楼,差遣风雨雷电摧残大洋楼。老一辈华侨在时光中老去。大洋楼因为主人的远去而哀伤,衰老也是自然而然的了。但乡亲们谁也不想将大洋楼拆建成新的建筑,只尽力卫护与维修。而大洋楼身后的华侨史更是铭刻在人们心中……

到梧林之后我又到阔别的磁灶走了走。我熟悉的房东阿桂姆那栋大洋楼依然耸立，但和许多大洋楼一样，水泥的墙和大圆柱也已满是皱纹、满是黑斑，多处钢铁的筋脉都暴露出来。阿桂姆已过世多年，大洋楼人去楼空——她的儿子事业有成，早已住进自己的别墅。

当我拐进一条红土的道路来到邻近的大埔村，放眼望去是一片片气势轩昂的崭新别墅群。蓝天白云下，绿树丛中，这一片片新时代的侨乡楼群富丽堂皇地耸立。它们以勃勃英姿与深刻蕴含，吟诵着时代的巨变，宣叙着侨乡人的审美情趣与心路历程，让我禁不住快步向它们走去……

踏雪归乡

张金凤

一枝红梅挑开了腊月的门帘，北风中都是节日的气息，睡梦里全是故乡的年景。

年是一缸陈酿，被节令的咒符封存，在人们的殷殷盼望里，直到腊月才缓慢开封。当朔风扫净天空的阴霾，雪花浆洗了岁月的风尘，腊月的酒就再也封不住，香气四散，人们踏着厚厚的雪毯回到故乡，畅快淋漓地取饮那坛岁月的醇香。

年的香气就像一道岁月里的密码，折叠在二十四节气的夹缝中，尘封于十二月的窖缸底部，寒风凛冽的腊月，它被纷飞的大雪撩拨，封条瞬间风化。千里冰封也封不住的香气将基因里的密码激活，人们骚动不安，所有的指向都是一个方向：回家过年。

回家的路也许很近，中间没有万水千山，但却横亘着沧桑岁月；回家的路或许很远，需要用一年的盼望捻成一张票根。车站、码头、渡口、机场到处是拥挤的人群，各种各样的启程和出发，充满了隆重的仪式感。积攒久远的豪迈情怀，伴随着漫天飞雪进入高亢的乐章。患得患失的心情，焦灼不安的面孔，都为一张回家的票。回家的人摩肩接踵，回家的路一票难求，腊月里最动人的一句话是：有票了！手握一张回家的票，那才是握住了最大的幸福。租车、拼车、自驾车，无票也要回家，他们浩浩荡荡向着迢迢乡关进发。大寒小寒又一年，腊月的风雪分外殷勤，来给年的盛宴加油助兴，回家过年的人，头顶雪花，身披尘埃，日夜兼程，朝圣一般归来。

回家，是腊月里最闪光的主题。家里有什么呢？没有金山银山，没有香车宝马，甚至连大街上的路灯都疲倦地昏黄着。破旧的屋子，衰老的爹娘，被寒冷覆盖，跟简陋相依；老家是两扇柴门，当初，他一甩门扬长而去，现在只想回去，给当年那一声"吱呀"的哀叹忏悔。

火车、汽车、驴车都坐过了，最后需要用脚板去丈量那段崎岖的山路。在城市里走惯了柏油路的皮鞋被咬出满脚板的包，这仿佛是他欠故乡的一笔债，一回到这片土地上，那亏欠过土地劳作和汗水的脚就会疼。

远远望见几缕炊烟，泪就盈满眼眶。家乡的烟火还在，并没有因为你的远走而消失，它们一直努力地延续着乡村的暖，保养着土地的根；村头几棵老树更显沧桑，它们是村庄的年轮，枝丫上还刻着游子的童年故事；几段土墙已近坍塌，就像残破的黄卷，此间文章读来已经恍如隔世。

那么多从故乡出走的身影，他们或者淘到了金子，富贵成豪；他们或者折损了青春，收获了沧桑。每当他们夜晚独对星空时，浮华和名利都被过滤掉，他们的心灵惦记的是最初那两扇柴门，那是故乡的眼睛，铁锁锁不住它牵挂的眼睑。如今，他们回来了。越过两道房门才能到达他的里间屋，那是祖祖辈辈的规矩：年轻的后生要藏在最深的那间房间里。是不是从遥远的祖先那里就预言了孩子们远走高飞的线路，就那么深藏着？远在千里的你，梦里曾无数次推开家门，栖居在曾经厌倦的窄仄小炕上，一翻身才知道是硬板床或者席梦思。你在梦里哭出声来：闭

着眼都能走准的家门,却那么远,那么远。

家或许因为偏僻依旧贫穷,因为贫穷你才会出走,但是那根线永在,那是根,是安放灵魂的地方,回家过年是一年一次的灵魂皈依,一年一次的状态还原。一年的打拼,城市的喧嚣和忙碌,让心变得坚硬无比,许多想念冰封在心底,许多感念来不及梳理,许多债,一直在那拖欠着。如今,就让年把你带到故乡踏实的火炕上,重温原初的旧梦。一年的辛劳,需要一个甜美的香梦来养足精神;一年的疲惫,需要一碗故乡的米酒来再次壮起行囊;一年的隐忍和伪装,吞下的苦辣,咽下的酸咸,需要在故乡的酒杯中慢慢软化。攥一把家乡土,骨头就更硬气;吹一吹村口风,打拼就更有劲;喝几天村口的甜井水,所有外面沾染的浊气就荡涤干净。在祖坟上放一挂扬眉吐气的响鞭,闯外的儿孙回来了。不管在外面受过多少风寒,摔过多少跟头,回到故乡的土地上,爷们都是掷地有声。

有些门还锁着,那些主人究竟此刻在哪里呢?当初,两扇门"咣当"一声落锁,墙头的狗尾草也咿呀,天上盘旋的燕子也嗟叹,一户空荡荡的门扉,追着打问号的乡路问:你要到何处去啊?

你手扶门板沉思,门板也是游走的游子,却总也走不出门框指定的距离。门框是门板的摇篮,用上下两个门臼,拴住了门板那浪荡的心。门板"吱呀,吱呀",挠得门臼直响,门臼干涩的眼睛徒劳地看着一心往外飞的孩子。别嫌我箍得太紧,我不能撒手啊,一撒手你就不成才了。那些劝说和絮叨,连屋里的老婆婆都烦了:毛还没干呢,就想飞!磕头作揖不管用,一顿耳刮子就好了!说说罢了,刀子嘴豆腐心。炒菜的时候从筷子头上省下两滴菜油,顺着门柱头滴进去,反复摇两下门板。说,看看，还有没有本事耍脾气？被菜油喂过的门板果然就乖巧地顺从开合，再不喧闹。老婆婆手扶门框望向街门外，当年若舍得两滴油，孩子哪会远走他乡呢？那街门一直开着，当年出走的孩子，什么时候回来？

那些街门从此白天不落锁，它们随时等待门外的亲人归来。老人们上坡下园，钥匙在门垛下的小洞里，在矮墙头的瓦瓣下，在门边的篱笆上，在南瓜叶子里，在一串扁豆花间，就那么在阳光下闪着亮晶晶的光。归家的人，只要还爱着家乡，那把回家的钥匙就不会丢。

一天天，一月月，那把锁思念钥匙和打开它的手，思念都结痂成黄澄澄的铁锈。那门槛寂寞地想念迈进迈出的脚步，思念得生出许多苔藓。故乡的老井、梧桐落叶、贴满花朵的窗，一院子的荒草和惆怅的蝴蝶，十二个月圆之夜的皎洁月光，都在老锁喑哑的喉咙里。

胡同里的脚步声是老态龙钟的锁返老还童的丹药。离家那么久了，孩子，门上的红对联朝来暮去地衰老了，墙头上的杂草繁荣之后又枯萎下去，野地里的禾苗，长大后又回到粮仓，游走他乡的包裹，你知道吗？一阵欢笑，一阵春风，哗啦，家门打开，铁锁那锈黄的牙齿间，露出难得的笑容，乡下那两扇嘴唇哆嗦的门板，却什么也没说出口。

那两扇门板很旧很老了，好像谁松动的牙齿，说不定啥时候就卸任了；又像谁渐渐失去力气抓不住什么的双手，要不了什么因由就撒手了。那门终究会破损倒塌，护不住一个荒芜庭院的旧闻和记忆。背着那扇家门行走的身影，踏雪归来，他已经明白，自己倾尽一生，都走不出家门的凝望。

尚田，福田

苏沧桑

月光将村庄的影子拓在田野上，但相互遗忘是必然的，如同我与一个个曾经走过的、相似的、正在老去的村庄。尚田是个例外。六人行，坐动车去浙江奉化，其中三个人的身份证出了蹊跷：出发时，我忘带身份证了；回来时，另两位朋友把身份证落在奉化了，概率高得惊人。

那个叫"尚田"的地方似有什么魔力，让人"忘我"，连"身份"都不要了。

一

来，我带你们去看大树。

蓬岛村的鱼图腾前，七十多岁的大娘用我们一知半解的当地方言说。

小暑时节的尚田，在我视线里仍铺满隔年春天的雨意。前年初春，初见尚田，抹茶蛋糕般松软而香醇的茶园叠在毛茸茸、湿漉漉的田野上。隔着一枝刚从雨里采下的映山红，我和因采访治水老人而一见如故的当地朋友们一人端一杯新茶闲坐。很平常的一个江南小镇，不到五万人口，七十几个村庄。名字却极好，"尚田"，骨子里透着对土地的尊崇和敬重，做的事也应了"尚山尚水、福田福地"，将安身立命的农业按色彩排列组合——红色草莓、绿色鳗笋、黄色禽蛋、紫色桑果、黑色黑莓……跟玩似的，却玩得认真。

我们跟着大娘去村口看"很大很大"的树，那是一棵百年老银杏树，并不比村口另一棵胡公后人手植的槐树有名，但她并不知晓。当年，吴越国尚书胡进思卸官后，偕妻子一行至此，叹曰："此地埋骨可也。"遂起房造田，繁衍生息，瓜瓞绵绵。看树时，我们被蚊子咬了很多包。大娘说，来，跟我回家，我家有清凉油。抹了清凉油，她又说，来，我带你们去看溪水，可清爽了。她的语气和皱纹里始终荡漾着笑容。

一树被果实压弯了的梨从隔壁墙头探出头，一位大爷也从墙角探出头，露出缺了门牙的嘴，笑说，看梨啊。我们说是啊，没见过这么多梨，熟了有没有人偷？他说，有人采我也不管啊，让他吃好了。他用了"采"，而不是"偷"。

我们便"采"——溪边一座明清时期的老院子里，几个人的眼睛被晾晒在一堆柴火上的豇豆干吸住了，"采"了一小根嚼，鲜、咸、香，恨不得来一碗热腾腾的米饭。一位与我年龄相仿的女子笑着走过来，说，好吃吗？送你们。我们不要，她不肯，跑回厨房拿来保鲜袋，飞快地将豇豆干全都装了进去塞给我们。两位老太太坐在屋檐下方桌前打牌九，一位老太太在做布艺加工，都时时侧过头笑。一位年纪更大的老人歪在竹椅上，一言不发，眼神和干瘪的嘴角始终透着笑意。回头看到，心里猛的一暖。

尚田遇到的每一个人都在笑，这让我想起故乡玉环的外塘村。小时候，我和弟弟从楚门镇出发去姨婆家，沿着一条叫直塘的小路走进去，一路会遇见很多村里人，每一个人都笑问我们去哪里，孩子们已经笑着跳着去告诉姨婆来客人了。那时，所谓的乡下人，好奇，热情，甚至谦卑，莫名地将城镇人高看一眼，孩子们一起玩闹，他们也总让着我们。此刻，这些仍藏在乡野的真诚笑容，意味着什么呢？这些笑容，是自古以来乡野的表情，也应是人与人陌路相逢最本能的反应。

停在尚田的一朵白云下，我忽然想：来这里，于我潜意识里就是走亲戚，太放松了，所以连身份证都忘了带。

二

90后小伙陈亮亮坐在笤宅村布龙手工作坊的一张小凳上，专心扎荷花龙头。他块头挺大，戴一副黑框眼镜，白色T恤、灰色短裤，气质和舞龙比赛国际级裁判的身份，与手里粉红色的绸布荷花、膝盖上沾满胶水和颜料的围裙不太协调。他大概不会想到，这个夏天的午后，他差点在六位陌生人面前流泪。

奉化布龙迄今已有八百多年历史。这个国家级非遗项目由敬神、请神、娱神演变而来，是极富特色的传统民间舞蹈，由"形、舞、曲"三部分组成。"形"就是做龙，以彩色布为主要原料，配以竹、木等辅助材料，制成威武雄壮的布龙，逢年过节以舞龙的方式祈求平安和丰收。

从祖父到父亲再到陈亮亮，布龙如同一条源远流长的河流，流到他的手上时，变成了他不想伸手接却不得不接的烫山芋。陈亮亮和姐姐陈晶晶一样，都大学毕业，原本一个做艺术设计，一个在汽车4S店当主管，却生生被父亲从城里"喊"回了农村。

一条纯手工布龙，三百多道工序，龙头最要紧，要用小年长的竹子扎成框架，竹子不能有甜味，水浆不能太足。后屋堆着的竹片篾条，都是他和父亲去山上砍来，一片片一条条削成的。从他和姐姐手里出去的一条条布龙，经电商平台，已远销大洋彼岸。

最苦最难的不是做布龙卖布龙，而是带舞龙队，如今有几个年轻人感兴趣并愿意吃苦呢？陈亮亮得求着他们。

你怎么肯回？我们问他。

爸爸的手不行了，但布龙得传下去。他淡淡地说。

手？这才注意到，他的父亲陈行国，这个国家级布龙传承人忍着咳嗽向我们介绍布龙文化时，右手一直窝在裤袋里。

陈亮亮说，他藏起来了。小时候家里太穷，又不许个人生产布龙，爸爸只好去工厂做，右手被机器轧断了，只剩下手掌了，现在他老了，做不动了，我们怎么能不回来呢？呵呵，呵呵。

在两个"呵呵"之间，他突然哽咽了一下，并不明亮的日光灯下，镜片后有泪光一闪而过。

在尚田，和陈晶晶陈亮亮姐弟俩一样，被故乡"喊"回来的年轻人很多。尚田+青农创客空间进门右手的墙角，立着一张奇特的营业执照：

注册号：8888888888888

类型：青年创业店

注册资本：人民币0元整

经营范围：让天下没有难实现的梦想

登记机关：怒放青春为梦想而生

这是一百多个回乡创业的年轻人的"家"。上午10点,空间里弥漫着咖啡和水蜜桃浓郁的香味,书柜里静静立着很多书,十来个年轻人静静忙碌着,将半夜两点采摘的水蜜桃装箱打包,火速发往全国各地。更多的年轻人,正散落在凝结着先辈汗水的田野上,草莓俱乐部、黑莓基地、羊羔仔农场、鸣雁村集装箱民宿……到了夜晚,他们在这个孵化器、加速器里喝咖啡,办分享会、书友会、乡创课堂、公益行、帮帮团。他们喝的不是咖啡,是知识、眼界、创意,还有情怀。

我将桃花香氛滴入溶化了的皂液里试做桃花皂时,听见同行的园说,喜欢尚田,舍不得走了。

蹊跷的是,后来回程时,她的身份证果然留下了。更蹊跷的是,同行的斌也把身份证落在了宾馆。我想,身份证不关乎高低贵贱,却烙刻着一个人的地理轨迹甚至生命轨迹。陈亮亮们的身份证上,已然隐去了曾经的城市身份,但并未回归纯粹的农民身份,而是以一个全新的姿态在乡野立身——农民的身躯,具有现代文明意识的灵魂,寻找着、创造着一种新的生活方式,并且,仰仗的是他们自己。

三

隔了一年的灯光,依然熟悉的眼神。假如一个地方有别致的风物、几个投缘的人、一段温暖的回忆,再相见时心里有亲人般的亲近是必然的。

奉化三味书店老板卓科慧将一盘水果沙拉端上桌,如同去年九月的一个清晨,将豆浆油条和肉包端上溪口三味书局的四楼餐桌。这是宁波最大的民营书店，有着浓郁的风味，是我见过的最美的书店。老板是我见过的个子最高的老板，有一米九。

从一家十平方米的弄堂小书店，到两千两百多平方米的文化书城，卓科慧走了二十年。从一个国企下岗电工，到拥有十大类八万余种文化产品的"放心书店"和"良心书店"老板，身份的转换，他也花了二十年。自己爱书，让所有的人也爱书，是他最想做的事。

"晴耕雨读"，是我能想象的人类诗意地栖息在大地上的最好方式。较之远古先民，我们的身心更健康快乐吗？多少人从三岁起便将日子过反了？多少人深陷忙碌、焦虑、失眠、恐惧的漩涡无以自救？人人在拼，是为了快乐还是面子？快乐仅仅来自优越于他人吗？

即使速度最快的动物，也不能完全依赖于速度。据说猎豹最多只能全速跑三分钟，超时会因身体过热而死。世界上飞得最快的尖尾雨燕以食鱼为生，但它不吃浅海鱼。"一切福田，不离方寸"，追求终极幸福的路上，需要速度与激情，也需要冷静。

此时，月光将村庄的影子拓在江南这块并不辽阔的田野上，我看见了另一种明亮：古老的美德与年轻的汗水、梦想、智慧交织迸发的明亮；也是一种巨大的可能性：中国大地上，一定有无数古老的村庄，正被注入这种明亮，孕育着人类真正向往的生活。

朋友在朋友圈里问我，你又去乡下了，那边有亲人吧？

我说，是啊，是我自古以来的亲人。

娄底走笔

谭 谈

每回踏上这片山地,回到这座城,我总要登上这座山,站在山顶上的亭子前,看山下那座从山地上拱出来的城。每每这时,一股暖流,就澎湃在心头……

四十年,艳阳沐浴,春风荡漾。我们共和国这块古老的土地,涌出多少令人心动的奇迹,发生多少令人瞩目的变化!远不说改革开放的前沿东南沿海,不说这个那个特区,不说深圳由一个小渔村华丽转身为国际化大都市这种世界称奇的神话,我只说说我面前的这片中部省份的山地,这座湘中的新城。

那一年,湖南进行行政区划调整,从辖有十四个县域的邵阳地区,划出五个县、市,建立一个新的地区。因为地区所在地放在涟源县的娄底镇,地区就定名为涟源地区。几年后,娄底镇升格为县级市,地区便更名为娄底地区。地区刚建立的时候,地委、行署的办公场所,是借用一个企业的厂房。

摆在这个新地区决策者面前的,是一片耸立着一个一个小山头、长满油茶树的山地。他们要在这片山里,给地委、行署及一个个机构安一个窝,要在这片山上长出一座城来。

他,一位解放战争时南下的老革命,北方汉子,却长着一副矮小身材。他出任这个新地区的首任行署专员。这个瘦小身材的汉子，却有一个极具前瞻性的广阔胸怀。他在这片山地上铺排出一个井字形的城区框架，街道参照长沙五一路的规模，正街四十米宽，两旁各留二十米绿化带，共八十米。许多人反对：太宽了，哪有这么多人走，哪有这么多车跑？太浪费土地了！他坚持不改，说，我们不是要给地委、行署安一个窝，而是要建起一个有利生产、方便生活的现代化新城！要在公园里建城，建一座公园式的城！我们的眼光，要投放到五十年以后，那时，我们的后人不要为了拓宽街道而拆掉房屋，说我们目光短浅。在这个倔老头的坚持下，这个三板块结构、宽四十米、街道两旁各留二十米绿化带、建筑物之间相距八十米的气魄宏大的大街蓝图画出来了。

一年一年，这片山地按照新城设计者的铺排，在那个井字形的街区两旁，拱出一幢一幢新楼。这座城，就这样蓬蓬勃勃地长着。起初，只有城，不见市。街道上，是一个机关接着一个机关的办公大楼。有一年，这座新升格为县级市的城要拍一个电视宣传片，喊我回去写一个脚本。开拍的时候，偌大的街面上，没有人行，没有车跑，地委办只好发出一个通知，要求各单位、各机关的工作人员放下手中的工作，来逛街。各单位的车也都开上街来，配合拍好这部电视宣传片……

一晃，几年过去，十几年过去，昔日那空荡荡的大街，也拥挤起来。一家一家的商店，一个一个的超市，布满大街小巷。在城区每一个交叉路口，红绿灯有规律地闪动，指挥着蚂蚁般的车流、人流，有序地流动……

四十年间，涟水边这个一千人的小镇，长高了，长大了。如今，是湘中山地拥有三十多万城区人口的新城。1999年1月，经国务院批准，娄

底撤地建市，变成了湖南省一座新的地级市。

这时候，人们十分感激那位瘦个子专员，佩服他当年的眼光。

城在长着，长着。山地上的这一个那一个山头，被城拥在怀中，成了新城里这一个那一个公园。山地里的那个小湖，更成了新城的中心公园。夜幕落下、华灯初亮的时候，湖边广场，老叔大妈们这一群、那一堆，踏着欢快的脚步，舞动健美的身姿，享受着甜蜜的生活；湖边林荫道上，一对对情侣，相拥漫步，说不完的悄悄话……

而我，这片故土上的游子，最爱的是这座被城紧紧搂在怀里的山。那一年，组织上安排我到这里深入生活，兼任地委副书记，就住在这座山下。起初，山还在城边上，城还在山外边。每天清晨黄昏，我都会上山，到树林间漫步。渐渐地，城膨胀到把山搂到怀里了。山上的路也修整了，山顶上立起一座亭子。于是，山要华丽转身，变成城中的公园。原本，这山叫苦株山。新城里的人们，生活一天天甜蜜起来，成了公园的山，不能再冠之为"苦"，于是定名为株山公园。

要感谢当年这座新城规划者、建设者的胸怀、眼光和智慧，把一座座山留在城区里，把城建在公园里。于是，这座城，赢得了一项项荣誉：全国绿化城市、全国卫生城市……

昔日的苦株山，成了今日的株山公园。除了修整了山中的林间小道、建起山顶方亭之外，还有什么吗？有语道：山不在高，有仙则名。株山有仙吗？仙在何处？每次走到这座山上，我在叩问自己。

公园之山，除了优美的自然风光外，要有厚重的人文景观。历史与文化，大概就是山之魂、山之仙。那么，株山之仙在哪里呢？近日，几位在这片山地上长大、熟悉这座山的智者，对这山有了发现。山中，长眠着一位受称颂的"国之贤母"。她本是位极其平凡、连一个自己名字都没有的山地妇女。她的儿子姜齐贤,是被红军将士夸为"神医"的红军卫生部长兼红军医院院长。她积极支持儿子革命。1938年7月,她七十大寿时,在延安的姜齐贤不能回家为母亲祝寿。一天,当姜齐贤向毛泽东、朱德、林伯渠汇报完工作后,毛泽东风趣地问:"齐贤同志,听说你和你的家属胜利会师了?"毛泽东知道,几天前,姜齐贤的夫人从老家来到延安。接着,又关切地问:"你母亲呢?身体还好吗?"姜齐贤报告毛泽东:"再过些日子,就是母亲七十大寿了。她老人家盼望我回家祝寿。我已经九年没见到母亲了。"这时,林伯渠提议道:"齐贤同志母亲七十大寿,我们是不是向他母亲表示生日祝贺呀!"于是,一幅由林伯渠用楷书书就、由毛泽东签名"敬祝"的"国之贤母"的寿幛就诞生了。朱德则挥毫在红缎子上写了七言绝句一首:人生七十古来稀,孟母贤劳说断机,哲嗣医疗称妙手,楼兰未斩尚戎衣。

不久,这两幅红缎子寿幛,就摆到了这位平凡女性的面前。而这苦株山,就是姜家的祖坟山。姜老太太去世后,就长眠在这里。

这位平凡而伟大的母亲,这个动人而神奇的故事,还有伟人的墨迹,不就是这座山之魂、这座山之仙吗?我想,如果这座公园,或者公园山顶上的这座亭子,冠之以"贤母公园"或"贤母亭",岂不更能使这座公园放射出别样的光彩?

四十年间,我故乡的这片山地,发生了翻天覆地的变化;我故乡的这座城,放射出如此夺目的光彩……这一切,都得感谢改革开放这个伟大的时代!

大陈的风

陈加斌

风儿吹来，吹起我和家乡的对白。

往事如风，家乡大陈，四季如风。

一

大陈的风从前冷。冬日，历山白雪皑皑，北风从珠坑口吹过来。但童年的我望着院子天井上空成堆成堆的鹅毛大雪压下来，却丝毫不觉得冷，因为脚底下有母亲早已生好的炭火盆。母亲边哼歌谣边纳鞋底。鞋底是用一层层旧衣料沾上汤糊贴叠的，很厚，需要拿锥子用力穿孔后穿针引线。线是用菜园野生的针麻脱干制成，很牢固。母亲说，冬闲田里没活，开春就有新布鞋穿啦。此时，母亲满是老茧的手已冻得通红！那是冬天里的"一把火"，寒夜里的一束光。

上小学了，母亲说，在学校就要听老师的话，今日的功课今日做掉，明朝还有新功课。离家时，先把尿留在家中，放学后也要把尿憋回家。因为那时没氨水、肥田粉之类。"拾粪上学"是学校布置的课外作业。冬日的早晨特别冷，母亲早早准备好畚箕锄头，嘱咐我，路旁草丛中人不太走踏的地方狗粪多，运气好还有牛粪。寒风吹来，"拾粪上学""憋尿回家""作业日清""尊师崇学"的家教是母亲树立的最早"家风",也是母亲对儿子一生的告诫。

二

大陈的风从前慢。夏日,后垅地塔的番薯田表土如粉,龙前山田的水渠已泛白泥。少年的我,从上桥头跑到下桥头,口干舌燥。风神似乎停止了脚步。只见岩泉溪小鲇鱼在游晃,却不见溪两旁柳树动。母亲说,树头果子莫仰头,菱角塘莫洗手。"仰头"以为你想偷水果,"洗手"以为你想偷菱角。那时放学拔猪草是"家庭作业"。小伙伴们常常玩"丢杀铜"(丢小镰刀)游戏到快天黑。竹篮没盛满怕母亲责骂就结伴到生产队的花草田里割一些放在篮底"填充"。母亲发现后连竹篮一起踩扁,拿起杉树刺的荆条一顿痛打。母亲的脸从未有的严肃,母亲的骂从未有的严厉。

十二三岁,我已随母亲上山砍柴。麻索如何捆柴、担柱如何换肩……母亲边示范边说,内家烧柴大板艮(大把添柴),老公挑柴抖抖震。母亲虽然说不出"锄禾日当午,汗滴禾下土"的诗句,却让我明白了"谁知盘中餐,粒粒皆辛苦"的道理。"双抢"(抢收抢种)的时候,生产队二十多个属兔的同龄人比赛割稻谷,第二天起不来,母亲一边拉我一边说,"后生侬力气不能晒干,睡一觉又有力气了。"我说,不是下雨吗?"雨落早午更,雨伞不用撑。"母亲没有商量余地。母亲的话第一次让我感受到她压担子的"绝情"。能挑一百斤绝不挑九十九,抠柴捆足,珠坑水库大坝底挑砂石装满,挑稻谷,挑水,挑栏肥……都是满满的。母亲说,出门就是一天,来回就是一趟,多挑一些合算。也许我的腰肌劳损就从那时落下，但坚强品格也从此生长。小山村慢生活年代，母亲从来都是快节奏的。

风中有朵雨做的云，那是母亲的眼睛，注视着儿子一生的脚印，风雨中教我做人！

三

大陈的风后来快。春日，盘龙谷的杜鹃花在孩子们的欢呼声中漫山红遍，虎踞峡的泉水叮咚流经村南边，龙皇塘舜帝庙的"龙水"经石雅峡谷静静从村中央流过。忽如一夜春风来。农村土地承包责任制到户后，家乡生活风生水起，"双清"溪流也跳起春天的舞曲。那时家里奶奶妈妈妹妹弟弟四个人口的四亩责任田分散在六七个地方。母亲起早摸黑，披星戴月，忙得连口水也没工夫喝。春天雨水充沛，田野里总有我和母亲穿着蓑衣、戴着竹斗笠的身影。母亲说，日头黄金雨是宝，两样都用着。从水田上岸的第一件事就是母子俩拔蚂蟥。蚂蟥叮得死死的，每拔一条就鲜血直流。吃晚饭的时候，母亲总是把碗底油多一点的霉干菜夹到我碗里。

小山村的春夜特别安静，而母亲却总在盘算第二天下雨是否修农具，晴的话去哪块田除草。"日晴夜雨，百姓做财主"，母亲风雨兼程，眼中总是丰收的憧憬。邻居用稻谷换麦李、麻糍、粉干的时候，母亲说，煮（粥）饭要吃饱，野衣食（零食）不要吃。因为母亲的勤俭，家里楼上大谷柜总是满满的，从来没有闹春荒断过粮，还时常借粮给邻居。

记得恢复高考制度第三年，十六岁的我成了村里第一个大学生，母亲的脸上露出久违的笑容。我走上领导岗位时，母亲已年过花甲。母亲说，现在政策好了，"公粮"也不用交了，我在历山下自留地种了五十多棵枇杷树，准备养老了。我愕然。付出一生不求回报，母亲的心声让我心酸不已。母亲还说，有恩要自己报，因为恩情别人不知道也不会帮你报。有仇让别人报。如果那个人作恶多年，路边石头总有人搬。当村里有人求我办事时，母亲说，小孩读书的事你多帮，村里公善的事多帮，其他事不要管。遵循母亲的"大原则"，大陈"博士村"里的四位博士先后都师从过我……

春风吹开桃李，桃李不言，下自成蹊。夜夜想起妈妈的话，催人奋进一辈子！

四

大陈的风如今爽。秋日，村西头百年桂花树如同一把撑开的大伞上洒满了金黄色的桂花雨，香气四溢，香飘石头街上石头屋里。祖宅百年老屋后院的"一枝攀"（红柚）树挂满了果子。宅西院两棵五十多年的金钩梨树上麻雀成群，掉地上沾了一层白色鸟粪的果子特别甜。村东千年古樟树枝叶茂盛，与红驭桥（荆川廊桥）、岩泉溪中的红鲤鱼构成了一幅宁静而又大方的迎客图。

大陈的秋天是村民们最高兴的季节。母亲说，村里有人来收购毛芋了，卖到日本去的，我是用草木灰种的，没用呋喃丹（农药），虽然个小有点虫斑，但收芋的说，越土越好。望着母亲临终前没来得及卖掉的那一担毛芋，我忽然明白，母亲种的是"良心芋"，卖的是"长寿果"。村主任

告诉我,大陈村一个个"芋娘",种植"舜芋",坚守多年,名声在外,名气很响,村里一天要卖几十吨毛芋。上海游客喜欢村里的毛芋、萝卜、生姜、大豆、大米、肉麦饼、豆腐干、麻糍、粉干、土索面、土鸡蛋……什么都想带走,每次都"扫荡一空",村里的葡萄一天要卖上万斤。

重阳节回家,走在老家后栋护村林的环村水泥路上,带着泥土味的青草香一阵阵扑鼻而来,一种久违的感觉仿佛把我带回那个年代。母亲用土灶土柴火土菜土山泉水做好了晚饭,炊烟弥漫小村庄的时候,又听见了猪圈里的猪叫,看见了鸡的归笼,一种家的亲切感油然而生。村主任告诉我,客人们特别喜欢住村里的石头泥土屋,"铜院里"带小庭院的"五间头"一晚五千元还订不到。

"推陈出新"是大陈文化意识的时代厚载。新风吹来,村两委同心协力,讲好新时代美丽乡村的新故事。"牛栏咖啡"、五金工匠创作室、传统染布工艺坊等应运而生,宗祠成为文化礼堂、精神家园,"大慎厅"成为大学生们互联网创业创新的新空间。民宿加旅游,旅游加互联网,外地游客纷至沓来。美丽乡村向美丽经济转变,大陈的"嬗变"正印证着"绿水青山就是金山银山"的科学论断。

游子归来,近乡情怯。荆川桥上吟诗句,文化礼堂里数风流。我自豪地告诉学生,我的家乡大陈是最美的。无人机冲一冲,俯拍出大陈村一个大写的"川"字,撇是村北历山林场的珠坑溪流,中间一竖是村中央岩泉溪,右边那竖是村南边虎踞泉溪,川流不息。

大陈的风从眼前掠过,风告诉我,水是家乡的清;大陈的风从心头停住,风告诉我,月是故乡的明;大陈的风从田野上吹走,风告诉我,风筝再远,也断不了线!

河流的方向

陆 梅

我是到建德才意识到眼前的新安江就是我曾在桐君山上眼望的富春江，也是二十多年前大学做毕业设计时和同学们登六和塔爬凤凰山，在山顶上看到的钱塘江。江面宽阔浩渺，没有无边落木萧萧下，但见江水独往来，真真的山高水长。新安江—富春江—钱塘江，说的是同一条江，它源头在皖赣交界山脉，流经安徽休宁、黄山、歙县及浙江淳安、建德、桐庐、富阳、萧山……一路奔腾，最后汇入杭州湾，东流入海。

总长不到六百公里的江，被分成上中下游三段，上游新安江，中游富春江，下游钱塘江。此行若不是去新安江水电站，不是因为一场台风急雨滞留在梅城街巷，可能我对这条河流印象不会这么深切。在崇山峻岭间蜿蜒奔涌的江河太多了，每一段都锦峰秀岭，云海苍茫，青山妩媚。而桐庐、富阳段的富春江，因为严子陵和黄公望，几乎成为中国山水的一个象征。它是一条江，也是一个传统，是地理的，也是人文的。这个意象太强大了，多少后来者路经此地，或潜隐于此，或由此走出，都试图以与古人对坐的心情来读懂一条江，来安放自己的生命乃至时间和命运。富春江就是中国文人的乡愁，一再被现代人诠释。由此而丰盛地对山水的书写，成为中国文学的一个传统。山水在中国人的世界里有一种寄放在，是可以寄放我们的性情和自在的精神故乡。

此刻我站在这条江上游,新安江畔。江水如蓝清澈,水面波光点点,若是雨后或早起时间,还能梦幻般感受"白纱奇雾"景象。白纱也是白沙,没建水电站前,这里有个渡口和小渔村叫白沙渡。新安江水电站就架在这片山岭间。这个传说中"新安在天上"的水电站,并没有我预想中波澜壮阔。站在它面前,我也感受不到"一滩又一滩,一滩高十丈"的视觉落差。

它大部分用于发电,兼及灌溉、防洪、航运、旅游、水产养殖等多种效益。从河流的角度看,它是伟大的。河流奔腾不息,只为两岸子民。

上水电站坝顶时,解说员在电梯里提醒,这八层电梯相当于二十六层楼房那么高。我们刚见的拦河大坝因为呈倒梯形,上宽下窄,所以视觉上造成一种错觉。其实坝高有一百多米。我站在坝顶,看到一帧明信片——手机信手一拍就是一幅"江上数峰青"的山水图卷。水电站的拦截,造就烟波浩渺岛屿点点的千岛湖。淳安老城在水下,峻急的水流和险滩被大水收复。陆地和岛屿在时间这双大手拨弄下沧海桑田。山化海,新安江在天上,天上就是水下。

我脑海里漫过一个个从唐宋走来的歌者,李白、刘长卿、孟浩然、杜牧、陆游、范仲淹……他们都在这条江上留下过诗文,这些诗文成了今人礼赞这片山水最理想的范本。"野旷天低树,江清月近人"是孟浩然的看见,"有家皆掩映,无处不潺湲"是杜牧的看见,"人行明镜中,鸟度屏风里"是李太白的看见,说的都是新安江。我在三层甲板上仰看云天时,友人脱口吟出伟大诗人的名章佳句。

一场急雨把我带到河流腹地,梅城就是新安江的腹地。我在桐庐桐君山上的那年原计划访梅城,车开到钱塘江大桥时,一场大雾流沙般袭来，浓雾瞬间笼盖四野，车在桥面披荆斩棘，这就改变行程和她失之交臂。此刻却是一场大雨让我滞留梅城，同样猝不及防。我躲到屋檐下，一个转身，和一列玻璃柜子照了面，黯然陈旧的一家烟纸店。晦暗柜子里躺着一包包纸烟和本地产牙膏、肥皂、蚊香、电池、风油精之类日用品。凑近瞧，小时候熟悉的那些纸烟牌子竟都见了踪影。旧门面旧杂货，店主打着赤膊坐在朝里的小板凳上看电视，小彩电正播着电视连续剧《三国演义》，也是上世纪产物——扑面都是七十年代照相馆里的彩色定妆照。时间在这个小店里突然停顿下来，记忆被唤醒，我仿佛看到自己的童年。我的驻足惊动了守店老爹，他拖出一个方凳子邀我坐。

  这是在府前街一条小巷子里。周边都是低矮老房子，天际线被横陈挑高的老旧电线切割，沿街店面也都是流通于一个古城的生活用品，衣服拖鞋电器小鱼干梅城晒面睦州烧饼老年看戏机……这个老城三国时就设县治，以后又成为州府，名曰严州。严州也叫睦州。严州有刻本，睦州传诗派，梅城半朵梅，名字变来换去，历史在此如东流江水一去不回。

  我站在一段城墙上远看，梅城地形揽山抱水，汤汤新安江和南源支流兰江在城下汇合流入富春江。这位置被称作"扼三江"，确然是新安江腹地。在老街上走过，一些亭台楼阁和商贸的影子可见，城门码头牌坊和巷弄布局也可辨，都曾是水运繁华的见证。明明藏风得水条件独特，梅城的时间却像是停摆在上世纪，为什么？上世纪六十年代，因为新安江水电站建成，建德县城从梅城迁到白沙。叫白沙渡的小渔村发展成今天我看到的灯火璀璨的新安江城，年轻人陆续在新城安家，梅城慢慢搬空。

  可事情好像也没那么简单。府前街两边店门林立，一些新时尚正慢

慢渗透着古城生活，有的徽派老建筑门头已被修复，是不是要不了多久，这里又会重现一个新古城？我在欣赏古城安静朴素、对老旧店铺感到亲切时，古城人是否真的安然于它的黯淡？如果我不是一个偶经此地的过客，而是生活其中，会安然于落后时代，让生活继续保持小时候的样子吗？

曾经，水网密布的河流就是我们今天的公路网、航空业和互联物流。梅城作为水运交通枢纽，担负过江船交织熙来攘往的码头重任。当河流不再是交通物流要道时，河流被彻底解放，不堪重负的泥沙垃圾得以清理疏通，它变得清和轻，它重又焕发活力。这是河流的重生。新安江水的纯净和宜人就像是一个宣言，它是绿色的，生态的，有益于现代人身心和生活的。河流浩浩汤汤，从源头到海洋，大地万物生生不息，河流是见证者、参与者和推动者。

河流的方向，终究还是家园的方向。

古风古韵浸透塘栖

韩小蕙

江南五月，染柳烟浓。写意的霏霏细雨，给了我一个迷迷蒙蒙的塘栖。

杭州余杭的塘栖镇，办过二十届枇杷节，于我却是头一回。枇杷乃南方水果，我这个"北女"虽小时在书本上识得，却无缘亲身体味，近年北京虽有卖了，但经过长途颠簸所释放出来的各种水土不服，早已把它们的美味打了大折扣。故此，前有东坡居士在岭南"日啖荔枝三百颗"，现在就有了北地来人"一见枇杷，两眼放光"，或更甚一个境界的"一见枇杷，两手就忙"的饕餮相！

何况，塘栖人一直在鼓动我们说，世上水果千千万，唯有枇杷是吃多少也没有副作用的。就是说，枇杷又清火，又润肺，又调理肠胃，还化痰止咳，还可治喉肿、牙疼、咽炎……总之是吃多少都不伤身体。而且他们还一直坚持说，枇杷是不打农药的水果，因为它的生长周期在冬春季，还没等虫子来犯就已完成华丽的转身，绝对可以从枝头摘下直接送进嘴巴里。更兼塘栖镇的枇杷古今闻名，密实，汁旺，果甜，养在深闺亦不断有人前来提亲……这一番番动员，太有鼓动性了，我只有放下淑女的矜持，暴露出平生少有的饕餮本相……哈！然而到了下午，形势大变，我的注意力竟然被一块大悬匾完全转移了！

起初,我是被匾上的四个大字吸引——"耕读人家",极标准的正楷,每个字都一尺见方,规矩,工整,瓷实,有力,厚重,端肃,威武,壮丽……我甚至找不出更高级的词汇来描摹它们!只浑然觉得大匾形成一股强劲的飓风,把我裹挟近前,一遍遍读那四个字,迈不动步子,拉不开腿。甚至眼睛也离不开了,脑子也离不开了,只会全意识地咀嚼,并隐隐感觉到它们不是出自今人的笔下,因为内里含着一股子古风。确然,那四个字虽看着"普通",一点也不霸气外露,但每一笔每一画都属铁画银钩,鲜明地埋藏着古人那一日日、一夜夜下过的苦功,这是我在今天的书法作品里从未感受过的。更未见过的,是那字里行间显示出来的写字者的心境——安然、肃然、超然、端然、敬然,一边写,一边在与天地自然、世道人心交流、契合、心心相印……大匾的落款是"许乃普",这是何方神圣呢?嘉庆二十五年榜眼。嘉庆、道光、咸丰三朝三迁内阁学士,五度入直南书房,五充经筵讲官。官至兵部、工部、刑部、吏部尚书,多次充任殿试、朝考读卷官、阅卷大臣。其父许学范,乾隆年间进士,有七子,三子为进士,四子为举人,故许家有"七子登科"之美称。

只能怪我自己才疏学浅,这位中清重臣不但学问了得,其书法也是赫赫有名的——再请教当今书法名家,回复说是许尚书笔下的"馆阁体"庶几代表了清代的最高水平。哦,怪不得那四个字拉住我不让走呢。可是,这么大名鼎鼎的许氏法书大匾,怎么会出现在这里啊?

我环顾左右,再环顾前后左右。这里是由一座旧时的大谷仓改造成的谷仓宾馆,外形是吴冠中大师笔下很多见的白墙灰瓦马头墙,极有心地保留着典型的江南建筑诸元素;里面除了客房、餐厅之外,还专门留了一个很大的空间，做了一座谷仓博物馆，展示着一大批历朝历代使用过的旧农具、简陋机械什么的——这就有点意思了，此博物馆只具有占地的功能，绝不可能赚钱，老板为什么要做它呢？服务员告诉我说，这块"耕读人家"大木匾，"也是我们老板费心淘来的……"心里油然而生出一种温暖，像那窗外的霏霏雨丝，温婉地浸润着画儿一样美丽的花草树木，把它们装点得吐珠挂翠，闪闪发亮。但我没打听那位老板的名字，因为我觉得没必要，只把他看作一个塘栖人就够了——被古风古韵浸透的塘栖，坐拥"江南十大名镇"之名，虽是闻名遐迩的鱼米之乡、花果之地、丝绸之府、枇杷之乡，但更贵在历史悠久，文人辈出，书香传世。"文化"在这里不但有着至高至尊的地位，而且是具体化作一座桥、一块匾、一座博物馆、一个个塘栖人的。

广济桥就是这么保下来的。

见到塘栖镇的珍宝广济桥。本以为这辈子只能在老照片里见到这种古桥了，毕竟前些年拆拆拆，古运河上就是有再多的桥，中华民族即使有再多的祖物，也经不起折腾。所以，我先是连连眨眼、眨眼，生怕它消失不见；复又跑上古桥坑坑洼洼的石阶上，一步一个脚印地印证它的存在。这座名为"广济"的桥其实很普通，在岁月的五百多年里，只有一个功能，供过河人走啊走……然而它坚持活到了今天，成为京杭大运河上难得见的七孔桥。太漂亮了！桥身长长，桥面宽宽，七个毛茸茸的半圆桥洞与水中的倒影相契相约，天衣无缝地组成七个透明的大圆，便活脱脱变身为七个古典童话故事的大福门！何况，还有六十四根雕刻着莲花的四角望柱，还有十座与桥墩相连的石雕镇水兽，桥头还立有"广济桥之父"陈守清的铜雕像……整座广济桥气势如长虹，无论在天光云

影的白天,还是在华灯迸射的夜晚,都美成一个富庶、繁盛、悠久、古雅、甜蜜的江南梦!在今天,所有人都在夸赞这座桥保存下来了。然而二十多年前,当它成为杭申航道上的"航运瓶颈"时,曾面临着拆与不拆的选择。到底是塘栖的古风古韵起到了决定性作用——广济桥是"塘栖的龙鼻""塘栖的灵魂""塘栖的乡愁""塘栖的记忆"……一批有识之士站出来,以这些文化因素扛鼎,终于争取到在镇外水域另辟一条航道,虽花费八千多万元巨资,但到底保住了这座饱经沧桑的古桥!

  塘栖人,被"书香传世"浸润了上千年的塘栖人,真是了不起啊!请让我们记住那些历史功臣。碧波漾池,灯影桨声。感谢大写意的霏霏细雨,给了我一个如此清晰的塘栖!

故乡的这片湖

何建明

故乡有片湖，特别的清澈蔚蓝，我小时候就喜欢独自站在湖边看着水中的天和倒影中的自己……每当开心或忧伤时，会俯身随手挑起湖中的一掬水，于是湖面上呈现一片泛着银光的涟漪，将一切喜与忧恢复原状，或者开启新程。

这个湖有个响亮的名字：金鸡湖。

在依偎母亲怀抱时，她就告诉我这湖的由来：很久以前，有一艘装满稻谷的小船在湖面划行，忽一日一只全身闪光的金鸡从天而降，落停在船上。那金鸡跳到稻谷堆上，开始啄谷。渔夫猜测金鸡一定饥饿至极，便好心捧起大把大把的谷米喂给金鸡。那吃饱了的金鸡，顷刻张开翅膀向高空飞去。在离开湖面时，它突然撒下漫天的种子……后来这片湖中长出一种我们姑苏人从未见过的植物——芡实。芡实在我们当地就有"水中人参"之称，可食、药两用。在旧时，它是姑苏城里有钱人家餐席上的美味佳肴。母亲告诉我，家乡人为了感恩金鸡，所以将这片水面叫"金鸡湖"……

然而，在我的记忆里，这与苏州古城仅一隅之隔的金鸡湖，千百年来其命运却与号称人间天堂的姑苏判若两重天：一者小桥琴声，流光溢彩，富足有余；一者稻田相伴，血吸虫横行，群众生活贫困……小时候，

母亲总不让我单独在湖边游玩，只有在冬季时，待湖底见天的"农田水利建设"现场，方让我和小伙伴们下去捕鱼捉虾。

盼着湖面的天空上突然飞出一只会撒金子的雄鸡，是我童年的梦想。

记得四十年前我从军离开这片湖水时，欢送新兵团告别故乡的大会上，我挥着热泪，朗读了一首金鸡报晓的古诗，唱哭了多少颗慈母心和远去边塞卫国的好男儿……

岁月匆匆。二十五年前，突然有一天母亲打电话催促我：儿，快回来看看吧，我们的金鸡湖真的要报晓啦！哈，改革开放的春风早已沐浴神州大地，姑苏的此刻也早已有被称为"苏南模式"的乡镇企业到处风光无限，母亲说的金鸡湖报晓到底是什么呢？只记得以往母亲跟我说过她经历的两次"金鸡报晓"时：一是新中国成立那日子，湖边四周的耕田回到百姓手中时，那一次乡亲们在金鸡湖边足足敲锣打鼓欢庆了四五天；之后母亲又说在上世纪七十年代湖边出了第一个大学生，金鸡湖为有自己的"状元"而让四乡百姓在湖上划龙舟欢腾了整一天……

这回"金鸡报晓"又为何？

"这回咱这儿也要大开发啦！要建一个比老苏州城还要美的新天堂！"我从未见过母亲如此兴奋的样儿，那景况好比一个新世界就在她面前。当时在人们面前出现的热火朝天的景象确实令人振奋，往日的水稻田和养鸡养鸭的湖滩上，整日机声轰鸣，人马沸腾……

后来我才知道，这是中新两国政府决定在苏州金鸡湖边建设工业园区。1994年春天，两国政府总理共同签署的合作协议，正式向全世界宣布："目标是在苏州建设一个以高新技术为先导、现代工业为主体、第三产业和社会公益事业配套的具有一定规模的现代化工业园区。"这一个

"春天的故事"发生在我的故乡，却让全世界为之瞩目，更让我的父老乡亲激动不已，因为这种两国政府的经济与社会配套合作开发模式尚属首创，更何况它是在"人间天堂"姑苏东边的一片湖水四周……最初的"园区"规模是七十平方公里，后扩大至二百八十平方公里，涉及金鸡湖周边五乡（镇）区域范围和当地原居民二十余万人。

新苏州如此开启。金鸡湖迎来真正报晓的好日子！母亲的话没有错，从此我虽远在北京，却时常聆听到来自故乡那个醉人的湖边所响起的每一声清脆的报晓——

先是有人告诉我说，那清澈的湖面不再有污水流入其中，湖里一年四季都在泛闪出蓝蓝的波光与小鱼小虾欢腾的跳跃，以及临湖大道上一群群青春的身影在闪动，引来一个又一个世界性的赛事……

后来有人告诉我说，那园区里的所有工厂你见不到一个冒烟的车间与流污的水沟，只有鲜花盛开与绿荫成片的院庭，以及每天为国家创造一个亿的财政收入（园区建成以来，始终以百分之三十以上的年增长率发展着，2018年一般公共预算收入三百五十亿元，较建园时增长一千六百多倍）。园区在建成十年时的经济指标，相等于又创造了九十年代中期的一个苏州……

后来有人更兴奋地告诉我说，世界上最先进和最前沿的产业如生物医药、人工智能、纳米技术应用等新兴产业，数以千计地落户到金鸡湖畔，其中世界五百强企业中有近百家进驻到园区，苹果、微软、西门子和百度、华为、滴滴等中外商界巨子都将研发或创新中心搬到此地。"新苏州"既有姑苏的韵味又有最现代化的浓浓气息……

再后来有人告诉我的消息更叫人心旌荡漾：二十九所国内外名校在

园区落户,十万余名师生云集于此。更有五百家科研单位在这儿设立研究机构或创新基地,万余名科学家在琴声悠扬、碧波泛映、四季飘香的新家园里进行一个又一个高科技研究与成果传播……

后来,再不用有人专门来向我报告一个个醉人的"金鸡报晓"了——因为我把自己的心和情连同北京的家一起搬回了金鸡湖。

现在,我可以每天迎着晨光,轻步于湖边的栈道,去目历昨天园区新崛起的楼宇和新延伸的花圃;可以每个黄昏站在繁星般灿烂闪烁的湖边,感受着晚风拂面,聆听这里新编的每一曲"好一朵茉莉花"……

突然有一天我发现自己故乡的这片湖,原来它是个生金的湖、映射着祖国发展光芒的湖……

行在桃木坞和半山

李晓君

雨劈面而来。出城的时候还未见雨点，现在，福银高速公路上，一场透雨将我们隔在千山之外。

已是暮春。江西，油菜花开过了，只有零星的田地还残留着星点的黄花。大部分土地已翻耕，而今放满了水，像一片片镜面搁在地上。再有半个月，秧苗将被移栽到水田里去。这趟出行，计划已久。一场突如其来的疫情，虽耽搁了日程，但花开花谢，冬去春来，放眼仍是绿意盎然的世界。

我的同事在大山深处驻村两年，表情已带有几分乡野气息。他们带领我们走一条新路去往山中。这个县自宋至清出了六百多个进士，包括汤显祖的老师罗汝芳，颜真卿任地方官时曾在此写下《麻姑仙坛记》。

海拔七百余米的山上只有两三户人家居住，村组名叫"桃木坞"。山路蜿蜒盘旋，路两边的山林长满了竹子。山田青翠，一直延伸到山脚。远处山峦雨后显得很有层次，云雾缭绕，像水墨画。这个高山上的村子，散落着十多栋房子，大部分已无人居住。灰色清水砖旧屋，红灰瓦顶，田园菜圃生机勃勃。石头铺砌的山路爬满藤葛，断墙上芭茅蓬勃生长，竹木编织的篱笆整整齐齐。院子里的野枣树尚未长出绿叶，黝黑遒劲的枝丫仿佛出自倪瓒的册页。

农户饶云峰在住房边搭建了一个养鸡场,四百多羽"五黑鸡"像一片洒落的黑珍珠。正在觅食的鸡见到我们这么多人,仿佛受到惊扰,飞跳四散,箭一般地躲到草丛、屋檐、山石下。鸡棚比想象中清爽和干净。在给鸡搭架之前,它们在地上、草窝下蛋,蛋沾染上污物,价格就折了三分之二。饶云峰便在架上每个鸡窝里放进一个乒乓球,引诱母鸡去下蛋,蛋干净,价更好。每天,饶云峰就收获数百枚鸡蛋。

另一个村组叫"半山"。此处海拔略低,四百米左右。两条溪流在村前交汇,四周高山将村庄环抱,一座新修的水泥桥将村外山道与村庄连起来。按照民间说法,这里是村庄的水口,水口林木茂盛,前有水后有靠,是一处吉地。村落的形态非常完整,不仅有公共生活空间——礼堂、广场,还有石桥、古树,二三十栋房子依地形错落有致地分布。新修的桥,新建的LED路灯,水电网络全部入户。清秀的古村落,空山新雨后,潮湿朦胧,如在画中。

我们在这里遇到一个叫小夏的村民。他曾经是个被人嘲笑的对象,因为他的懒出了名。他租住在一户人家的茅棚房里,房子堆满杂物。工作队进到屋子,几乎无法挪脚,小夏却站都懒得站起来,蜷在里面,嘴里叼着草秆。

他的变化从扶贫队给他提供鸡苗开始。

养鸡并非什么新鲜事,但这次似乎不同:小夏在养鸡上发现了自己的天赋,他养得比别人家都好,不病不瘟。他还有一个能耐,就是在竹林里,能够一眼发现哪里有竹笋。于是,他变得忙碌起来,每天一大早骑摩托车到山上给鸡喂食,随后去挖竹笋。新鲜的冬笋可以卖好价钱,多余的做成笋干。找到擅长的事,小夏从此摆脱"懒"的标签,拥抱新的生活。

这些村子所在的乡——浔溪，在全县最偏远、海拔最高，翻过山便是邻县资溪。全乡六千多人，常住人口只有四分之一。而太坪村——那个包括桃木坞、半山等七个村组的行政村，两百多户，九百多人．常住人口不到五十人。整个浔溪像一道斜坡，村民纷纷从山上下来走向平原，来到集镇和县城，固守在山上的人越来越少。但留守山民的日子却没有因此停滞，喜人的变化正在发生。

浔溪乡原有一个蚊香厂，为外地做代工，利润微乎其微。扶贫队来后，邀请本省四位年轻企业家加入扶贫事业，成立了一个股份制檀香厂，拥有了自主品牌"麻姑山"，重新设计包装，提升质量，采用电商模式销售，而工人则大多来自太坪村。小夏的妻子，就在檀香厂上班。如今已有好几家檀香厂在浔溪落户，渐渐形成一个产业。

"平芜尽处是春山，行人更在春山外。"大雨之后，山泉湍急，那山泉从山上而来，像一条缎带将山乡环绕，终将汇入盱江。山村里，正是春天。

深巷里的老墙

梁 衡

在婺源农村小住几天。徽式民居总是窄窄的巷子，高高的墙，房与房的距离又近，一出门，迎面就是一堵墙，一走路，人就夹行在两墙中间。每天出出进进，这墙就是一页读不完的书。

当地传统的砌墙方法是薄砖立砌、横搭、中空、填土，再外涂白灰。这样既节省材料又可保温，而且土在墙中，寓田于墙。新墙在刚落成之时洁白如纸，就是我们常看到的白墙黛瓦的徽式格调。当初，一位泥瓦匠完成一座新房或一堵新墙时，断没有想到他却为大自然提供了一张作画的温床。

岁月之笔是这样作画的。先用细雨在墙上一遍一遍地刷洗，再用湿雾一层一层地洇染，白墙上就显出纵横交错的线条和大大小小的斑点。论层次，这里有美术课上讲的黑、白、灰的过渡；论形状，则云海波涛、春风杨柳、山石嶙峋，胜过一本《芥子园画谱》。我儿子是学画的，他说国画里所讲的线条、皴法、留白，西画里讲的光影、色调、透视，在这墙上都可以找到，就是课堂上没有讲过的这里也有。人工艺术在自然面前是这样渺小，他自从住到这里就再也没敢画过一笔画。正是"眼前有景画不得，神来之笔在上头"。

但大自然并不满足于平面的艺术。风雨如刀，岁月如锥。白墙这里被铲去一块皮,那里被刻出一道沟,有时还被随意抽去一块砖,甚至推倒半堵墙。然后,再借来四面八方的种子,乘着风和雨,漫天摇落在墙头。那些绿色的生命便悄无声息地栖身到砖缝里、墙皮间、红土中,甚至就借着一丝湿气黏附在光洁的墙面上。它们才是真正的"蜘蛛侠",缘墙而走,无处不在,无缝不生。村里古祠堂有一面大院墙,上面就爬满了积年生的薜荔果,果可生吃亦可做成凉粉。这是一面既能看又能吃的墙。植物学家考察物种的多样性,有一个方法叫"打方",即在地上划定一个正方形,细数其中植物的种类和数量。我就试着任选了一面墙,借手机上的识花软件,一个一个地认识这些从未谋面的花草。单听这些名字,就让你心里暖暖的。那紫云英,本是水田里的绿肥作物,这时也飞上墙头,从叶间探出紫色的小花,回望它走来的田野;有名"窃衣"的,是隐身高手,它开着白色的小花,籽带绒毛,总能偷偷粘在衣服上跟你回家,落户墙角;有一种野草莓,酸酸甜甜,名"蓬蘽",唐人贾岛的诗里居然写到它:"别后解餐蓬蘽子,向前未识牡丹花。"

你随意漫步吧,土墙、石墙、砖墙、篱笆墙,满墙上都草解人情,花惹人爱。只要你有耐心,任选一墙,就可以面壁一两个小时,像是在美术馆里看画展。不,比画展更好看。这是一面面实实在在的生态墙、文化墙。你想,无数个鲜活的生命自愿齐集到这面老墙上,跻身砖石,扎根红土,探身招手,与人共舞,这是一种什么样的情景?更可贵的是这些鲜活的花草并不欺侮无言的老墙,在完成最后的布局后,还没有忘记露出一方红砖、突显一块青石或留下一段粉墙。仿佛提醒着你,这不是一般的纸上图画。

一天,我偶然与儿子说起这几日读墙的感觉,他说:"你不知道咱们这房子的西边有一面老墙,每当夕阳晚照时,那种历史的沧桑感让人心里发颤。我修这房子时专门为了它开了一扇西窗,为了能最佳取景,还不厌其烦地改窗框、配窗帘。但突然有一天西边冒出了一座新房,壁立眼前,挡了个严严实实。"

第二天,我就去寻访这堵老墙。原来它曾是一座三层楼高的民居,已三面坍塌,唯留下一个楼的直角兀立在窄巷之上。直角往南的一面墙还比较完整,袒露着砖块横竖相砌的纹路和白色的灰缝,甚至你都能感觉到还有一位砖瓦匠正在工作。而靠北的那段已经塌得只剩下一条楼线,清晰地露出墙的筋骨结构。只见碎砖破瓦如瀑布一样倾泻下来,犬牙交错的砖块间露出当年填充的红土。唯有那个高高的楼角还十分完整,在蓝天的背景下划出一个标准的直角图形。楼角上方白云来去,一只孤雁在天际盘旋,风在轻轻地打着口哨。这时晚霞烧红了天边,风雨楼台,残阳如血。我一时惊呆了,如果要给眼前的这幅画起个名字,就叫岁月。我知道严田这个村子是有来头的,历史上曾出了二十七位进士。你看脚下的石板路与河边的洗衣石,路上一低头就是一块废弃的古碑,村口一棵宋代的老樟树七八个人才能合抱。岳飞曾在这一带驻军,与悲壮的《满江红》不同,他在这里留下了一首轻松愉快的小诗《花桥》:"上下街连五里遥,青帘酒肆接花桥。十年征战风光别,满地芊芊草色娇。"当年的芊芊草色,现在依旧点染在寻常百姓家的墙头上。

在走回家的路上,我有意绕来绕去多走了几条巷子。为的是再多读几段老墙。有一座土墙矮房,早已被主人遗弃,劣筑的红土墙面上夹杂着石块草根。而一坡青瓦斜披而下,瓦上长满嫩绿的厚厚的苔藓。苔藓这东西很有意思,不管是老砖、旧瓦、朽木、断墙,都一律公平地给穿上鲜亮的绿装。现在这绿苔青瓦的屋檐压得很低，直遮住了老土墙的额头。而墙脚正绽放着一束灿烂的花。

我想，自从人类走出山洞发明了垒墙盖房，墙就与人长相厮守，从此墙上就烙下了人的体温、音容和身影。可惜近年来随着社会节奏的加快，已是弃了泥土，别了砖瓦，不见了柴墙篱笆。难得这深巷里还为我们保存了些有温度的老墙，保存了前人的眼泪和笑脸。我眺望深深的街巷，谁解这老墙里的密码？谁又能读得懂这幅风雨斑斑却又四季变换的青绿山水画？

有一个故事，叫长江

刘汉俊

长江之长，不仅在长度，也在她的历史；长江之大，不仅在水量，更在她的力量、胸怀与气势。长江是我们的母亲河，培育了中华文明、养育了中华儿女、浇灌了大半个中国，千回百转地流淌到今天，需要我们以敬畏之心来端详。

一

长江是地球造山运动的产物。天地一根弦，江河日夜流。长江是时间的刻痕、地球的史记。亿万年前，长江以天崩地裂的节奏和石破天惊的声响横空出世，用古老的涛声谱成奔涌的序曲和前进的旋律，翻过雪山冰川、高原草地，蹚过深沟峡谷、险隘洞涧，一路吸纳飞瀑激流、溪泉川流，连通起江河湖海、沼泽湿地，浸润着沃土荒漠、山林草木，以奔腾不息的姿态一往无前。它的干流经过青海、西藏至江苏、上海等11个省区市，一路向东；它的支流经过西到甘肃、东到福建的8个省、自治区，辐辏四方。雅砻江、岷江、嘉陵江、乌江、沅水、湘水、汉江、赣江八大支流，700多条小支流、3600多条小小支流，4万多个中小湖泊和水库，还有无数的细流像毛细血管一样丰富又像蛛网一般密布，汩汩地注入长江；洞庭湖、鄱阳湖、太湖、巢湖等五大淡水湖中的4个与长江相通；南水北调工程分东、中、西三线从长江取水；京杭大运河由北向南纵贯北京至浙江等6个省市，在扬州通过里运河与长江瓜洲古渡口连通。在此，长江与海河、黄河、淮河、钱塘江五大水系全部贯通，然后继续东去，从吴淞口汇入滔滔东海。发达的长江水系，沁养着大半个中国。

地球给长江以生命，长江给大地以生机。雨水丰沛的长江两岸四季葱茏、五谷丰饶，舟济江河湖海，物流东西南北，长江流域渐成富庶之地、安栖之所、庇佑之处，养育着世代中华儿女。回想古代历史，北方的灾荒与战乱，使黄河流域、淮河流域人口不断向长江流域迁移。北人南渡，东人西进，广袤的长江以博大的胸怀、温暖的怀抱、丰饶的物产接纳了天下游子。今天的长江流域约占国土面积的1/5，长江经济带覆盖沿江11个省市，横跨我国东中西三大板块，人口规模与经济总量占据全国"半壁江山"，生态地位突出，发展潜力巨大。长江不歇脚，生命不停息。

二

江河行地，万流归宗。金沙江与岷江在四川宜宾交汇成长江，嘉陵江与渠江、涪江汇合，从重庆朝天门涌入长江。从四川宜宾到湖北宜昌这一段，叫川江。

船行川江，只见地势雄奇险峻、悬崖峭壁连绵如阵，巍比岱宗，险超西岳，稳若衡山，秀甲匡庐。河道暗礁密布，漩流疾速突变。湍急在湍急中赶路，澎湃在澎湃中跳跃，让你知道什么叫怒涛狂卷、轻舟千里，什么叫虎跃狮咆、马奔狼突，什么叫壁立千仞、无欲则刚。那悬棺，那

古栈道，那岩上的纤痕，那一道道深刻的崖上缝、壁中罅，有鬼斧神工之奇、天造地设之妙，让你尽情想象亿万年前的江水是以怎样的力量冲破石壁、撞开夔门、荡出西陵峡，奔腾成一条长江的；教你懂得什么叫没有蹚不开的路、过不去的坎，什么叫开山辟地、所向披靡，一心只向远方的星辰和大海。

一抬头，一座航标灯在高处的山嘴上站着，等你，如山鹰兀立，看云霞明灭。任你时来时往，来无影去无踪；任你潮起潮落，高一声低一声，它以静待变、处变不惊。置身川江深处，看波谲云诡、苍狗长风，峡江的浪会打湿你的眼、风干你的泪、温润你的念想；你会感叹年华如水、沧桑易变，但那航标灯却是真实的留存，坚定如磐，为你指航。

峡江之上，苍山之巅，有婀娜和娉婷在等你，有望眼和轻唤在等你，有软软的风、柔柔的雨、暖暖的爱、幽幽的怨在等你。那是一位神女，传说中的西王母娘娘之女，她的名字叫瑶姬。孤独的瑶姬在这里栉风沐雨，坚守经年，除妖驱虎，一心等待治水的大禹，等待到地老天荒。楚襄王梦之求之，屈原歌之赞之，宋玉、阮籍、郦道元、李白、杜甫、刘禹锡、元稹、李贺、李商隐排队在神女峰的脚下献诗献文，从青城山、都江堰、峨眉山、乐山大佛顺流而下的范成大在白帝城等候，还有卢照邻、杨炯、孟浩然、王维、岑参、孟郊、白居易、杜牧、欧阳修仰慕而来，远远地站在巫峡栈道上观望，千里之外的瓜洲渡口、金山寺，还有王安石、陆游、张祜在翘盼。明月千里，千秋明月，多少风雅故事，发生在长江、在三峡。然而今晚，她只以烟霞为羽衣，用晚照做霓裳，将满目秋波送给峡江崖上、嶙峋岩中那一群孤独的身影。

那是川江的纤夫们。"脚蹬石头手扒沙，风里浪里不归家"，踩着1亿年前的海底、1万年前的河床、1000年前的栈道、数百年前的鹅卵石，一队队、一步步，弯成力字形、伏作满弓状，逆水而行，向水而歌，是力量在行走、生命在歌唱。那岩石上深深的纤痕，那风吹日晒黑得像江中石一样的脸和臂膀，那打着旋涡在峡谷和江面回荡的川江号子，像动感的雕塑、凝固的浪线。一根纤绳便把七百里三峡拉成了五线谱，呦呦旋律从古来，嘈嘈音符向东去。然而，水路再曲折，行程再遥远，长江却几乎围绕一根轴线做等幅运动，曲曲折折弯弯绕绕，最终在轴线上选择了自己的入海口。这根轴线就是北纬30度线。

地球北纬30度附近，是一个奇特而神秘的地带，一道人类文明之谜。尼罗河、幼发拉底河和底格里斯河、恒河、密西西比河、雅鲁藏布江和长江等大江大河都横跨这一地带；古埃及文明、古巴比伦文明、古印度文明、玛雅文明、长江文明在这一地带聚集，同纬度的三星堆古蜀国遗址正在被深度挖掘；珠穆朗玛峰等地球上的7座最高峰，以及至今无人登顶的梅里雪山在这一带列阵；神秘的百慕大群岛等在附近隐现，最深的马里亚纳海沟在不远处潜伏。长江像一条彩线，串联起无数的文明珍珠；又像是一根脐带，一头深深地扎进中华腹地，汲取能量后奔向浩荡东海。

长江流域是人类的摇篮、文化的故乡。长江上游地区的元谋人、巫山人，中游地区的长阳人、郧县人，制造出石斧石锛石犁石铲等工具、石矛石镞石刀石丸等武器，学会钻木取火，揖别茹毛饮血，高举人类文明的燧火，走过漫长的旧石器时代。上中游地区的巫山大溪文化、枝城城背溪文化、京山屈家岭文化，下游地区的河姆渡文化、马家浜文化、良渚文化像花儿朵朵，次第盛开在新石器时代的晨光里。这些遗址无一例外地存在大量稻壳的遗迹表明，在7000到1万年前，长江流域已经开始

种植水稻。

长江广纳百川,文化葱茏葳蕤。长江流域诞生的羌藏文化、巴蜀文化、湖湘文化、荆楚文化、徽赣文化、吴越文化、海派文化,各呈芬芳,和而不同,相映生辉。长江流域的农耕文明与游牧文明、渔猎文明走向交融,长江文化与中原文化、岭南文化、燕赵文化、齐鲁文化、西域文化,甚至异域文化煮酒论道、交流互鉴。千山同根,万水归江,长江因此而壮阔。无数的仁人志士、英雄豪杰从这里走向历史舞台,书写中华民族的史诗,数不清的政治事件、军事争战、文化现象发生在长江;无数的先哲巨匠、文人墨客从这里登上文化讲台,挥斥方遒,指点江山,舞椽笔、洒巨墨,读不尽的雄文翰墨、诗词歌赋如长联披挂在长江两岸,数不清的文化经典、文化遗存、文化标识、文化星宿从长江升空辉映神州大地。长江塑成了伟岸峭壁、险隘雄关,分娩了烟柳江南、水墨雨巷,涂抹了湖光山色、水村山郭,那一帆一浪一石一矶、一草一木一楼一台,是长江的符号、文化的标点。长江不歇脚,文化不停滞。

三

长江既是神奇的景观,更是深刻的哲学命题。

日月千秋照,江河万古流,思想光辉灼灼,哲学波光粼粼。运动是绝对的而静止是相对的,回旋是暂时的而奔流是永远的。广纳百川而不捐细流,吸纳一切又输出所有,是长江的品格;开山劈岭、攻坚克难,百折不挠、勇往直前,是长江的性格;动则惊涛,静若止水,从不驻足,奔腾入海,是长江的追求;只争朝夕,不舍昼夜,是长江的自觉。一切的雪、一切的霜，所有的雨、所有的风，只为孕育世间峥嵘、滋润天下万物，这是长江的理想和信念。长江是生机的同义语，是包容的标志、博大的象征。生活在这样的奔腾中，你我都是一滴澎湃的水、一朵跳跃的浪、一条浓缩的浩瀚长江。

岁月抹不去历史的创痕，江河洗不尽积年的风尘。不要忘却自然的惩罚之鞭，不能亏待长江的哺育之恩。北宋晚期到南宋早期是长江的阵痛期。1500多年前北魏郦道元笔下的三峡是"素湍绿潭"，1300年前唐代李白的笔下是"碧水东流至此回"，1200多年前唐代白居易的笔下是"蜀江水碧蜀山青"。但到了830多年前，南宋诗人范成大从岷江一路直下，漂泊到汉口岸边才见到清澈的汉水，与他几乎同时期的诗人袁说友更是记录道："荆江水涨，浊波涌急"，南宋进士陈造还留下"汉江水黄浊"的日记。及至宋末元初，长江流域植被大量被采伐，水土流失更甚。从此，研读南宋以降写长江的诗文，已很难再见到"清流""碧波"之类的描述。文笔如史笔，留存下长江的前世今生。

亿万年的长江，千百年的沧桑，一路风尘仆仆、满心伤痕酸楚，需要休养生息。长江穿越时光隧道，像一道历史性答题横亘在我们面前：今天，该怎样对待长江？母亲需要保护，长江需要呵护。保护生态等于拯救自己，珍视长江就是善待人类。长江之伤是人类之痛，保卫长江当举法治之剑。

四

大江铺长卷，时代挥椽笔。

党的十八大以来，习近平总书记走遍了长江经济带的11个省市，明

确指出,推动长江经济带发展必须坚持生态优先、绿色发展的战略定位。2016年1月5日在长江上游城市重庆、2018年4月26日在长江中游城市武汉、2020年11月14日在长江下游城市南京,习近平总书记亲自主持召开3次长江经济带发展座谈会,题目从"推动""深入推动"到"全面推动",全方位展开,各环节深入。一场水污染防治、水生态修复、水资源保护、水安全保障的"长江保卫战"在流域全线如火如荼地展开,力度之大、规模之广、影响之深,前所未有。5年多来,绿色长江理念形成,"共抓大保护,不搞大开发""把修复长江生态环境摆在压倒性位置""保持长江生态原真性和完整性",成为长江两岸人民共同的理念、共同的行动;5年多来,长江大保护成效明显:长江保护法正式实施,保护长江有法可依,"十年禁渔"全面实行,"重化围江"难题逐步破解,全流域劣五类水质不断消除,"水中大熊猫"野生江豚等快乐嬉戏江面,万里长江绿色生态长廊成线成片规模呈现,长江经济带生态环境保护发生转折性变化,经济社会发展取得历史性成就。生态蓝图已经擘画,古老长江翻开新页,草长莺飞垂柳依、鱼翔浅底江豚跃的美景重现长江。

新发展理念如灯塔指航。一部长江史一定程度上就是一部人与自然的共生史。长江水力资源富足,总量几乎占全国的一半。长江之水天上来,全程落差约6000米,天然资源化作电力优势,于是巴塘、乌东德、溪洛渡、向家坝、三峡大坝、葛洲坝等大型水电设施呈梯级开发,展露亮色。西电东送从这里出发,长江点亮了大半个中国;南水北调从这里启程,长江浸润着中国的大地。长江流域拥有丰富的土地、矿产、林草、湿地、雨水资源,雄厚的科技、教育、文化、产业、市场、人力资源,是中国的经济腹地、生态要地、创新高地、发展重地。优势集中、辐辏广阔是特点，生态优先、绿色发展是前提，经济总量占全国比重接近一半的长江经济带弯弓搭箭、蓄势正发。唯有生态高质量，方有经济高质量；越是永续发展，越要和谐共生。长江保护从"头"做起，雪山草原三江源，唐古拉山昆仑山，没有"源头活水"就没有大江东去"清如许"。牧民下山，策马扬鞭告别世代家园，只为万代千秋；渔民退捕，离船上岸转变生产方式，是为长远生计。一江两湖连七河，清江、清湖、清船、清网初见成效，白鲟、江豚、白鱀豚、中华鲟、长江鲟等4300多种水生物正陆续游回安全的家。回望关山千重，展望碧空万里，人类从来没有像今天这样严肃地对待长江，这是民族的百年大计、千年血脉、万世根本。"草秀故春色，梅艳昔年妆"，美丽的长江生态正在生机重现。

新发展蓝图正蓬勃盎然。纵使潮起潮落，任凭水丰水枯，长江正发挥出防洪、发电、供水、灌溉、航运、养殖、旅游的巨大效益。长江大桥、高速高铁纵横交错，空中航线、水上航线密集交织，隧道地铁、过江轮渡南北穿梭，一幅纵贯东西、连通南北的立体交通网披挂长江。如何让区域协调，总体布局更科学、更合理、更有效率，长江是一道必答题，正在考验我们的智慧。把长江经济带建成生态文明建设的先行示范带、引领全国转型发展的创新驱动带、具有全球影响力的内河经济带、东中西互动合作的协调发展带，是新时代赋予长江的新使命。"共抓大保护、不搞大开发"，同饮一江水，共唱一首歌，强劲的长江正发力。

两岸青山相对出、一江清水向东流，只待时日，正在今朝。唯愿长江浩荡，喜看万物欣荣。古老的长江故事正在翻开新时代的新篇章。

告别泥涂

刘庆邦

我老家的泥巴被称为黄胶泥,是很厉害的。雨水一浸霪,泥巴里所包含的胶黏性就散发出来,变成一种死缠烂打的纠缠性和构陷性力量。脚一踩下去,你刚觉得很松软,"好嘛"还没说出口,稀泥很快就自下而上漫上来,并包上来,先漫过鞋底,再漫过脚面,继而把整个脚都包住了。这时候,你的脚想自拔颇有些难度,可以说每走一步都需要和泥巴搏斗。或者说你每拔一次腿,都如同在费力地与泥巴拔一次河,拔呀,拔呀,直到把你折腾得筋疲力尽,被无尽的泥涂吸住腿为止。

以致当地有一个说法,谁做事不凭良心,就罚他到某某某地蹅泥巴去。很不幸,某某某地指的就是我的老家。注意,我这里说的不是踏泥巴,也不是踩泥巴,而是按我们老家的说法,写成了"蹅泥巴"。如果用踏,或用踩,都不尽意,也不够味儿,泥巴都处在被动的地位。只有写成"蹅"字,让人联想到插或者馇,才有那么点儿意思。

对老家泥巴的厉害,我有着太多的体会。在老家上学时,每逢阴天下雨,我就不穿鞋了,把一双布鞋提溜在手里,光脚蹅着泥巴去,再光脚蹅着泥巴回。为什么不穿鞋呢?因为浅口的布鞋在泥巴窝里根本穿不住,你一蹅泥巴,泥巴只放走你的脚,却把你的鞋留下了。再说了,母亲千针万线好不容易才能做出一双鞋,谁舍得把鞋在烂泥里糟蹋呢!光脚踏泥巴，也有不好的地方，那就是容易滑倒，一不小心，就会滑得劈一个叉，或趴在泥水里，把自己弄成一头泥巴猪。另外，脚上和小腿上的泥巴糊子，到达目的地后须及时清洗掉，万不可让太阳晒干，或自己暖干。因为我们那里的泥巴很肥，肥得含有一些毒素，如果等它干在皮肤上的话，毒素渗进皮肤里，皮肤就会起泡，流黄水儿，那就糟糕了。

有一年秋天，我请探亲假从北京回老家看望母亲，赶上了连阴天。秋雨一阵紧似一阵，连扯在院子里树上晾衣服的铁条似乎都被连绵的雨水湿透了，在一串一串往下滴水。泥土经过浸泡，大面积深度泛起，使院子和村街都变得像刚犁过的水稻田一样。我穿上母亲给我借来的深筒胶靴，到大门口往街上看了看，村街上一个人都没有，只有几只麻鸭在水洼子里伸着扁嘴秃噜。它们大概把村街当成了河。我打伞走到村后，隔着护村坑向村外望了望，只见白水漫漫，早已是泥淤路断。就这样，眼看假期就要到头了，我却被生生困在家里。无奈，我只能躺在床上睡觉。空气湿漉漉的，房顶的灰尘和泥土也在下落。我睡一觉醒来，觉得脸皮怎么变得有些厚呢，怎么有些糙得慌呢，伸手一摸，原来脸上粘了一层泥。

那么，把路修一修不好吗？我们修不了天，总可以修一下地吧！修路当然可以，可地里除了土，就是泥，把地里的泥土挖出来铺在路上，除了下雨后使路上的泥巴更深些，还能有什么好呢！您说可以用砖头铺路？这样说就是不了解情况了。拿我们村来说，若干年前，差不多每家的房子都是土坯垒墙，麦草苫顶，家里穷得连支鏊子的砖头都没有，哪有砖头往泥巴路上铺呢！虽说砖头是用黏土烧成的，但它毕竟经过了火烧火炼，其性质已经改变，变成短时间内沤不烂的东西。人们看到一块

砖头头儿，都像捡元宝一样赶快捡起来，悄悄带回家。让他把"元宝"拿出来，垫在路上，他哪里舍得呢！

这样说来，我们那里的人活该踏泥巴吗？祖祖辈辈活该在泥巴窝里讨生活吗？机会来了，机会终于来了！今年清明节前夕，我回老家为母亲上坟烧纸时，听说我们那里要修路，不但村外要修路，水泥路还要修到村子里头。这里顺便说一句，我的当过县劳动模范的母亲去世已经十一年了，十一年间我每年至少回老家两次，清明节前回去扫墓，农历十月初一之后回去为母亲"送寒衣"。每次回老家之前，我都要先给大姐或二姐打个电话，询问一下天气情况。老家若是阴天下雨，我就不敢回去，要等到天放晴，路面硬一些了，我才确定回去的日期。要是修了路就好了，我再回老家就可以做到风雨无阻。

2014年12月4日，也就是农历马年十月十三，我再次回到老家时，见我们那里的路已经修好了。抚今追昔，我难免有些感慨，对村支书说，日后刘楼村要写村史的话，修路的事一定要写上一笔。据族谱记载，我们的村庄在明代中后期就有了，村庄大约已经有了四五百年的历史。几百年间，村庄被大水淹没过，被大火烧毁过，被土匪践踏过，虽历经磨难，总算还是存在着，没有消失。与此同时，风雨一来，泥泞遍地，一代又一代人，只能在泥泞中苦苦挣扎。可以肯定地说，哪一代人都有修路的愿望，做梦都希望能把泥涂变成坦途。然而，只有到了这个时代，只有到了今天，这个梦想才终于实现了。从这个意义上讲，我们老家修路是五百年一遇，也是五百年一修。

村支书特地领着我在修好的路上走了一圈儿。路修得相当不错，路基厚墩墩的，平展的水泥路面在冬日的阳光下闪着白光。水泥路不仅修到了我们家的家门口，村后的护村坑里侧，也修了一条可以行车的路。如果家人驾车回家的话，小车可以直接开到家门口，还可以开到村后，通过别的村街，再绕回来。

我的乡亲们再也不用担心在阴雨天踏泥巴了。不难想象，雨下得越大，我们的路就越洁净，越宽广，越漂亮！

丹水北去

周大新

最早知道丹江，是在上小学三年级的时候。记得是一位老师向我们提问：哪位同学知道离我们学校最近的一条江的名字？全班同学无人举手回答，最后是老师说出了答案：丹江。这条江距离我们这儿也就五十公里。

我由此把丹江记到了心里。

丹江再次进入我的记忆是1969年。这一年，还在上高中的我从报纸上知道，丹江的水要调到北京去，丹水北调的渠首枢纽工程已在我们县的九重乡陶岔村开工建设。这件事当时引起我注意不是因为它的重要性，而是因为村里人相传，凡参加修建陶岔渠首的民工，一天三顿都可以吃饱，而且有的中午能吃一顿白面条。这引起了我的极大兴趣，因为那个年代，吃不饱和吃不到白面一直是折磨我们乡间年轻人的大问题。听说全南阳要征集十多万民工去修渠首，仅我们邓州就要征得一两万人，眼见得村里不少人去当了民工，我也动了心。但拿到高中毕业证的希望最终战胜了去当民工的心愿，我再一次失去了与丹江见面的机会。

与丹江相隔的50公里，对于当时的我，是一段遥远的距离。因为那时乡间还很难看到汽车，所有的路途全靠双脚来走。也因此，直到当兵离开家乡，我也没能去一睹丹江的姿容。

真正站到她的身边，是在上世纪九十年代初。因为要拍摄根据我的小说改编的电影《香魂女》，导演谢飞让我陪他选外景地，我们去了丹江岸边的荆紫关明清一条街，在那里，我才得以一睹丹江的芳颜。

她太清瘦了。

不宽的江面，不深的水流。这是江吗？我有些失望。

陪同我们的淅川县的朋友看出了我的失望，笑道：你来的时节正逢她节食瘦身，要是到了夏季，你就会看出她其实是多么的厉害，看见镇街临江的那些吊脚楼了吗？有的夏天她曾经想越窗去强吻楼窗内的男人。

我吃了一惊，却也将信将疑。

进入新世纪初的一个夏天，我再次回到了故乡，这次回故乡的目的，就是想去丹江和丹江口水库沿岸采风，为写一部新的作品做准备。我在朋友的陪同下去了马蹬——这是丹江岸边的一个镇子，在马蹬渡口，我看到了丹江发野时的真面目：江面一下子宽出许多，水浑黄且夹着枯枝败叶，水流湍急，浪头翻滚，漩涡一个套着一个，江水奔涌时发出一种瘆人的啸声。如果把我上次在荆紫关看到的丹江比作一位少女的话，此时的丹江则像极了一个披头散发、龇牙咧嘴的泼妇，随时都可能扑到你身上抓得你遍体是伤。我们坐着渡船过江，船在江面上剧烈地颠簸起伏着。船老大告诉我们，只要秦岭的山上一下暴雨，这条发源于秦岭的江就会变成一匹狂奔乱跳的野马，历朝历代，因为这条江的洪水破岸决口，使沿岸人吃了太多的苦头……

领略了丹江的狂野之后，我们去了下游拦江水而成的丹江口水库。坐船到了这座号称亚洲第一大水库，风景为之一变，经过了沉淀的库水清澈湛蓝，无边的水面微波荡漾，水鸟在空中翻飞鸣叫，偶尔可见有鱼

跃出水面,在阳光下炫耀着优美的体形。在江水与库水的接合处,能看见一条鲜明的分界线,一边浑黄,一边清澈,原本奔涌而来的江水,在扑入巨大水库的怀抱之后,像孩子扑到母亲的胸前那样,一下子变得温顺起来。

陪同的朋友告诉我,水库的大坝坝顶海拔高程原来是162米,不久就要加高到176.6米,正常蓄水面积由745平方公里扩大到1050平方公里,正常蓄水位由海拔157米升高到170米,相应库容由174.5亿立方米增加到290.5亿立方米。到那时,由这里调往京、津、冀、豫及沿线城市的水,一期可达95亿立方米,二期可增至130亿立方米。我当时望着浩渺的水面在心里高兴,我就要在北京喝到家乡水了……

之后,我开始沿水库北岸行走,想去看看住在水库岸边人们的生活。一连走了几个村子,我的心开始沉重起来,原来看水所引起的那种兴奋慢慢消失。当时是酷暑天气,天像要下火一样,但有的村子里的人却一律住在由树枝、石棉瓦、塑料布搭成的简陋棚子里,有的人家即使砌了砖墙,也是有门无窗。这样的住处,室内和室外一样热。我问坐在树荫下乘凉的人们,为何不好好修修房子过日子,他们说:俺们原来住的地方已经被水库里的水淹掉了,俺们现在是临时住在这儿,以后水位提高了,俺们住的这个地方还要被水淹掉,俺们在等待向更远的地方迁移,所以无法也无心建设住处。在另外的村子里,房子虽然是砖瓦建的,但年久失修,早已显出了破败之相。乡亲们告诉我,他们已经有二十几年不修缮房子了,更不要说搞别的建设,为了把一库清水送到北京,俺们随时准备迁走。我望着这些等待迁移的乡亲,知道他们为了这座水库的建设,为了南水北调,已经吃了太多的苦,付出了太多的汗水。陪同的朋友告诉我，因为南阳是水库的主要淹没区，将来大坝加高后，淹没会涉及淅川县11个乡镇、184个行政村、1276个村民小组，淹没土地总面积达144平方公里，还会淹没大量的基础设施，各项淹没损失多达90亿元，需要迁出和安置的农村移民近20万人……

我记得我当时吸了一口冷气。

我的故乡我的乡亲，为了南水北调，奉献了太多的东西！

最近的一次丹江之行，是在南水北调工程即将通水的时候。这一次，我先去看了水库沿岸的治污设施，因为身在北京，我知道北京人最害怕调来的水不清洁。在汇水区淅川县、西峡县和内乡县，都建成了城区污水处理厂，建成了生活垃圾无害化处理场，重点污染源也都配套建成了污染防治设施。全南阳市关、停、并、转水源区污染企业近五百家，黄姜加工、钒矿冶炼、造纸、酿造、化工等重污染排水企业都已经消失。为了解决水源区日益突出的总氮超标、总磷浓度上升问题，南阳市引进推行了依托高效生物制剂、综合治理农村面源污染的新技术，把农村生活垃圾、畜禽粪便处置为高效有机肥，替代化肥使用；用生物保护剂替代农药，种植绿色农产品。由于实行了先治污后通水、先环保后用水的政策，目前，在渠首断面29项水质监测指标中，几乎全部指标都优于国家二类水质标准。

我最后站在了渠首闸上，这道闸门，是通往北京的丹水的水龙头。站在这道闸上南眺，是总长度达10余公里的引丹总干渠。这条深49米，底部宽150米，上部宽500米的干渠，当年是南阳10余万民工在施工条件极其简单，环境十分艰苦的情况下，花5年零8个月的时间修成的。挖出的土方、石块6000余万立方米，这些土石若砌成宽、高各一米的小坝，

可沿赤道绕地球一周半。为了挖这条引水渠，有2880名群众在工地上受伤致残，有141人牺牲。我的故乡邓州，死伤的民工就有很多。几十年过去了，死者坟上的草已经青了又黄，黄了又青，终于，他们的英灵等来了这项工程的启用时刻。

站在渠首闸上北望，就是一眼望不到头的蜿蜒千里的自流水道。很快，北京、天津、河北和豫北，就可以通过这条水道，迎来清澈的丹江水了。

对一项工程的评价和对一个朝代的评价一样，需要时间。给一项大工程下评语，历来都是由后代人去做的。但不管日后怎样评价这项工程，我都想请后人们记住：曾经有一代人，梦想用自己的力量，来改变上天给我们国家设定的南方多水北方缺水的局面；曾经有一代人，勒紧自己的裤腰带，用吃红薯和黑馍积蓄的能量，奋力挖土凿石，梦想给后代创造出更好的生存条件！

假若有一天后人们发现了这项工程有缺失之处，也请你们仔细体会前人的心意，不要一笔就抹杀所有人的劳绩。

在结束本文之前，我还特别想对就要用上丹水的北京的朋友们说一句话：请珍惜和节约水！清澈的丹水里其实是融有汗水和泪水的，如果不节约，你会对不起很多人的！在保证你正常生活的情况下，请尽量少用水。水，真的来之不易呀！几十年的时间，几千亿元的耗费，十几万人的辛苦劳作，几十万人的搬迁，容易吗？我听有的专家说，如果按照德国人和以色列人对水的珍视和节约办法，仅北京一城，一年就可节约10亿方水。学会节约吧，我的兄弟姐妹叔叔阿姨爷爷奶奶，水，才是我们人类最宝贵的东西，如果你的手上只有黄金、钞票、珠宝而没有水，你能活过几天呢?

不要把浴盆的水放得太满!

不要把洗车的水龙头开得太大!

不要把洗菜的水随便倒掉,再用它浇浇花草!

不要把喝剩下的半杯水倒在水泥地上,倒进土里吧……

蛙声里的记忆

秦伟文

蛙声于我而言，其实是一段童年，是一处故乡。

我对父亲的记忆，除了他在病榻上让我心痛的一幕幕外，其他大部分的印象，其实也是与蛙鸣有关的。蛙声里的父亲，时常让我忆起，尤其温暖。

农历谷雨前后，是农村平田育秧的季节，也是蛙鸣正盛的季节。在那个大集体的年代，每到这个季节，老家屋旁顺地势蜿蜒的一坝水田，便成了父亲和生产队里所有男劳力抓生产的主战场。那时的我，年纪尚小，特别贪玩，也总爱黏着父亲，只要看见他披上蓑衣、扛着工具、牵着水牛在小雨里出门了，就会慌忙戴上一顶斗笠，尾随着他而去。父亲在前，头也不回，却能够神奇地知道我就在后面。照例，他会骂骂咧咧地赶我回去，说我不学正事，尽跟着在雨里瞎胡闹，被泥水弄脏得不像个人样。同时，把手里的小竹鞭子朝牛屁股上抽去，水牛就会回过头来幽怨地看我一眼，继续前行。长大后我才知道，父亲并不是真的要赶我回去，我是父亲最小的儿子，他在内心里是希望且需要我时时刻刻在他的目力范围内晃荡的，只是他又觉得待在家里我会干净些、安全些、暖和些。他这心境，正与现在的我对待自己女儿、他的孙女的矛盾心理并无二样。

父亲耙田的身姿舒展潇洒。只见他两脚牢牢地立于耙犁之上，身体略微后倾，手牵缰绳，镇定自如地控制着拖耙水牛，就绪后，鞭子一甩，朝远方一声吆喝，哗啦啦一阵水响，牛、人和耙就在田里劈波斩浪，来来回回，一面平整如镜的水田，顷刻间就在群蛙的鼓噪、加油声中跃然眼前。我在岸上看得如醉如痴，时时冒起要亲自去耙一个来回的冲动，并暗暗地发誓长大后要做一个像耙田的父亲那样挥洒自如的男人。

每平整完一片水田，父亲就会上岸，卷一袋旱烟，欣赏着我在引水沟里用茅草梗架起的水车，一边吸着烟一边和我说，你瞧这蛙声叫得密，今年会有一个好收成。然而，岁月留憾。在那个年代，辛勤如斯的父亲，却自始至终没有吃到过一顿饱肚子的大米饭。临终前他想吃的那口米酒，还是母亲找乡亲们讨来的，而他最终还是没舍得吃，让不懂事的我给吃光了。

后来，随着农村改革，这坝水田成了我们家的责任田，还是那一片蛙鸣，为我家送来了一个又一个丰收年。一家人的笑容，在年复一年的蛙鸣声里绽放。

蓦然回首，而今的我，真的是很长时间没有听到过这宁静而亲切的乡村音乐了。没想到，在这月朗星稀的夜晚，在这霓虹灯闪烁的城市，居然还有着如此安静的一隅，能听到浓厚而响亮的蛙鸣。这蛙声，唤起了我对昨天的记忆。天国里的父亲，你是否和我一样听见了这首歌？是否也在歌声里，看见了母亲在老家燃起的那缕炊烟……

流年背影

李伟

冀鲁豫三省交汇处的清丰是典型的平原农业县,县城东南18华里那个名不见经传的小村子写满了我童年的故事。记忆中,村口是几堆伞状的柴火垛,炊烟袅袅,饭香飘飘;"村子"到"集上",柴火垛越来越少,可摆着"洋货"的合作社和吆五喝六的小食堂倒多了两个;"集上"到"城里",南来北往有一条可以相向行车的柏油路,三层楼的招待所被乡亲们视为"庞然大物";后来,求学打拼参加工作,高速公路载我来到梦中的"城市",不见了柴火垛,不见了旱厕所……

城与乡,今与昨。流年镌刻着乡愁,而流年中的一个个背影,承载着我的感喟。

笛声里

老家河南清丰县柳格乡,因横跨新106国道,前年改成镇。

"三里不同俗,十里改规矩。"

小时候,庄稼人的赶时髦和开眼界,就是一起去乡里赶集。

柳格是闻名遐迩的"铁木之乡",铁匠、木匠、手艺人比比皆是。我上初一时赶年集,高赵店一个泥塑艺人的表演让我目瞪口呆,叹为观止。

泥塑是用黏土捏制成鸡、鸭、狗、猴、鸟等小动物的造型，晒干后坚挺且惟妙惟肖，里面是空的，"屁股"下面留着出气口，安上两片竹片儿，一吹便发出各种动物的声音，大人们给它起了个好听的名字——"吹咕嘟"。

"外行看热闹，内行看门道。"

随着下面起哄，人越来越多，三面围成圈。赵氏艺人走到人群正中，目视前方，打躬作揖，一手抓起两个"吹咕嘟"，一手攥过一只洋瓷碗，气调丹田，嘴鼻换用。时而，气流倒逼音频高亢，虎口衔碗；时而，鼓腮换韵喷腔爽利，一指飞扬。

音似林中走兽，声能百步穿杨。一个小物件里竟吹出《百鸟朝凤》。

厉害！

艺人当天能挣多少钱我没看到，我只看到热心观众给他递上馍馍端去汤，我还看到他后面的孩子是咸是甜大口大口吃着，不时反转浓裂的手掌擦拭热碗……

30年过去了。"龙生龙，凤生凤，艺人后生带灵动。"当初那个吃糠咽菜的孩子，如今是唢呐班的台柱子，也有人喊他"团长"。红白喜事的单子接得满满的，一年到头难得偷闲。这几年有了些积蓄，艺人后生还带头给村里捐款修路，建图书室，购置音乐类书籍。"吹"艺名震三里五乡，德行传遍四面八方。

"赵校长！"去年回老家，我迎面喊他。

"哥呀，你真会鼓励。"他莞尔一笑。

"校长"？

原来，这小子福气，娶了个当音乐教师的媳妇，在镇上办起了器乐"特色"班，老婆教学他管理，不叫"校长"叫什么？

"特色"?

除招收二胡、笛子、小提琴、萨克斯、架子鼓专业在校学生,还特别把义务培训以唢呐专长求谋生之道但家庭和身体残缺的农村孩子做重点。这正是前面他在村图书室添购音乐类书籍的初衷。

去年寒假一天,我悄悄溜进这"特色"课堂,后生正教一个盲童识谱。老师手把手,学生有灵犀。墙上两个一张一弛的背影,让我不忍心打破这难得的和谐。侧面看去,他们的身影笔管条直。抑扬顿挫,吹出去的是音乐,吸进来的是幸福。

今天,盲童"成手"了。老者逝去,一曲《秦雪莲吊孝》吹得你梨花带雨,如诉如泣;新人盈门,一曲《抬花轿》听得你喜气洋洋,如痴如醉。戴上墨镜和正常人没什么两样的他,得以在这个社会安身立命,他吹喇叭踱方步"摇头晃脑"的神气就是人间最大的幸福。

猪圈旁

小时候,掰着指头盼过年,其实心里想吃肉。

我15岁那年大哥结婚,为置办酒席,家里杀了那头饲养了近两年的大花猪。

无肉不成宴。"八碗八碟八汤",什么猪肝菠菜、糖醋里脊、红烧大肠、酸辣肚丝汤……一一写上菜单。

一席猪肉宴,全家总动员。猪脸猪蹄猪下水,收拾起来,样样费周章。一天下来,我这个看客倒先打起哈欠。

"困了?睡去吧,明天还有活。"母亲一边絮叨,一边把煮下的肉汤舀到盆罐里。第二天早起，就冻成一坨上面酷似白色乳胶的油脂，我们那儿叫"腥油"。什么时候熬菜放上一铲，差不多能吃半个春天。那个香劲，吃如今的猪肉恐怕再也体会不到了。

"诶！诶！得便宜卖乖，这话我不爱听。"前些日子我把这个"肉故事"抖出去，立刻遭到一"肉老板"的反对。

"我懂。过去穷，猪吃的是草，长得慢；现在条件好了，给它加'营养'，速成，就不香呗！"我逗他。

"我这土猪可不是啊！走，到俺院里看看！"显然是我的激将法起了作用。

哇！偌大个围场有200多头猪，哼哼唧唧好不热闹。它们扎堆搔痒，个个憨态可掬。几个工人铡草放粮，忙前忙后。"肉老板"70多岁的父亲吸引了我的目光：头戴旧草帽，背扛水葫芦，俯身弓腰，给猪舍消毒，为猪洗澡。老人显然是这里的"权威"，不管白天喂食，还是晚上入栏，只要他一"乐、乐、乐、乐……"发号施令，那些"乐乐"们便乖乖地来他跟前"签到"。

老人腰是弯着，但面子可是"值"呀。他屁颠屁颠的背影告诉我：养"乐乐"，心乐乐！

"肉老板"陪我参观，边走边讲："这是肯定的。俺家流转了村里的部分土地，几十万斤玉米大都成了猪饲料，夏秋季节还会补充一些青草和野果。俺爹在生产队当了一辈子饲养员，把猪娃子看成自家'孩子'，猪长得再小再慢，也不许'开小灶'；他干活再苦再累，也不能'拔苗助长'。老爷子过得充实啊！"

我为老人弯腰含胸的背影点赞，隆起的脊背托起的是责任和担当。

写到这,我想起前些日子采风时,一位农村问题专家的话:

"'穷不丢书,富不丢猪。'中国传统文化折射出古老的东方文明,'公司加农户'的饲养模式,后者永远是主体,前台餐桌方安全。什么时候,中国农民不养猪了,我们的农耕文明和食品链就会出现断层和风险。"

灶台边

历览前贤国与家,成由勤俭败由奢。

20世纪90年代,生活一天天好起来。但日子还要精打细算。过年了,为节省每一笔开支,父亲骑车到集上批发"祭灶糖",回来先分给大伯和三叔一家两袋。我家那两袋,往往是我们姐弟分下几根,但最后一定剩两根,一根留给邻居光棍俊兴爷,一根送给东街智障的红义哥。

"一分钱掰两半花",这就是了。

今天,我和妻子月月拿着国家的工资,孩子也在条件上好的学校就读。于情于法,有事没事,常回家看看。

进门,爹一句:"金榜题名,成器者比牛角都稀;柴米油盐,过时光比牛毛都稠。"

这话是及时雨。

背着窝窝头考上名校的那位是我远房表弟,骨子里勤俭节约,吃苦耐劳。2013年底,他成为一家台资企业的副总。随着地位变化和应酬增多,心里便长出了不老实的苗头。从接受外商馈赠到花天酒地的放纵。"由俭入奢易,由奢入俭难。"纸醉金迷的他耗光工资后做起假账,东窗事发,颜面扫尽。那天小聚,我无意间点了道窝窝头,他吃着吃着哭开了!

浪子回头金不换！

出门，娘一句："好好过日子！你看电视上恁多事儿。别跟人家'摸牙'啊。""摸牙"，方言，原指打架，此处引申为折腾。

这话是避雷针。

"摸牙"者大有人在。"八项规定"如风雷，但因也有不少"馋猫猫"玩起了"躲猫猫"，我一在建设系统呼风唤雨的同学"见风使舵"，他开的"农家乐"堪称私人会所和五星饭店。"潜伏"花招高一尺，跨越"雷池"近一步。结果"你懂的"：大腹便便的他，只能进看守所"瘦身"了。"俭以养德，廉以修身。"从小到大，这话听了不止一遍。

不听老人言，吃亏在眼前。

娘一句，爹一句，"镜子"照的是自己：一方面，购房还贷入不敷出，捉襟见肘；一方面，长明灯、长转扇、长流水……生活浪费司空见惯。再看父母年过八旬，腰越来越弯，从不去想享清福，太阳下和绿色对话，果园里与低碳相伴。二老的阳光和乐观，让后辈汗颜，催后人奋进。

去年腊月二十三，团圆"小年"夜，家和万事兴。七八个孩子大口咀嚼芝麻糖撵着大人"祭灶"，碎渣和芝麻"嘎嘣嘎嘣"溅落一锅台，母亲用手粘起下面的东西，吹两下，送嘴里。母亲那稚气未脱的玄孙女，不由得看呆了！

"来来，扣子斜了，冷！"

母亲在灶台边俯下身子给第五代人纠正纽扣的背影，霎时高大起来，给了我信心，给了我力量，给了我启迪。

珍物惜福好日子，勒紧裤腰穷日子，系好人生第一粒扣子。

山村七夕夜

徐鲁

正是"明月青山夜,高天白露秋"的七夕时节,我回到幕阜山区,参加一位山村女儿的婚典。

故乡的七夕,又叫"乞巧节",有的地方也叫"女儿节"或"少女节"。传说七夕的夜晚,是勤劳忠厚的牛郎和美丽善良的织女一年一度相会的时刻。小时候生活在山村里,七月的夜空总是那么晴朗透明,真的像杜牧的诗所描写的情景:"天阶夜色凉如水,坐看牵牛织女星。"那时候每逢七夕之夜,仰望灿烂的星空,祖母就会指给我看,在明亮的织女星东南边,有四颗梭子形的小星。祖母说,那是喜欢绣织的织女来不及放下的织布梭子。在牵牛星的前后,也各有一颗暗淡的小星时隐时现,那是牛郎和织女的两个可怜的孩子,牛郎用箩筐挑着他们,在寻找和追赶被王母娘娘用银簪划出的天河隔在对岸的织女。他们这一家人的不幸遭遇,得到了喜鹊们的同情和帮助。每年七夕这天,喜鹊们就会相约着从人间飞向九天,搭起一座鹊桥,让牛郎织女一家在鹊桥上相会一次。这也就是宋代词人秦观那首《鹊桥仙》里写到的情景:"纤云弄巧,飞星传恨,银汉迢迢暗度。金风玉露一相逢,便胜却人间无数。"还有传说到了此夜更深人静的时候,如果凝神静听,就会听见从天河上传来的幽幽低诉的声音,这是牛郎带着两个孩子和织女团圆的时刻,到五更时分,他们就又得含泪分别了。

　　美丽的传说留下了美丽的忧伤，天上人间，代代相传。后来每逢七夕，我总会心事重重地在星空下坐到后半夜，总希望能听到从天河那边传来的幽幽低诉的声音。夏夜乘凉时，有时候也这样期待过。祖母还告诉过我们说，七夕这天，不论在哪处村庄和山野外，都不会看见喜鹊的，因为它们都相约着飞到天上搭"鹊桥"去了。这也使我从小就对喜鹊这种鸟儿怀有好感和敬意。

　　因为织女不仅心地善良，而且心灵手巧，不仅自己能凭一双巧手织出细密的锦缎，还乐于把最好的纺织和刺绣手艺教给农家女儿，所以老人们还说，七夕之夜，女孩子们如果在天井里摆上香案、供上瓜果，再用七根丝线和七支绣花针，坐在月光下穿针引线，便会从善织的织女那里乞得心灵手巧。谁穿针引线穿得越多越快，谁乞得的巧手艺就会越多。不仅小姑娘小媳妇们，就是上学念书的小学生们，如果此夜手持纸笔，谦恭诚实地在月光下揖拜乞求，也会乞得灵性和聪颖的。就是因为这，我们小时候对"七夕乞巧"这个习俗，总是认真对待，做得郑重其事，从来不敢有丝毫怠慢。可不是吗，谁愿意自己成为一个手脚笨拙、心灵愚讷的人呢？

　　在老家过七夕，还有分吃"巧巧面"的习俗。那也是乞巧的一种方式。从七夕这天早晨开始，村里的小姑娘、小媳妇和小学生们，三五个人组合成一伙，每人端着一个小瓢，满脸含笑地挨家挨户去"乞讨"来一些白面、花生、瓜果，然后聚集到一个主办者家里，或者聚集在一棵老槐树下一间打扫得干干净净的碾房里。大家分头把做好的各种简易的面食摆在台子上或盘碗里。一切准备停当了，天也黑了，星星和新月也

升起来了。这时,每个人就轮流对着天上的星星和新月默默许愿,许下自己所期盼的心事。许完愿之后,大家便开始分享这顿"自助"的聚餐会。即使是在艰辛和贫穷的年月里,我们的心中也充满了欢乐与梦想。

忆故乡,忆童年,怎能不忆七夕!故乡的七夕,总让我想起流沙河吟咏蟋蟀声里的乡愁的诗句:"凝成水,是露珠;燃成光,是萤火;变成鸟,是鹧鸪,啼叫在乡愁者的心窝……中国人有中国人的心态,中国人有中国人的耳朵。"

此时此刻,山风静了,山雀栖了,新月升上东山了;白露悄悄起了,牵牛织女星也亮了,根根红蜡烛点燃了。有谁知道,这一个沁凉如水的七夕之夜,对于那些山村小姐妹来说,又是一个怎样热闹而抒情的时刻,一个一生中也许只有一次的"哭嫁之夜"!一位小姐妹明天就要出嫁了,全村的其他小姐妹便在今夜热热闹闹地聚在一起,陪坐、陪睡、陪哭抒怀。不仅小姐妹们相互之间会开怀大哭,还有母亲哭女儿、女儿哭母亲,父亲、兄弟、姐妹都可以歌哭相诉,这叫"喜哭"呢,有几多热热闹闹,又有几多依依不舍……

阿通伯是我过去在山区工作时的一位老房东。此刻,我和满面喜气的阿通伯坐在火灶边,一边听着堂屋里小姑娘们的嬉闹声,一边看着他把那炖肉的火拨弄得旺旺的——这叫"红红火火"。阿通伯的幺女儿阿枝,是全村人都疼爱的小姑娘,此时正被一群打扮得漂漂亮亮的小姐妹围坐在堂屋中间。红红的烛光,还有那些无处不在的大红囍字,把阿枝的脸蛋儿映成一朵红山茶。屋门口拥挤着的那些乞巧归来的小孩子们,纷纷抖落着充满好奇和满足的欢笑声,有的还咧着缺着门牙的大嘴……晚风习习的院子里,坐满了一边喝着香茶,一边吃着瓜果,又一边谈着今秋即将迎来的好收成的邻里乡亲。

也许是想到了大女儿、二女儿出嫁时的节俭与寒碜，眼前又是明天就要离开自己的幺女儿，刚才还在里里外外地大声张罗着，大把大把往八仙桌上撒着花生和糖果的阿通大婶，突然间就进入了"哭嫁"的情境，率先扯开嗓门儿哭开了。是呀，女儿们都是自己在艰辛的日子里用呵斥、用巴掌，甚至用挑猪草的竹扁担和打板栗竹篮子养大的。这些年来的日子刚刚顺心了，孩子们一个个都要离开这个家了……想一想怎能不伤感呢！"呜……崽哎……心肝哟……我崽做女受尽了苦啊，冇把你做个女伢看啦……"阿通婶用的可是山村里的"花腔女高音"，一声声的哭诉催人泪下。那些迟早都要出嫁、都会离开自己亲爹娘的小姐妹，一个个听着听着，泪泉便再也堵不住了。于是，悠悠的哭嫁之声就像后面的合唱声，渐渐升起，也渐渐趋向了整齐。她们一个个歌哭着自己隐秘的心事，歌哭着自己和阿枝二十多年来的姐妹情意，歌哭着临近的在不久的一天也将出嫁的时刻，歌哭着各自与娘家人的难离难舍以及无以回报的恩情。

憨厚的阿通伯又给客人们殷勤地续了一遍茶水。不知什么时候开始坐在院子一角，狠劲地抖着自己的双肩了。他仿佛在一瞬间变得老了许多。在这些曾经何其艰难和偏远的山村里，做爹的实在是更不容易。

阿枝也在呜呜地哭。当小姐妹们的哭声渐渐告一段落，她那甜甜柔柔、颤颤悠悠的哭声还在继续："……妈哟，别人嫁女踩煞了路边草，我母嫁女哭煞路边人哟……我到人家去一定听娘的话，要跟我娘争口气哟……"充满了对父母的即将离家的歉意和培养成人的谢意。

我想象着，这些平日里虽爱傻疯却又羞怯的女孩子，她们是什么时候，又是怎样学会的这些哭嫁的习俗呢？这可是我们山区一种古老的文

化习俗。然而我又知道,她们已截然不同于她们的母亲那一辈人。我确实从她们那自由发挥着的哭嫁声里,听出早已掺和进了几分流行歌曲的旋律。她们都是这块艰辛的土地好不容易养大的好女儿,她们更是这个正在走向新的岁月、新的生活的山区的未来的母亲。当我这样想着的时候,堂屋里传来女孩子们一阵阵脆生生的咯咯笑声。那爽朗的笑声,好像要把这七夕之夜的山村四周所有的星星都点亮,把整个幕阜山的夜晚给闹成白天一样。

新一代的年轻人的生活,顺心的日子,也许就是这样。原本是哭嫁的夜晚,现在轮到她们的时候却又笑了。是啊,为什么不开怀地笑呢!在这个七夕夜,坐在山村朗朗的新月下,嗅着夜风吹过来的稻花香和槿花香,我的心醉了。沉醉之外,我更深深地祈祝,乡亲们和山村新一代人的日子过得更美好,更富足。

风中有棵布惊草

郭志锋

说到布惊，本地人或许都要一脸茫然。而说到"惊柴"，大家才"噢"的一声，好似恍然大悟。其实，对布惊，我们既熟悉又陌生。布惊虽然长得很漂亮，站在风中亭亭玉立，但她是个乖乖女，从不恃美而骄，更不会招摇过市，在众人面前彰显自己的"存在感"。

布惊就是布惊，即使又有山京木、荆条棵、沙京木、土柴胡等诸多别名，可有一样始终没变，就是她在风中的姿态。她坚守岗位，昂首挺胸，哪怕狂风暴雨，她也要毅然挺立。有时暂时的弯腰，是为了反过后更加笔直地站立。她身高适中，大多两三米，最高不超过五米，新枝条多呈方形，复叶如掌，仿佛向路人打着招呼，叶对生，一左一右，互相呼应，向上长，到了枝端，则是三片叶子齐头并进。奇特的是，她的每一片叶子都绣有锯齿状的花边，叶脉在绿油油的叶面上延伸，又密密地绣上了一层细毛。布惊站在风里，不叫不喊，一边倾听着微风的脚步声，一边收集着朝露与晚霞。清晨，晶莹的露珠在碧绿的叶面上滚动，写着许多湿淋淋的心事。黄昏，晚霞将布惊的脸映红了，她把一些迷人的故事藏在了叶底，藏到了小小的花苞之中。

在我的故乡，我经常在田埂边，在河滩上，与布惊不期而遇。那时的我，比初生的布惊还矮小。放学的路上，总是把布惊枝折下来当作武

器，和小伙伴们一起打闹。在一场又一场闹剧中，布惊的身体遭到了巨大的伤害，不是被腰斩，就是被撕得面目全非，空留一地的残枝败叶。我没有看见布惊悲伤的脸，也没有听见她的哭泣，更感受不到布惊的疼痛与伤心。更多的时候，我们男孩把布惊枝条连皮带叶折下来，弯成帽子，戴在头上，然后举着木枪，在小山坡上冲锋。对我们的为所欲为，布惊一点儿也不惊奇，仿佛她生来就是这样的命运：任人摆布，不惊不怨。仿佛她唯一的使命就是抬头望天，在风中挺立，安静地等待最后的结局。

风一阵又一阵地吹过布惊，吹走了太阳，吹走了春天，终于吹来了结果的季节。布惊的花开得很谦虚，不会招摇肆意，更不会艳丽夺目。这不符合她的性格。她的花长在顶部或干脆从侧面悄悄地透出，圆锥状的花序如同一首清雅的小令，含蓄、委婉，闪着淡紫色的光芒。至于布惊的果实，我向来不会注意，因为它黑，不香，而且不能像桑葚一样直接放进嘴里吃。所以布惊开花、结果都没人理会，开得无比寂寞，果实凋落得更加寂寞，留不下一点儿痕迹。

如果没有祖母的推介，或许我一生都将忽略布惊的存在。还记得那一天，祖母将一把布惊叶子带回家里，并当着我的面，将其捣碎，然后敷在我起了湿疹的脚上。顿时，一股特有的清凉感汹涌而至，我暗暗吃惊。表面上看，这绿绿的叶子，被捣得粉身碎骨，成为一坨浓绿的球，何其可怜！殊不知，她的牺牲很有价值。不一会儿，我脚上的痒就渐渐地消退了，随之而来的还有一种淡淡的草木芬芳。我感到一阵轻松。接连敷过几天之后，我脚上的湿疹居然得以痊愈。我很好奇，追着祖母询问其中的奥妙。祖母告诉我，别看这"惊柴"天天站在路边，雨天一身水,热天一身灰,可她很有本事呢,可以治惊风、解暑气、去痧疾,还能赶蚊子。说着,祖母从房间里拿出我的枕头,让我摸了摸。原来,这枕头里包的也是布惊子。祖母说,"惊柴,惊柴",用它做枕头就能"不惊"。既替小孩子去邪,又安眠明目。还说,倘若用"惊柴叶"熬水洗澡,能够治疗疥疮和皮炎。

每年的端午,也是布惊大显神通的日子。其中的道道,祖母同样熟悉。每一次,祖母都要先进行三道工序:先将一大把晒干的布惊草放在院里烧;烧完后将这些淡黑的灰用包豆腐的纱布包起来;最后捏着纱布包进了厨房,用水对着包里的灰不断冲洗,洗过的水都流进了锅里。我看得莫名其妙,又要追着祖母发问。祖母指着锅里有点发黄的水,笑了笑,似乎这是一个秘密。我不再开口,只想看个究竟。待看到祖母把一串串用粽叶包裹的粽子倒入锅里时,我才有点看懂了,或许这又是一个秘方:用布惊灰滤过的水煮粽子,有药效!可等粽子出锅了,我才真正地意识到,我只猜对了一半。其实,用布惊叶烧灰过滤的水煮粽子,不但有益健康,而且能将布惊的独特香味与粽叶、糯米、粽仁的味道融合一起,使其更加芳香四溢,催人食欲。

如今,满山遍叶的布惊草依然在风中挺拔,依然一派"流年不复记,但见花开为春,花落为秋"的悠然。可祖母却早已离开了我们,只身去了另一个世界。每当清明节来临,我都会静静地立在祖母的坟前。奇特的是,祖母的坟前虽说生长着众多的野草,但没有发现一棵布惊,哪怕是矮矮的、小小的一棵。风吹过,满山响起松树的细语或尖叫。

我查阅《本草纲目》,查阅《神农本草经》,已基本了解布惊的形态特征和药效。显然,现在的我,比当年的祖母更清楚布惊的功效。但令

人遗憾的是，不仅我没有学会用布惊当土方，而且也不见周围的人使用布惊作药方。只是看见，人们一旦有病，就纷纷走进了医院或药店。幸亏祖母已看不见这些，否则，不知她有多惊讶！

蹊跷的是，只要我走出办公室，一看到那些挺立在风中的布惊草，总是情不自禁地想起祖母。不知道是祖母像一棵棵布惊草，还是那些布惊草有些像祖母？

稻香里的乡愁

梅洁

竹溪朋友李江发来了一组微信《稻香里的乡愁》。打开视图，一大片一大片成熟的稻田，金灿灿、黄艳艳地匍匐在土地上，乡村宁静的时光扑面而来。湛蓝的天空下，奶声的童谣响了起来：春风又绿了/柳树叶儿垂了/布谷歌声响了/妈妈出门打工了/阵阵秋风黄了/成片稻谷熟了/雁儿声声催了/妈妈就要回了/宝宝心儿醉了。

听着"盼妈妈归来"的童谣，我落泪了。

而更让我心酸也温暖的是：我看到了女人们在田里割稻、男人们在田里脱粒的场景，我在男人们"嚓嚓"的扳谷声中又一次流泪。我不知是因为看见了遥远的故乡、想起了童年，还是因为别的什么。但我知道，乡愁在那一刻，深深打湿了我的心。我即刻给李江回复微信："那稻田、那歌谣已经让我心醉，看着、听着眼睛已潮湿了，乡愁已沤心了……"

我对李江提出了一个请求：能否在回乡时让我去田里割会儿稻、扳会儿谷？李江答应了，他回复道："你对家乡的爱，已穿越千山万水来到了竹溪……"

离别鄂西北郧阳已半个多世纪了，迄今为止，我都把原府署所属六县（市、区）均视为故乡，同属十堰的竹溪当在此中。

9月，怀着深深的乡愁，我踏上了竹溪的土地。

乘一辆越野车边走边看，两天穿越竹溪八个乡镇。当汽车驶入泉溪镇红岩沟村时，道路右侧的河谷呈现出一片金黄，路边的农家正在田里割稻、扳谷，李江让车停了下来，兴奋地喊道："梅老师，快，扳谷子去！"感谢李江惦记着我朴素的心愿。当我跑着、跳着进入田间，当我小心翼翼拿起镰刀割下青色泛黄的稻秆，当我吃力蹩脚地一下又一下地扳着谷粒，一种久远的感动在心中沸腾起来，多么熟悉而遥远的记忆呀！庄稼和泥土的青涩、潮湿之味，父亲母亲苦之楚楚、累之楚楚的身影，儿时从卷曲的稻叶里捉虫子的嬉戏……久远的时光一起涌上心来。

而一种没有预期的更大的感动，出现在我们到达中峰镇同庆沟之时。

同庆沟水墨丹青般出现在我们面前。

白墙、青瓦的农舍一幢挨一幢，屹立在一片金灿灿的稻田中间，郁森森的青山，呈环状耸立在村庄的周边，英雄般守护着同庆沟的日子，一条小溪从村庄潺潺流过，几只鸟儿在树枝上鸣翠，同庆沟宁静得如一缕山野的呼吸。

走进村庄，大街、小巷，房前、屋内、场院，全都干净得一尘不染，家家门前都放有分好类的垃圾袋，即使在稻子收割季节，村路上也未见一枝一叶的凌乱。农家的门外或堂屋正墙上，大都悬挂着牌匾、字画："家道酬和"，一个大大的"和"字居中，浑圆而喜气；"善曲高奏"，一个大大的"善"字，联结着吉祥如意；"百善孝为先"，一个大大的"孝"字，承载着千年的德性……

站在村边，只见远远近近的民宅山墙上，都赫然写着硕大的"勤、善、孝、德、礼、信"等彰显民族文化精髓的文字符号。我倏忽感到，我们走进了一个传统文化回归的乡村。

在同庆沟，许多人家把家谱或族谱中的"家规族训"做成匾额、漆牌，庄严、显赫地挂在屋内或矗在院里。我们在"刘家老院"站立了很久，怀着敬意，默默地读着桐漆木牌上书写的刘氏"家规族训"——

父慈子孝兄友弟家，不得有萁豆相煎之行为；敬老尊贤敦亲睦族，不得有忤逆不道之行为；明理尚义入孝出悌，不得有悖反伦常之行为；慎终追远光宗耀祖，不得有辱没门风之行为；崇法守纪爱国爱家，不得有祸国殃民之行为。

村支书徐业林告诉我们，刘家是清代乾隆年间从湖南迁来的一户人家，后来成为当地大户，至今出了不少仁人贤才。

徐业林说，同庆沟珍藏有古代家谱的人家有三十多户，每家都把家规祖训抄写上墙，作为行为警钟。随行的竹溪朋友付修平说，不完全统计，整个竹溪有四百多户人家保存有古代家谱。

在历史与现实千回百转的纠结之后，同庆沟人乃至整个竹溪人找到了自己精神的出口，他们要让埋在岁月深处祖先的力量赋予生命新的意义。从2012年开始，竹溪政府因势利导，在全县开展"家规家训进万家"活动，他们把搜集到的古代二十多家名门望族和大户人家的家规家训与现代文明对接，合理归并，在竹溪文明网建立全县统一的家规家训数据库；他们制作出一万多份家规家训字画、牌匾，然后把这些字画、牌匾赠送到城乡七千多个家庭；立家规，修族训，建村规民约，讲身边好人故事，在竹溪已蔚然成风。

一批"慈母孝子""好婆婆""好媳妇""竹溪好人"等家风典型，再

现着传统美德温婉的光辉。带着公公出嫁的王大芝、赡养娘婆三家老人的左清香、二十多年持之以恒照顾孤寡老人的柯玉楚等,一批孝道典型成为家喻户晓的草根明星……

我惊叹,古老的文明在这里居然蕴藏着如此巨大的生命力,居然如此深刻地连着天地人心,连着祖先的岁月,连着深深的乡愁。

在村庄的一块展板前,我们停了下来。展板上贴着考入各类大学和重点高中的学子照片。今日同庆沟,童蒙养性、热爱自然、敬仰知识、自强不息,已成为年轻人的生命历法。

在这个众声喧哗、纷乱并置的时代,竹溪人敬重传统文化的立场和安静的创建态度,使竹溪的乡村建设与众不同。

站在同庆沟刚刚收割完毕的稻田中央,我留了个影。金色的稻田在眼前延伸,郁郁青山在身后巍峨,袅袅烟云在林间飘飞,那一刻,我觉着氤氲烂漫的乡愁直逼我心……

我想,这会是我对同庆沟永远的记忆。

从前的那条学前街

费伟伟

父亲过了八十。妹说，爸的记性差了，前几天散步回家差点进不了门。母亲走得早，父亲是独苗，我们的家谱，"钥匙"也在父亲那儿呢。再回家时，我便要父亲念叨念叨"费家往事"。

父亲却念叨不出啥，问一句，挤出小半句，只能说到他爷爷，连奶奶都是空白。他小时候爷爷在上海，是"斩肉的"——屠夫。铺前有只八哥，学嘴最妙的是叫"黄包车"。"来啦来啦"，黄包车夫拉着车飞快跑来，发现上当，把八哥骂一通。

斩肉不体面，太爷爷不让三个儿子操刀，爷爷到太爷爷的裁缝朋友家当学徒，那时西式裁缝在上海很时髦。看来太爷爷还是有眼光的。

爷爷也有眼光。他打小就当学徒，而父亲一到学龄就进了本乡学堂。上海解放前，爷爷回无锡开个服装铺，又让父亲进城念书。但爷爷的眼光终究还是浅。1952年，政府反偷税，让店铺设台账，爷爷没文化，奶奶是文盲，才读一年初中的父亲回家记账，自然而然就操起了裁剪刀。

我1979年高中毕业，之前小学到初中在"小红花"——文艺宣传队，上课少，想读大学只好多花功夫死记硬背，晚上也背。母亲心疼我，也可能心疼电费，道不必那么用功，"考不上没啥，做裁缝也蛮好"。

压力来自学校。高中就读无锡市八中，参加市中学生作文竞赛，幸

运得了一等奖,学校就把我列入考重点大学名单。可数学极差,校长见了总问:"费伟伟,你上趟数学考着几分?"幸亏那个奖,让我数学屡考几分还依然拼高考。那次得奖,捧回上下两册《辞海》,布脊,精装,硬皮,很气派。那是家里第一本真正的"大书"。以前除了我买过一些"小书"连环画,家里只有几本裁剪式样图。

父亲的念叨,让人实在是失望。而失望,还在接踵而来。那次回家见过高中老师同学才知道,我的母校——当年无锡城响当当的"八中"没了,并入市三中。"人往高处走,要改也该改回'无锡国专'呀。"有老师十分痛惜。

没错,无锡国专!那满载多少荣光啊。

知道无锡国专,是上山东大学后,我认识了校图书馆的无锡人王绍曾先生。

"八中?就是学前街上那个中学吧?老底子是孔庙。"

"对对,那个孔庙关着门,学生不让进。"

"你晓得不晓得,八中的前身就是'无锡国专'。"

王先生是国专毕业的,于是将母校的前世娓娓道来。

国专全称无锡国学专修学校,虽只是"专科",当年却与清华大学国学研究院齐名南北,聚集或培养了一批杰出的古典文史和书画、戏曲艺术研究大家,如章太炎、唐文治、钱基博、王蘧常、吕思勉、唐兰、钱仲联、周谷城、童书业、朱东润、赵景深、吴其昌等。好多人后来落脚在各地大学里。可以说,中国传统学术的文脉在无锡国专重兴。

冯其庸,公认的文史大家,就凭着国专毕业生这个身份,1954年被中国人民大学聘为大学语文老师。最"奇葩"的是钱伟长,曾就读于国专,以中文、历史两个一百考进清华,大学转攻了物理。国专校史上少了一位国学大师,却旷世罕见地多了一位著名科学家、中国近代力学之父。似是暗合了钱家无锡城里七尺场故居的那副门联:文采传希白,雄风劲射潮。

上世纪九十年代,有一回我请人民日报社总编辑范敬宜为拙著写序,一聊起来,这位新闻界享有盛誉的老总自豪地说:"我也是国专毕业的呀。"

1952年全国大学改革,无锡国专并入江苏师范学院,但其文脉一直在无锡跳动。无锡自明清以来一直是江南人文荟萃、书香鼎盛之地,学前街更是教育重地。孔庙也称学宫,清代无锡县学即在其内。学宫门前,县学所在,街名由此而来。县中、国专、师范及附小、卫生学校等,或者毗邻,或是相望。

我家就在这条街上——学前街六十一号。对面是薛福成故居,无锡人俗称"薛家花园"。小时候只知道薛家有铜钱,房屋上百间,人称"江南第一豪宅"。我读书的塔坊桥小学,就是从薛家豪宅里割出一小块,厅堂改教室,天井作操场。读了大学才知道,薛福成在清光绪年间曾出使英、法、意、比四国,是著名外交家,也是洋务运动主要领导者之一。他还是散文家,《出使日记》堪称近代国人开眼看世界的代表作之一。

学前街名门不少。八中西侧,原有座嵇氏牌坊。嵇曾筠、嵇璜父子历仕康熙、雍正、乾隆三朝,均位至大学士,官居一品。那牌坊据说是无锡城里最大的一座,小时候还曾爬上高处呢。牌坊往西一点,是杨家。清末民初,杨春灏官至邮传部郎中。无锡市中心的公花园,是中国近代最早的城市公园之一,杨春灏就是建园创意者之一。他这支文脉不旺,

但从学前街杨氏分出去的杨绛家那一支，确是文气馥郁。杨绛就不必说了，她的三姑母杨荫榆曾任北京女子师范大学校长，是中国历史上第一位大学女校长。

学前街最有名的传说，当数"一门五博士"和"一门十院士"。

学前街三号，如今是顾毓琇纪念馆。"纵堪万象推演物理玄真，横量千帆激扬艺韵诗情。"门口的楹联概括了这位文理巨擘的传奇一生。前者赞其科学上的贡献，他是现代自动控制理论的先驱；后者称道其育人伟业，他是清华工学院主要奠基者之一，又曾任中央大学、政治大学校长，还出版诗词曲集三十四部。顾氏家族一门出了五位博士。

"一门十院士"的钱家名声更炽。无锡钱家"东有七房桥，西有七尺场"，近代出了十位院士。紧邻学前街的七尺场，是钱家在城里的祖宅，钱基博、钱基厚两兄弟都是国学大师，后代钱锺书更是名满天下。七尺场钱家世称"钱绳武堂"，如今便以"钱锺书故居"闻世。我就出生在七尺场的无锡中医院，如我的小学是占了薛家一角一样，这个医院也部分占了原先钱家的大宅。

宅院深深深几许，但不管隔了多少重屋檐，论起来，我和这些深宅重院里的大师们还是乡邻。

江南自古水道多，无锡城河流纵横交错，大大小小水道两旁，是一条条大街小巷，河上修好多桥，方便人们往来。无锡人有句老话："出门不走回头路，势必要过三座桥。"而桥畔人家的门前，自然也就留下更多熙熙攘攘的脚印。

我家位于健康路和学前街交界的西南角，从前也是两河相交处。共和国成立后，很多河填了桥拆了，只留下桥名还保留在路名或其他名称里，比如我的小学还叫"塔坊桥小学"。坐落在桥畔的我家，每天门前该路过多少东奔西走、南来北往客，当然，也少不了那些乡邻贤达、大师名家的身影。

人杰地灵，连八哥听多了都会惟妙惟肖学舌呢，那些大师们的足迹，每天在这条街上、在这门前踏来踏去，想来，这块土地也就自然格外地富有灵性了。

令人痛憾的是，我的家比母校八中消逝得还早——上世纪末，就在一浪城市拆迁中夷为平地，化身拓成大街。

故乡是什么？是故居往昔的烟云霜花，是同学少年的音容笑靥。如今，故居及街的这边早已荡然无存，街那边则复建为"薛福成故居"，那些乡邻早已迁离这个"文保单位"。伫立于曾经的故居——被拓宽的马路边上，我只能隔着时光的河流，穿过岁月的惆怅，任思绪飞扬，追忆我的故居，我的母校，我的旧时街道，我的往昔乡邻，还有，那些曾经在这条长街上走来走去的高邻大贤……

不忘家乡水

谭仲池

三月的雨,飘着缠绵绵的乡愁,编织着湿漉漉的乡思。

清风吹过,又给乡野频送着乡音的亲昵。望着镶在大地上的春天画卷,我看到山上大大小小的树木都被细细的雨滴抹上了浓重的绿色。这时,我又看到满垄盛开的金黄色油菜花上,好像正飘着我童年的梦和青春的歌。小河边的杨柳抽出了新枝,它在碧玉般的水波上摇曳着多姿的倩影,在倾吐对土地的柔情。

我走在家乡林间弯曲的小路上,伸手去搂天空飘下的雨珠,滋润自己已苍老的容颜。去寻觅少年时跟母亲一起去山冲挑山泉水的记忆和沉甸甸的乡梦。母亲的身子很瘦小,她挑着水艰难地走在山路上,我帮不了她,我恨自己长得太慢。我仍记得,那时,坡边瘦瘦的梯田,长着瘦瘦的禾苗,结着瘦瘦的稻穗。就像我童年的身子,也是瘦瘦的如一根苇草。而对于水的那份感情,我却是格外的浓厚、纯净。那时,家里很少有开水喝,渴了,就用竹筒在水缸里舀水喝。如果在外面,便跑到小溪边,用双手捧起一掬清水喝得美滋滋的。

那些日子,我常常坐在河边读书、凝望,想着怎样才能减轻母亲的劳累,也想象着山外世界的绚丽与神奇。记得幼时,父亲对我最严厉的管教,就是要背古诗,写毛笔字。有一首唐朝诗人刘眘虚写的山水诗

《阙题》,他不知道要我背了多少次。他说,"这就是家乡的影子,走到哪里,都不要忘记"——

> 道由白云尽,
> 春与青溪长。
> 时有落花至,
> 远随流水香。
> 闲门向山路,
> 深柳读书堂。
> 幽映每白日,
> 清辉照衣裳。

当时,我真的不懂诗中蕴含的意趣、美感,更不明白"家乡的影子"是什么。现在人近黄昏,回到家乡,看到小溪上的石桥,变成了宽阔的水泥桥,山边的土屋变成了红砖楼房,老家门口的古老香樟树依然生发着浓郁的绿色,泥泞的乡道变成了柏油公路,自己曾经和乡亲们一道修筑的库容达二点一亿立方米的株树桥水库,变成了一条碧波荡漾的百里水廊,氤氲着万千绿意,无限清辉,生发着无尽的蓬勃生机和大自然生命的奇光异彩,就感觉自己也变得年轻了。

现在重温这首诗,我觉得它是家乡风情最真切的写照。我才明白山水、花香、清辉、书韵中的天地才是真正的人间天堂。此刻,我久久地凝望株树桥重重叠叠的山峦,弥漫着水雾的洁净、深邃的天空和碧波荡漾的水库湖面,不时有苍鹰飞过和身边树上鸟雀的欢鸣,就觉得自己又

回到了当时的岁月流光里。乡亲们告诉我,现在株树桥水电站和库区成了浏阳声名远播的绿色生态风景区。劳作生息在这里的乡亲,不仅住上了红砖楼房,屋前屋后、山峦河边栽种了美丽的树木花木,生出香甜可口的水果,而且山坡边的梯田也变得肥沃湿润,年年岁岁,飘溢着丰收的稻香、乡亲的欢笑、老酒的醇美。

尤其让我惊叹的是,就在这条百里水廊的两岸,仅三万人口的高坪镇,现健在的九十岁以上高龄的老人就达九十一人,还有五个百岁老人。其中我老家对面田丰组的李光复老人已逾一百零八岁。当天,我特地带着孙女去看望他。老人只是背稍微有些驼,身子还很硬朗,精神状态极佳,讲话时思维一点也不乱。我真没想到这样高龄的老人竟这样耳灵目明,口齿清楚。当他的孙子说到我的名字时,老人立即说出了我父亲的名字和我老家的方位。我陪老人坐了许久,心里汹涌着无法言表的敬慕之情。一个世纪老人的晚景,给我展开了一幅多么幸福的人生画图呵!我细细地想,是什么神力,让老人活得这样健康、自在、心安。我抬头望身边的乡亲们,看着他们愉快的笑脸,呼吸着山乡新鲜的空气,看到天空的澄净无尘,田间地边茸茸绿色,我明白了,这就是一种巨大的幸福,这片天空、水和太阳的恩泽。我知道,这个被授予"长寿之镇"美称的乡镇,也许真正蕴含着全面小康社会所应有的幸福指数。

走出李光复老人居住的山冲,驱车到浏阳河第一湾,又看到了山乡奇观。一条如巨龙般的引水钢管,就从我眼前穿峡过坳,直通远方。想着钢管内流淌着清波银浪的长龙,我的眼睛湿润了。想起二十八年前,我和葛洲坝的水电建设者,在这个偏僻山谷日夜奋战的那些艰苦日子:过年了,家家放起了鞭炮,天上雪花飘飞,而我们还在工地上奔忙。就是家乡这水，飘浮着乡亲最朴实的梦，那就是青山绿水常在，梯田山峦稻果飘香，家家户户电灯通明，饭碗里不再盛满饥饿，土屋不再滴漏雨雪，门前的小路不再泥泞坎坷，孩子们不再在学校门口徘徊。这一切现在已经走远，只留下那段辛酸的记忆。可当我又想到，当年奋战在水电大坝建设一线的大军中，已有不少工程技术人员和家乡父老也已走远了，我的心顿时又变得异常的沉重和酸楚。就是家乡这水呀，教我明白了乡愁乡情真正的含义。就在新世纪之初的那个明媚的日子，你已聚水成河，变成日供数十万吨洁净水的清流，蜿蜒地顺着水管流向省会长沙。给这座古老而年轻的历史文化名城，送去荷塘月色，鸟语花香，阳春澄夏，金秋暖冬；送去清风雨露，紫雾霞云，心灵玫瑰，书声丽曲；还有无尽的欢乐、遐想和遥望。

　　这就是水赐予我们的珍贵记忆，晶莹情愫，美丽诗韵，幸福守望。故乡的水呀，也如故乡的月，你永远是我生命的乳汁，不老的依恋，岁月的霓虹；永远是我心中的灯光，精神的明辉，无尽的牵挂……

桃花医

刘群华

植物做药讲个季节，分上中下三时，不是想什么时候采撷就什么时候采撷的。采药也有诸多讲究，在春天采撷药，像金银花、油菜花、桃花之类，多选它蓄势最足之时的花苞。

桃花在村里又叫女儿花，具有活血、润便、养颜的功效，多是女人的专用药。《岭南采药录》说："带蒂入药，能凉血解毒，痘疹通用之。"《本草汇言》诠释道："破妇人血闭血瘕，血风癫狂。"

桃花是花，天下人都知道。桃花是药，很多人却不一定知道了。

村里原来有个老中医，对桃花的药用颇有心得。他在临近资水的润溪街上开医馆，碰上脚气、腰肾膀胱宿水及痰饮，则摊开处方，提笔在墨砚上点了点，刮一刮，写上："桃花一大升。"然后停笔又想了想，觉得少了些什么，便在药名后打一括号，注明捣为散。再抬头狡黠地瞅一眼患者，嘱道："温清酒和，一服令尽，通利为度，空腹服之，须臾当转可六七行，但宿食不消化等物，总泻尽，若中间觉饥虚，进少许软饭及糜粥。"病人听了，依他的话去做，其效多如他所言。

老中医的这个配方，乃《外台》中所载的桃花散，用药轻灵、简单，遵古服药，效果也奇。而《圣惠方》中的桃花散有所不同，它治产后大小便秘涩，用药则为：桃花、葵子、滑石、槟榔各一两。这个处方较之

《外台》中的桃花散多了葵子、滑石、槟榔等三味药。初入行的伙计往往一听此桃花散就迷茫了，这时老中医会冲柜台上提醒他，喊："此桃花散非彼桃花散，捣细，罗为散。"然后对患者嘱道："每服食前以葱白汤调下二钱。"

老中医古文敦厚，运方自如。新中国成立前村里疟疾横行，他先以常山、草果为汤，熬好放在瓦檐上露一宿。服下后，禁食鹅毛豆等发物，等病好了个七八分，则用桃花为末，酒服方寸匕，调理气血。他治发背疮痈疽，桃花以酽醋研绞去滓，取汁涂敷疮上。

有一次，老中医的医馆来了个腰脊痛的患者，依现在的诊断应该是腰椎骨质增生或腰椎间盘突出之类的病，但病人苦不堪言，腰不能直，也不能随便转动。老中医摸了摸他的腰椎，又抚了抚自己的白须，下笔道："桃花一斗一升，井华水三斗，曲六升，米六斗。"然后嘱咐道："炊之一时，酿热，去糟，一服一升，日三服，若作食饮，用河水。禁如药法。"

老中医用桃花治病，是药非食，是食非药。食者，桃花乃一味小吃，煮汤油炸盛盘皆可。药者，或以一味为单方，或以其为君药牵头，领臣使之诸药调理于体内，其广泛的适应症和有效性，举不胜举。

说到此处，不该漏了那一回的精彩。那一回，外村一个人患了不完全性肠梗阻，几经求医都束手无策。抬进老中医的医馆时，患者面萎而枯，围观者颇多，都看他施以何法何方。老中医望闻问切四诊之后，看到草坪上的一株桃树万花待放，抿嘴笑了，在处方笺上写："鲜桃花一两，面三两。"

围观的人看了，索然无味，心想这两味平淡无奇的药要是能把这个

沉疴治好了，也真是奇了怪了。于是就傻傻地等着看他的笑话。老中医自然知晓围观者的疑惑，嘱咐病家说："以上二味药，和面做成馄饨，熟煮，空腹食之。"病家的人边哦哦哦地应着，边狐疑这两味药的效果，但事已至此，别无他法，也只好遵嘱了。

阳光从桃树的尖梢滑下，到了是日的下午，病人口服了中药馄饨之后，大约一个时辰，腹中突然席卷起狂风，接着电闪雷鸣，只见病人翻身起床，就匆匆跑进了左厢的厕所，泻下了不少的恶物。

此事一度在村里传为神话，见面均对老中医敬佩有加，戏称："活神医。"

活神医如今早已作古，他那老文人似的之乎者也的医嘱也付之空阔的云烟。只是村里的那株老桃树，如今繁衍出不少的小桃树，年年在春天里张狂而饱满地开放，开放出一山彩霞似的。

那株老桃树有多老？可能比老中医更老，也可能比他年轻些。但诸如此类的考证，并不困惑前来摘桃花的姑嫂们。这些花枝招展的年轻女人，不知从哪一年开始，很在意自己内在的调理和外在的容颜了。那些桃花入药的处方早已传遍全村。

初春的桃花正是含苞欲放之时，此刻的它们像一个个安静的婴儿，安详得花瓣都光滑、透明了，嫩得如胭脂一样娇羞、可爱。桃花在山头河岸之地明净地开放，从村头赶着趟儿开到村尾，与青山绿水点缀着古朴的鸟鸣。女人走出吊脚楼，踏上浅浅的露水，呼哧呼哧爬上了苍虬的老桃树，小心地采撷着那一束束的春风，像采撷着一棵棵茶树上的翠绿。

几天后，村里差不多各家都晒上了桃花苞。这时的桃花有的含苞待放，有的已经完全绽放，有的落英缤纷，隐隐约约孕育了青桃的毛茸。但采撷的桃花只能是最佳的桃花苞，像女人嘟着的嘴，萌萌的，还撒着娇。

女人采撷的桃花苞拿回家后不用水洗，那些露水便是与桃花相依的精灵，女人只要择出杂物即可，再阴干收藏备用。阴干的桃花颗颗紧凑，玉米粒那么大，像一盏盏灯笼，红彤彤的，却笼罩着朦胧的夜色。

故乡的桃树一旦被这些女人盯上，就没法停脚停手了，桃花、桃叶、桃树皮，甚至桃仁，味味是药，味味被春风裹着，飘散进她们的生活。

在水的那一方

段吉雄

"蒹葭苍苍，白露为霜。所谓伊人，在水一方。溯洄从之，道阻且长。溯游从之，宛在水中央……"我是读着《诗经》长大的。那时，我还从未走出过干涸的村庄。在大致搞懂这首《蒹葭》的意思后，心里纳闷不已：我心中那女子，伫立在那河水旁。逆流而上去找她，道路险阻又太长……

这写的是我家乡吗？

之所以发出这样的感叹，是因为家乡缺水，奇缺无比。先辈们想尽办法四处寻水头，铁锹、钢钎四处征战，但结果都是伤痕累累铩羽而归。甚至用专业的合金钢钻头，在地下百米处几番搜索，也只找出几桶混浊的残留物。他们在寻水中流干了最后一滴汗，带着没能痛痛快快喝一肚子水的遗憾，躺在冒烟的黄土里，把生存挑战留给了下一代。

从有记忆起，全村两千余口人和牲畜吃水仅靠一方露天水塘，每逢下雨就要组织全村劳力修渠，雨水充足时春夏能接上一池，勉强够大半年用度。开放式的水渠从各个山头上纵横而下，水的洁净自然无从保障，但乡亲们顾不得这么多，捞起水中漂着的猪牛粪便和动物尸体后，只当没有看见——干旱的季节，连这样的水也没有。

上学的时候，每年两个假期的任务就是到两三公里之外的邻村去运水。寒冬腊月，凛风吹到脸上刀割一般，但心里还是喜滋滋的，因为可以看到一泓碧波荡漾的大水面，更可以把头扎进水里喝个够。那甜甜的、凉凉的清水，喝得我们胃里直打抖，走起路来肚子里面"咕铛咕铛"作响。站在那冒着寒气的水塘边，我不由得想起《诗经》里的句子。原来书上写的是真的。

但我却又纳闷起来，家乡究竟是在水的哪一方呢？

20世纪80年代末期，国家在贫困山区开始修建人畜饮水池试点，修建水窖——上接天上水，下截地面水，解天然匮乏。我家有幸成为村里四家试点之一，修建了一口方形的深约3米、宽2米的水窖。下雨时，大家蹲在水窖旁边，聆听细水流入水窖的"汩汩"声，像是串断了线的珍珠散入银盘的响动，清脆、悦耳，有摄人魂魄的动感。那不是普通的水滴声，那是激发故乡与命运不屈抗争的铿锵鼓点，有时也让人喉咙痒痒的，总要干咽几下。

试点成功之后，水窖开始在农村大力推广，家境宽裕者率先行动，水窖一度成了富裕的标志。21世纪以来，随着扶持力度的加大，加之"母亲水窖"等社会公益项目，修建水窖会有补贴，基本上不用自己花钱。于是，家家户户都修起了水窖。有的还因地制宜修起旱地水窖，种地缺水的问题也得以解决，故乡也像别处一样全年都能吃上绿油油的菜了。

从村子里走出去的人越来越多，见到的世面也越来越广。他们讨论着别处的河流如何宽广，自来水如何方便。听到这些，母亲说，人们不知足，有水吃就行了，还想用自来水，咱们这儿根本就没有河。那么高的山，水咋过得来？

母亲没读过书，也没见过大世面，她不相信那根细细的水管能穿过崇山峻岭，越过沟涧来到这个世代干旱的地方。父辈们大多也不相信。

  2009年,南水北调中线工程试点移民搬迁启动,乡亲们通过电视得到这个消息,都还半信半疑:从丹江口调水到北京?那么远咋去啊?直到附近的亲戚们跑来告知要搬迁的消息后,他们才相信这个事实。他们开始关注这项发生在身边的重大工程,闲暇时都围在电视边,打听着工程的进展,还做着那些难离故土的外迁亲戚的工作:哪里水土都养人!

  2014年12月12日,围坐在电视旁边,乡亲们目睹南水北调中线工程正式通水,丹江口水库的水一路欢声笑语,咆哮着向北冲去,兴奋之情像是那渠水来到了自家门口。一张张黝黑、干涸的脸上笑靥如花,他们搜肠刮肚想寻找个赞美的词语,但最后发现如同当年四处寻水一样,并没有什么结果。有人带头说:真厉害!于是大家纷纷附和,厉害!太厉害了!

  让乡亲们真真正正感受到厉害的是我们村里真正通上自来水的那一天。母亲打来电话兴奋地说,咱们这儿也吃上自来水了!通过电波我仿佛都能看到母亲那手舞足蹈的样子,随后,手机里传来人们嘈杂的说话声和笑声,便掉线了。急于想求证自来水是从何处引过来的,我赶回家乡。看到每家每户门前伫立着白色的水管和银色的水龙头,它们高傲地昂着头,俯视着村庄的一切。

  欢快的水流冲击着地面,溅起的水花形成一个巨大的笑脸,饱经沧桑,幸福满足。母亲满脸笑容地洗着刚从地里摘回的青菜,回应着我的话:国家都能把水从丹江口调到北京,咱们这点距离根本不算啥。

  不远处的学校,传来孩子们整齐的读书声:关关雎鸠,在河之洲。窈窕淑女,君子好逑……

  在水一方,曾经是乡亲们朝思暮想的梦境。而如今,这个梦终于实现。

漫水村的好日子

王跃文

溆水河从南边深山里奔腾而下,流到我的村子漫水,水势早已平缓。河两岸是宽阔绵延的平地,田里的庄稼,油菜、甘蔗、橘子、西瓜,四季不绝。老辈人没出过远门,直把家乡当平原。我同老人谈天,告诉他们溆水流入沅江,沅江入贯洞庭,洞庭汇入长江,长江奔向东海。

漫水真是个美丽的村子。记得小时候,老木屋家家相连,窄窄的村间小路多铺着石板。我夏天喜欢穿木屐,走在石板路上梆梆响。遇着村里的长辈,必站在路边行礼。隔上三五家,便可见大大小小的池塘,塘里养着大白鹅和大麻鸭,卸犁的耕牛泡在塘里戏水。鹅和鸭喜欢把头插进翅膀里,安闲地浮在水上睡觉。我夏天常常跳进塘里玩水,梦想自己也能有鹅鸭的功夫。村里最大的塘在王家祠堂前面,名字就叫大塘。乌桕树、松树、柳树,沿塘坎长着,树上落满麻雀、喜鹊、乌鸦、白鹭。一条小溪从大塘穿过,满塘清澈的活水,引得孩子们最爱在大塘游泳。

村里人每天都下地做事,勤快是受人敬重的。小时候,妈妈夸我肯做事,我便越做越起劲。半夜醒来听得刮大风,我有些睡不着。村外山上必定落满了松茅。天刚微明,我就从床上滚下来,取下竹笆子和筲箕,飞跑着上山去。路上会遇着些大人或同龄人,他们也是去笆松茅的。各

自心里都藏着一片山坡，那是大家多年笆松茅常去的老地方。有时起大雾，笆松茅的人鼻子碰鼻子，才看清对面的黑影是谁。相互玩笑着打个招呼，又消失在严雾紧锁的松林里，山里远近都听得见竹笆子的响声。

新鲜松茅的清香很好闻，颜色嫩黄也好看。笆松茅时，倘又遇着一窝好枞菌，那天便是好运气了。我那会儿力气虽然不大，但挑着满满一担松茅也不觉重。松茅原本就不怎么砸秤。我把松茅稀里哗啦地倒在场院里，用扁担挑开摊匀，好让日头晒干。妈妈已做好早饭，我三扒两咽吃过，背上书包往学校跑，坐在课桌前打开书本，身上还满是松茅的香。

松茅毕竟不经烧，家里要有足够的柴火，还需要上山砍柴。山林都是封禁的，只能砍松杉之外的杂木。离家近的山上，稍高大些的杂木早已砍尽。我人小，去不了太远的地方，只能在离家最近的山上，砍贴地生长的檵木丛。偶尔会砍伤手，有一回，伤口砍得太深，我用柴刀刮下油茶树皮上的黄色粉末，涂敷到伤口上，居然把血止住。事后伤口亦无感染，大概是油茶树的植物碱能杀菌消炎吧。

当时，农村节能很受重视，不断推广各种节能灶。那些年，原是县里干部的父亲已回家当农民。他是读书人，手又灵巧，就自己动手打节能灶。父亲按新介绍的灶型，打了一款牛尾灶，引得村上的人都来学习。原理大致是两锅串联，共一孔灶眼烧柴。第一口锅煮饭，第二口锅炒菜，烟囱装在灶尾。用牛尾灶做饭炒菜，需主妇事先盘算清楚，眼快手疾，行云流水。

我那时除了上山砍柴，别的农活也干，插秧、薅田、锄草、刨草皮、捉棉虫、收稻子，只是没资格鞭牛耕地，那是成年男人干的事。我想等

漫水村的好日子 / 王跃文

自己长大,不会再用牛耕地,我会去开拖拉机。那时,力田劳作的社员都相信,手头很多事以后都是机器干的。有一张宣传画很叫我神往:一位女知青,头戴草帽,肩搭白毛巾,驾着拖拉机耕地。

我到底没有当成拖拉机手。十九岁那年,我离开那个叫漫水的村子。尔后,离家越来越远。父母仍在老家,我有空便回去探望。每次回去,都见村上有人家起新屋。低矮的老木屋慢慢消失,新房不断建起。若要问谁家起新屋花了多少钱,主人都只会谦虚地摇头笑。我知道,村里人都在通过自己的勤劳努力,过上好日子。

大塘坎的树上仍是落满麻雀、喜鹊、乌鸦、白鹭,塘坎边的坪上却像城市小区公园,装有各种健身器材。晚上,村妇们在坪里跳广场舞,男孩子打陀螺,女孩子跳绳。男人们爱玩着健身器材摆龙门阵。池塘里的大白鹅依旧伸长脖子高亢地叫,一只鸭捉了一条鱼引得一群鸭争抢。塘里却不见耕牛。村里早已没有牛耕,而耕地的机械却比当年的拖拉机更先进。

漫水是我村子的老地名,不知何故过去竟有多年被人改作"万水"。许是有人写字偷懒吧,但村里人仍把"万水"读作"漫水"。2012年,我创作了中篇小说《漫水》,用的就是家乡真实的地名。这篇小说后来获得鲁迅文学奖,并在英国翻译出版。乡亲们很高兴,又把村名改回漫水。村里干部专门跑到长沙,说要为我在村部建个工作室,也为村里扬扬名。我婉谢乡亲们的美意,却承诺为村里捐个图书室,叫漫水书屋。

父母都已是九旬老人,不肯出远门。母亲说,乡下同城里也差不多,又比城里清静。又说,如今村里人住得舒服,不要去井里担水,不要去

山上砍柴,都用自来水和液化气。娘是劳动惯了,只道如今日子过得轻松,会不会把年轻人养懒了。

有年春上,我回家看望父母,饭菜刚刚上桌,五只燕子飞进来,脆亮脆亮地叫,绕飞三匝,又翩然而出,像极了时下流行的快闪。妻惊呼:五燕旋堂,好吉祥啊!是啊,如今漫水人幸福吉祥的日子,也是祖国发展的缩影。

大桂山深处

王剑冰

一

朋友说，什么时候你来看看贺州土瑶。这是瑶族古老的一支，目前只有六七千人，主要生活在广西的大桂山脉中。

平桂区的忠民和卫贤带着我出发。忠民说，土瑶就在这山峦的深处。一条河依着山峦，河很古老，两岸出土过石器时代的遗留。进了大山的褶皱，路也变得狭窄。路上不时有滚落的草木泥土或石头，也会见到有人在清理。车子不断地翻山，似乎永远也翻不尽。偶尔对面来了车，两车会友好地回倒找地方错让。忠民说，这条水泥路还是前些年修起来的，以前的路更艰难。

转过几座山峦，渐渐看到了寨子，开车的卫贤说这是从山里搬下来的，我们要去的还在深处。遇到一处塌方，巨大的山石将路堵死了，即使动用机械设备，也不是一时半会可以解决的。迎接的人带着卫贤回去借了两辆摩托车，好不容易在塌方处过去，摩托车便在山间跑起来。我坐在后座，两手抓得紧紧，衣衫和头发一同鼓荡，像路旁淡蓝色的荒草花。一处明水在前面拦截，几个人下车捧着就喝，那是不用搬运的山泉。

渐渐就看到了土瑶山寨，忠民说这个山寨叫大冲，有三十多户人家。

大冲，是说的水，还是峡？这呼啸而来的称呼，冲得人仰头四顾。

山峡很窄，却让人觉出世纪的宽度。一座座土瑶屋，雕刻着岁月风霜。阳光流连在山腰，把一些树染亮，那些树是土瑶人喜欢的杉树和茶树。远远看见山瀑，似搭着银梯往上攀。到处显现着绿以及更绿，静以及更静。

二

据说，最早到达大桂山的土瑶先民，无法抵抗一片灿烂，在一个春天留驻下来。这里有山的屏障、水的滋润，有林的给养、地的奉献。那个时候，每个人的身体里都住着梦想，眼泪与悲愁很少光顾，坚韧的生命总是在很小的地方开田种地，今年种了这片山，明年便去种那片山。

据说，谁家女子嫁到山外，就让全寨的人到你家吃三天。简单的生活内容，供不起更多的嘴巴，以致很多年，都不会发生这种事。为何行此规矩？老族长会告诉你，外边的女孩不情愿进来，而女孩子嫁出去，土瑶人会越来越少。不过现在这规矩早破了。我在另一处土瑶地看到过男女背靠背被红带绑着的热闹婚喜。服饰是那般精秀出彩，直把一个人儿衬托得霞光万道。那个时候，家家的桌子都被排出来，排成空暇处的长席宴。米酒总是一杯杯端来，歌舞总是随着篝火到晚。

婚俗的规矩早就打破，另外的规矩坚持了很久，发现小偷小摸之事，这家要给每位族民半斤肉及米面悔过。这样的规矩使寨子长时间平安无扰，而人也敦厚本分，心地诚实。土瑶人后来知道了山外的世界，出去做工挣钱，融入现代生活。

大概二十年前吧,连接各寨子的路还是手扶拖拉机都通不过的窄土路。瑶民赶一次圩,天不亮出发,天黑也赶不回来。每年农历白露这天,三山五寨的瑶民会自发地带着干粮修整道路。

正午的阳光照着。看到来人只是笑,屋前的人并不起身,该抽烟抽烟,该编篓编篓,倒让人觉得自在。我问一个正编茶篓的女子,半天才听清她叫赵六兰,她的手一直在穿插细长的竹片。问她可成家,她脸一红,显现出深山女子的清纯。以这种清纯编的竹篓装茶,茶都添了滋味。她是从另一个寨子嫁过来的,从没有走出过大山,没去过贺州和平桂,只去过镇上赶圩。因为没读过书,所以要让孩子上学,寨子有教学点,只上一二年级,三年级就该去村委会所在地,白虎冲。

进到潘月养家,灶屋里烧着木材,熊熊的灶台上一个蒸笼,上边有汽在冒,原来主人在做酒。正屋的房顶搭着棚子,主人说棚子上是茶。常年生活在山中的土瑶,一直有把茶当药的习俗,茶篓搁置在有火塘的阁楼上,防虫防腐,也便于茶叶陈化。他们有一个词叫养茶。后来我在狮南寨子见到黑茶茶厂主人老黑,老黑说,就是要把茶交给这些有人气儿的家庭去养,大致要养一年左右。在棚子的下面,是刚刚烧过的火塘。

三

我想去看看那个教学点。山道太窄太陡,穿过无数石崖,少数老屋。路上被什么东西砸到,闷响与疼痛同时在左肩着陆,继而发现这一段路落满了青果。鹰鹏说是沙梨。鹰鹏在这里一年多了,对大冲已经十分熟悉。

仍在转坡,转坡。孩子们每天都是这么攀上爬下吗?我的感叹随之

脱口，鹰鹏说是的，不过这里的孩子大多习惯了，不觉得有什么。随即我看到了孩子们，他们正在教室前后闹耍。山地窄小，只有一间教室，一二年级同在这间教室上课。唯一的老师风接转是本寨人，他已有二十年教龄。我说一二年级怎么上课？他说一年级坐左边，二年级坐右边，给左边讲课，右边做作业，给右边上课，左边做作业。会不会有孩子也听另一年级的课？也会的。这倒有意思了。这个时候孩子们进来了，都是六到八岁的孩子，我随便问问他们的名字，翻翻他们的课本，他们都会露出羞涩的神情。我们离去的时候，听到了稚气的声音在山间回荡：月儿弯弯、挂蓝天、小溪弯弯、出青山……

来到白虎冲的时候，一群穿彩衣的孩子正在跳竹竿，竹竿清脆的声响伴随清脆的欢笑。三四年级的孩子，从各个山冲的教学点聚集而来。

我知道，这些孩子会一个点一个点地走出去。村民红芳的女儿已经到平桂上师范，她说孩子毕业还回山冲当老师，她支持女儿。有些孩子将来可能成为山外的新娘或女婿，然后意气风发地回来省亲，说这就是生养我的地方，声音里会有诸多自得。他们的家乡幅员辽阔，一个寨子就涵盖了无数山川。

出山的时候，已经是黄昏，还是一重重地往外趸。趸到半山，那般红润的夕阳挑在了山尖上，而河似从下边翻上来，把重山与夕阳过滤，然后带着渍迹漂向很远。再转过一座山，夕阳已经不见，不知落在了哪个"冲"里。

一起去看山

阿来

有好些年没有去四姑娘山了。汶川地震前两年去过，地震后就没有去过了。加起来，是超过十个年头了。

但这座雪山，以及周围地方却常在念想之中。

这座藏语里叫作斯古拉的山，汉语对音成四姑娘。这对得实在巧妙。因为那终年积雪美丽的山确实是有着四座逸世出尘的山峰，在逶迤的山脊上并肩而立，依次而起，互相瞩望。后来又有了关于四个姑娘如何化身为晶莹雪峰的传说，以至于人们会认为这座山自有名字那天，就叫作四姑娘了。却少有人会去想想，一座生在嘉绒藏人语言里的山，怎么可能生来就是个汉语的名字呢？在这里，我不想就山名作语言学考证。而是想到一个问题，当我们来到一座如四姑娘山这般的美丽雪山面前时，我们仅仅是只打算到此一游——因为别人来过，我也要来上一趟，这确实是当下很多人出门旅游的一个重要原因——还是希望从长长短短的游历中增加些见识，丰富些体验？

有一句话在爱去看山登山的人中间流传广泛。那句话是："因为山就在那里。"

这句话是上世纪二十年代一位名叫马洛里的英国人说的。这个人是个登山家，登上过世界好几座著名的高峰。然后决定向世界最高山峰珠

穆朗玛挑战,如果成功了,他就是全世界第一个登上珠峰的人。那时,随队采访的记者老问他一个问题,为什么要登山?就像今天旅游的人要反问,我去一个地方为什么就该懂得一个地方?马洛里面对记者的问题总是觉得无从回答。一个人面对一座雄伟的山峰,面对奥秘无穷的大自然,感受是多么复杂,怎么可能只有一个简单的答案。一个内心里对着某种事物怀着强烈迷恋冲动的人怎么只有一个简单的答案。唯目的论者才有这种简单的答案。终于有一天,面对记者的老问题,他不耐烦了,就用不耐烦的口吻回答:"因为山在那里。"

确实,山就在那里。那样美丽,沉默不言,总是吸引人去到它跟前。看它,读它,体味它,如果能力允许,甚至希望登上山顶去看看那里是什么样子,从那样的高度眺望一下世界。杜甫诗说"荡胸生层云,决眦入归鸟",追求的就是这样一种雄阔的体验。四姑娘山最高峰海拔六千多米。我没有那么好的身体去追求这种极致的体验。但从低处凝视,想象,也是一种美妙的体验。想象自己如果化成一座山,或者如一座山一样沉稳,宠辱不惊,那是什么境界。

山有自己的历史。山的地质史。山化身为神的历史。如果要为这后一种历史勉强命名,不妨叫作地方精神史。山神的存在,在藏区是一个普遍现象。为什么每座山都是一个神?这当然是一部地方史的精神部分。没有精神参与,一座山就不会变成一个神。四姑娘山就是这样。本是一座山,在历史空间中,生活在周围的人因为它庄严,毫不动摇的姿态,软弱的人因此为它附丽了与其姿态相似的人格,并为这样的人格编织了故事。某个人为了保卫美丽的自然,保卫家园,自愿化身成一个地方性的保护神,担负起神圣的职责。四姑娘山的故事也是这样,但突破了故事模式的是，这座山是四个美丽姑娘所化。创造这个故事的人当然是受了自然的启发，因为四个山峰就在那里。那四个姑娘当然美丽，因为雪山本身就那么美丽。那四个姑娘当然也善良。美就是善，这是哲学家说过的话。

多山的四川有两座特别有名的山。一座是贡嘎山，一座是四姑娘山。一座是男性的，一座是女性的。一座是蜀山之王，一座就是蜀山皇后。这两座山我都去过多次。我在年轻时代的诗里就写过："传说那座山有神喻的山崖，我背着两本心爱的诗集前去瞻仰。"亲近瞻仰贡嘎的历程略过不谈，这里只想谈谈四姑娘山。

上世纪八十年代，二十多岁的时候，一次从小金县城去成都。一大早起来，长途客车摇晃到日隆镇上吃早饭。冬天滴水成冰，石灰墙都冻得更加惨白。一车人围着饭馆里一只火炉跺脚搓手，再吃些东西，身体总算慢慢暖和过来，这才有了闲心四处打量。留给我深刻印象的是墙上好多面旗子，都是日本旅行团留下的。上面好多字，"四姑娘山花之旅""白色圣山之旅"等，下面还有全体团员的签名。那时的想法是日本人跟我们也太不一样了。我们还在为坐汽车怎么不受冻而焦虑，他们却跑这么远，就为看一眼我们山里的花。那也是中国经济高速发展刚刚启动的年代。如今，我们也一天天过上了未曾梦想到的生活。从生下来那一天起，我生活经验里的出门远行的理由很少，机会更少。我一直到了二十岁，还没有去过离家一百公里以外的地方。1985年，我出公差。先从马尔康到小金县城，然后再经省城去苏东坡的老家眉山开会，已经是很远很丰富的一次旅行了。算算四姑娘山离我的老家距离不到两百公里，但我在小金县城出差这回，才第一次听说这座山的名字。记得是在县文

化馆看一位画家写生的风景画,说画中的山是四姑娘山。那些雪峰,山谷,溪流,树,对我这双看惯了山野景色的眼睛也有很强的冲击力。那时,当地专门要到某地去看看特别美景的,也就是画画或摄影的人。所以,过两天经过四姑娘山下的日隆镇,在唯一国营饭馆里看见满墙日本旅行团的旗帜以及那些赞美雪山与花的留言时,心里想的还是,这些日本人出这么远的门,就为来看几朵花,也实在是太过奢侈了。虽然那些花肯定是非常漂亮,也是值得一看的。也是在那一时期,才知道有一种出门方式叫旅游。我们这一代人就是这么过来的。很多东西,刚听说时还是一个抽象的概念,不久也就成为我们的生活方式了。

很快,中国人也开始了初级旅游,大巴车拉着,导游旗子摇着,把一群群人送到那些正在开发中的景点。四姑娘山也成了一个边建设边开放的景区。过几年再去,日隆镇上那个人民食堂已经消失不见。有了些为接待游客而起的新建筑。我自己就在一座临着溪涧的木楼里住了几宿,听了几夜溪流的喧哗。坐车去双桥沟,骑马去长坪沟。那是晚秋时节了。蓝天下参差雪峰美轮美奂。但四姑娘山的美其实远比这丰富多了:森林环抱的草地,蜿蜒清澈的溪流,临溪而立的老树,尤其是点缀在岩壁与树林间的一树树落叶松,那么纯净的金色光芒,都使人流连忘返。

去长坪沟的那天早晨,太阳从背后升起,把我骑在马上的身影,长长地投射在收割后的青稞地里,鸟们在马头前飞起来,又在马身后落下去。云雀的姿态最有意思。它们不像是飞起来的,而是从地面上弹射起来,到了半空中,就悬浮在头顶,等马和马上的人过去了,又几乎垂直地落下来,落到那些麦茬参差的地里,继续觅食了。麦茬中间,有好多饱满的青稞粒和秋天里肥美的昆虫,鸟们正在为此而奔忙。附近的村庄,连枷声声。这是长坪沟之行一个美好的序篇。山路转一个弯，道路进入森林，背后的一切就都消失不见了。落尽了叶子的阔叶林如此疏朗，阳光落下来，光影斑驳，四周一片寂静。而森林的寂静是充满声音的。那是很多很多细密的声音。岩石上树上的冷霜融化的时候，会发出声音。一缕一簇的苔藓在阳光下舒张时也会发出声音。起一丝风，枯草和落叶会立即回应。还有林梢的云与鸟，沟里的水，甚至一两粒滑下光滑岩壁的砂粒都会发出声音。寂静的世界其实是一个充满了更多声音的世界，都是平时我们不曾听过的声音，是让我们在尘世中迟钝的感官重新变得敏锐的声音。早晨太阳初升的那一刻，只要峡谷里的风还没有起来，那些声音就全都能听见。太阳再升高一些，风就要起来了，那时充满峡谷的就是另外的声音了。

这一天风起得晚，中午，我们在一块林中草地上吃干粮时，风才从林梢上掠过，用潮水般的喧哗掩去了四野的寂静。

那是我第一次去到四姑娘山下。

一个朋友带一个摄制组，来为刚辟为景区不久的四姑娘山拍一部风光片子，我与他们同行。山谷看起来开阔平缓，但海拔高度一直上升。阔叶林带渐渐落在了身后。下午，我们就是在那些挺拔的云杉与落叶松间行走了。还是有阔叶树四散在林间。那是高山杜鹃灌丛，绿叶表面的蜡质层被漏到林下的阳光照得发亮。

夕阳西下时分，一个现成的营地出现了。那是一间低矮的牧人小屋。石垒的墙，木板的顶。在小屋里生起火，低矮的屋子很快就变得很温暖了。天气晴朗，烟气很快上升，从屋顶那些木板的缝隙中飘散在空中。若是阴天，情形就两样了。气压低，烟难以上升，会弥漫在屋子中，

熏得人涕泪交流。但今天是一个好天气。同伴们做饭的时候，我就在木屋四周行走。去看小溪，溪流上漂浮着一片片漂亮的落叶。红色的是槭，是花楸。黄色的是桦，是柳，还有丝丝缕缕的落叶松的针叶。太阳落到山背后去了，冷热空气的对流加剧，表现形态就是在森林上部吹拂的风。此时在林中行走，就像是在波涛动荡的海面下行走。森林的上层是一个动荡喧哗的世界。而在森林下面，一切都那么平静。云杉通直高大的树干纹丝不动，桦树的树干纹丝不动。吃过晚饭，天黑下来。大家都是爱在山中漫游的人，自然就谈起山中的各种趣闻与经历。爱在山中行走的人，在山中更是要谈山。就像恋爱中的人总要谈爱。于是，夜色中的山便愈发广阔深沉起来。爬了一天山，袭来的疲倦使得大家意兴阑珊时，就都在火堆边睡去了。我横竖睡不着，也许是因为过于兴奋，也许是因为太高的海拔地势。这时风停了，月亮起来了。用另一种色调的光把曾短暂陷落于黑暗的群山照亮。我喜欢山中静寂无声的光色洁净的月亮，就悄然起身，把褥子和睡袋搬到了屋外的草地上。我躺在被窝里，看月亮，看月光流泻在悬崖和杜鹃林和落叶松的地带。我花了更多的时间凝视一条冰川。那道冰川顺着悬崖从雪峰前向下流淌——纹丝不动，却保持着流动的姿态，然后，在正对我的那面几乎垂直的悬崖上猛然断裂。我躺在几丛鲜卑花灌木之间，正好面对着那冰川的断裂处。那幽蓝的闪烁的光芒如真似幻。我们骑乘上山的马，帮我们驮载行李上山的马，就站在我的附近，垂头吃草或者咕吱咕吱地错动着牙床。我却只是静静地望着那几乎就悬在头顶的冰川十几米高的断裂面，在月光下泛着幽蓝的光芒。视觉感受到的光芒在脑海中似乎转换成了一种语言，我听见了吗？我听见了。听见了什么？我不知道，那是一种幽微深沉的语言。一匹马走过来，掀动着鼻翼嗅我。我伸出手，马伸出舌头。它舔我的手。粗粝的舌头，温暖的舌头。那是与冰川无声的语言相似的语言。

然后，我就睡着了。

越睡越沉，越睡越温暖。

早上醒来，头一伸出睡袋，就感到脖子间新鲜冰凉的刺激。睁开眼，看见的是一个银装素裹的白雪世界！我碰落了灌丛上的雪，雪落在了颈间，那便是清凉刺激的来源。岩石，树，溪流，道路，所有的一切，都被蓬松洁净的雪所覆盖。一夜酣睡，竟然连下了一场铺天盖地的大雪都不知道！

那天早晨，兴奋不已的几个人也没吃东西，就起身在雪野里疾走，向着这条峡谷的更深处进发，直到无路可走。最漂亮的景色是一个小湖。世界那么安静，曲折湖岸上是新雪堆出的各种奇异的形状。那些形状是积雪覆盖着的物体所造成的。一块岩石，一堆岩石，雪层杜鹃花的灌丛，柏树正在朽腐的树桩，一两枝水生植物的残茎，都造成了不同的积雪形状。纹丝不动的湖水有些黝黑，湖水中央是洁白雪峰的倒影。这是我离四姑娘山雪峰最近的一次。她就在我的面前，断裂的岩层，锋利的棱线，冰与雪的堆积，都历历在目，清晰可见。

回来写过一篇散文《马》。不是写进山所见，是写那些跟我们进山的动物伙伴。还做了一件文字方面的事情，就是为这次拍的纪录短片配了解说词，在当时中央电视台一档叫"神州风采"的栏目中播出。也算是为四姑娘山的早期的宣传做过一点工作。

后来，还在不同的季节到过四姑娘山。

春天和秋天，不同的植物群落，会呈现出丰富多彩的色调。

春天,万物萌发。那些落叶的灌丛与乔木新萌发的叶子,会如轻雾一般给山野笼罩上深浅不一的绿色,如雾如烟。落叶松氤氲的新绿,白桦树的绿闪烁着蜡质的光芒。那些不同的色调对应着人内心深处那些难以名状的情感。从那些时刻应了光线的变化而变幻不定的春天的色彩,人看到的不只是美丽的大自然,而是看到了自己深藏不露的内心世界。美国诗人惠特曼的诗句"拂开大草原上的草,吸着它那特殊的香味,我向它索要精神上相应的讯息",说的就是这样的意思。

秋天,那简直就是灿烂色彩的大交响。那么多种的红,那么多种的黄,被灿烂的高原阳光照亮。高原上特别容易产生大大小小的空气对流,那就是大大小小的风,风和光联合起来,吹动那些不同色彩的树:椴、枫、桦、杨、楸……那是盛大华美的色彩交响。高音部是最靠近雪线的落叶松那最明亮的金黄。高潮过后,落叶纷飞,落在蜿蜒的山路上,落在林间,落在溪涧之上,路循着溪流,溪流载满落叶,下山,我们回到人间。其间,我们有可能遇到有些惊慌的野生动物,有可能遇见一群血雉,羽翼鲜亮,我们打量它们,它们也想打量我们,但到底还是害怕,便慌慌张张地遁入林间。

当然不能忽略夏天。

所有草木都枝叶繁茂,所有草木都长成了一样的绿色。浩荡,幽深,宽广。阳光落在万物之上,风再来助推,绿与光相互辉映,绿浪翻拂,那是光与色的舞蹈。那时,所有的开花植物都开出了花。那些开花植物群落都是庞大家族。杜鹃花家族,报春花家族,龙胆花家族,马先蒿家族,把所有的林间草地,所有的森林边缘,变成了野花的海洋。还有绿绒蒿家族,金莲花家族,红景天家族都竞相开放,来赴这夏日的生命盛典。

而这一切的背后，总有晶莹的雪峰在那里，总有蓝天丽日在那里。让人在这美丽的世界中想到高远，想到无限。记起来一个情景，当我趴在草地上把镜头对准一株开花的棱子芹时，一个日本人轻轻碰触我，不要因为拍摄一朵花而在身上压倒了看上去更普通的众多的毛茛花。我也曾阻止过准备把杜鹃花编成花环装点自己美丽的年轻女士。这就是美的作用。美教导我们珍重美。美教导我们通向善。

冬天，雪线压低了。雪地上印满了动物们的脚迹。落尽了叶子的森林呈现一种萧疏之美。

写到这里，就想到我们很多主打自然景观的景区管理中比较疏失的一环，那就是对自然之美挖掘不够深入细致。旅游是观赏，观赏对象之美需要传达，需要呈现。自然之美的丰富与细微，必先有旅游业者的充分认知，然后才能向游客做更充分的传达。对游客来说，自然景区的观光也是一种学习。学习一些动植物学的、地质学的知识。更不要说当地丰富的人文资源了。游历也是学习，是游学。所谓深度游、专题游，我想就是在这种向学的愿望与兴趣的基础上产生的。自然景区旅游是欣赏自然之美的过程，是一种审美活动，需要景区进行这个方向上的引导。

前些日子，四姑娘山的朋友来成都看望我，多年不见的黄继舟也得以谋面。还记得当年他曾陪我游初夏的四姑娘山，一起去拍摄那些美丽的高山开花植物。黄继舟长期在四姑娘山景区工作，他是一个有心人，长期深入挖掘景区的自然人文内涵，有很多自己的发现。这次，他带来一本摄影集，都是他在景区多年深耕积累下来的作品，题材也关涉景区的各个方面。寻觅美，捕捉美，呈现美，可以作为游客于不同季节在景区旅游的一个指引。我也相信，沿着这样的思路做下去，四姑娘山所蕴

蓄的美的资源会得到更精准、更系统的呈现,游客依此指引,可以在景区做更深度的探寻与发现。

大美不言,可涤心养气;大美难言,仰赖审美力的提升,而自然界是最好最直观的自然课堂。如果站在这样的角度思考景区的功能,四姑娘山自然就有需要不断前往,如今交通情况大幅改善,这个大都会旁的自然胜景,自然前途无量。

下次,我们可以带着这本书,去看四姑娘山。

地名记着所有的事

文 猛

人在走，天在看。地名记着所有的事。

年轻的时候，一心想逃离村庄，逃离村庄那些土得掉渣的地名，逃离印记在那些地名上贫穷的生活。离开故乡漂泊半生，等到身倦心倦的时候，梦中却总要浮现那些土气苦涩的地名，犹如父母的絮叨、亲人的问候。

我们永远铭记从哪里来，因为知道最终会回到那里去。

故乡的山水林田路，沟湾岔坡坪，给了我们粮食、泉水和梦想。哪个山头长什么草，哪道山坡埋着祖先，闭上眼睛历历在目。我们的名字也一样，贱贱的，土土的，因为我们都是村庄的子孙……

湾。山以拥抱的热情伸出两条臂膀，山的胸怀就成了我们生活的湾。白蜡湾应该是故乡最大的湾，几十户人家就那么渔船避风般布排在湾中。

故乡白蜡湾自然是因为湾的两臂上长着大片白蜡树而得名。有树的守望，有井水的滋养，白蜡湾成了故乡最温馨的山湾。

青草绿的时候，我们去枫木湾割青草。夏天岩豆饱满的时候，我们去岩洞湾打岩豆……故乡的山湾给了我们欢乐幸福的童年。离开故乡，浮躁的生活，当失眠伴随人生的时候，心中只要一浮现故乡那些山湾，就有宁静，就有好梦。

沟。山和山站着说话,它们的脚底就是沟。沟是比路低、比山还低的地方,就是人生的低谷。从沟底爬出来总会见到山顶,见到山顶总会见到又一条沟……这就是真实的人生起伏,这也是长大后才明白的人生道理。

从白蜡湾家屋出门,沿着田边的小路,走过水井田、扁担田、三丘田、桑树田,路过松林包,转过罗家地、龚家地、松树坡,穿过斑竹林,就是纸厂沟。纸厂沟是村里舀纸的地方,就是专门给死去的人烧的那种纸。大人们说纸厂沟就是死去的人的银行,纸厂周围飘满了等着取纸钱的灵魂。从家门走到纸厂沟,从纸厂沟爬上望乡坡,其实就是一生的路程——所以大人们有心思的时候,总会在门前石凳上坐下来,让直戳戳的心思在沟底转几个弯弯,然后回来。

因为有纸厂沟的原因,我从小对沟的地方总有些敬畏,事实上故乡其他几条沟倒是非常有趣和值得回忆的。苦楠沟长满了郁郁葱葱的苦楠藤,小时候总爱到苦楠沟挖出苦楠根来,然后到盘龙河的滩边捶上一通,不一会儿就会有大片鱼儿翻着白肚子浮在水面上。

垭。山与山站着说话,脚底为沟。山与山肩并肩思想,肩膀处为垭。所以,垭口是需要思想的地方,就像人,左想是一撇,右想是一捺,想来想去,人就是一垭口。

故乡山多,垭就多,但印象最深的是灯盏垭、黄葛垭。

灯盏垭何以取名,我不清楚,也不曾追问。但自从我们村的学堂迁到灯盏垭口,我一下就明白取名的理由,尽管灯盏垭在没有学堂的时候就已经那么叫着。

在故乡人眼中,人如果没有学文化,就是睁眼瞎。学文化就得有学堂，学堂建在灯盏垭，给人心中亮一盏灯，照亮人生的路，灯盏垭自然就神圣起来。我们在灯盏垭读书长大，乡亲们在灯盏垭听着读书声歌声遥想下一辈的幸福生活，让一种灯光照亮乡村，乡村就亮堂堂的。

在全国的地名中，叫黄葛垭的地方很多。

故乡在蛤蟆山的环绕中，蛤蟆山的山脊上开了方坳口，坳口上长着一棵黄葛树。从故乡出去，爬上望乡坡，再往上爬上坳口，站在黄葛树下，再看一眼故乡，踏上远路。

那个坳口就叫黄葛垭。

"黄葛树，黄葛垭，黄葛树下是我的家……"我们从小就唱着这首儿歌追逐玩耍。仁望天空的时候，我还会唱这首儿歌，我知道风声会把我的心事传达。

坡。城里人去工作叫上班，乡里人去工作叫上坡。坡是阳光最充足的地方，坡是庄稼生长的地方，坡是祖先躺着的地方，坡是黄土最疼人的地方。

回忆故乡那些叫坡的地方，她喂养了我们红苕、洋芋、玉米、高粱、大豆，可此时我只想记录一处坡，一处长不出粮食却长满了仁望和乡愁的坡——望乡坡。

我提到过望乡坡，就是故乡白蜡湾对面的高坡，高坡之上就是黄葛垭。

望乡坡上住着祖先，从家门出发，到纸厂沟取了漫天飞舞的纸钱，抬上望乡坡，这就是祖先们的一生。祖先们不讲究风水，把自己交给望乡坡，因为望乡坡望得见故乡，望得见血脉相连的亲人和这方土地崎岖不平的心思，因为望乡坡上阳光最先照到，坡上那么暖和。

望乡坡上哭着远嫁的女子。喜庆的唢呐，灶台上的油灯，黄土屋里

的木梳,村头大槐树下朦胧的爱情,走过望乡坡,翻过黄葛垭,未来岁月的风雨将有几何……

  弯弯的小河,青青的山冈,美丽的村庄,悲欢离合,生离死别,你成就,你落魄,割舍不去的永远是故乡……

草木故园

彭家河

比起人丁,乡下的草木已日渐兴旺。

乡村其实是属于草木的,村民本是不速之客。在发现有水有树后,那一队队从猿一路迁徙成人的村民们便驻扎下来,开始日出而作,日落而息,谈婚论嫁,生儿育女。于是,乡村便改变成了另一种模样。正是由于村民们的到来,那些山山岭岭、沟沟坪坪便也同时有了名字,成为村民们最朴素的方位标识。

在张家山、袁家岩这些普通的地名间,不同的家族便在这些山沟平坝里生长。如同一棵树,种子落下来,然后生长成小树,小树又生长成大树,大树的种子又落下来生长,于是长成了一片树林。在川北的深山中,生长着不少这样的树,他们能行走、能说话,他们在山间演绎着自己的悲欢离合。

彭家是我们那个家族聚居的一个小山坪,村里最古老的那棵柏树要七八个青壮年伸手才合围得住。浓密的树枝遮蔽了树下的山坡,树下一年四季都是干燥干净的,没有草木能在它的身下生长,粗大的树干也没有人能攀爬。老家的房屋后面有三棵古老的柏树。每天晚上,从远处的西河或者嘉陵江里劳作一天的白老鹳回来后,都要在树上吵闹一会才肯睡觉,听着那些声音,我便会梦到很远很远的地方。

　　风雨过后,我家房顶上便落满了白老鹳粪和长长短短的枯树枝,有时还有些鱼骨头,我爹便把那些粪扫下来堆在一起,作自留地里的底肥,那些树枝和圆圆黑黑的柏树果便撮回灶屋烧锅煮饭。每年夏天的晚上,村里都会刮几次大风,听着房顶上呼啸的风声,我不怕房顶上的瓦被风揭走,却怕那些大树顺风倒下来砸着我家的破瓦房,于是我不敢入睡。然而就在恐惧之中,我却一次又一次地慢慢睡着了。

　　那些古树个个巍峨挺拔,村民们路过时都要仰望才看得到树枝。在我上小学的时候,有一棵大树为了全村的族人,做出了最后的牺牲。村里要通电了,要永远告别柴木取火的时代了。然而我们村除了树多就是人穷,哪里找钱买电线电杆呢?村里大大小小开了几天会,决定砍掉一棵古树。

　　那树在我家的东面。在挖浮土的前夜,村上找来德高望重的长者在树下烧了纸、杀了鸡、点上香,祭祀这棵树后,第二天一早才动工。我们周围的大人小孩便围着那树张望,那棵树也有两三个成年人合抱那么粗了。村里木匠专门找来一根一米多长的钢锯条,为古树做了一个特大号的锯子,几个青壮年坐在树的两边,轮流使劲拉锯。在来回的锯齿中,热腾腾的金黄锯末便在一颗颗雪亮的锯齿间落下,很快就在树干的两边积了一大堆。看着那两堆细软的散发着热气的锯末,我仿佛看到那是树里流出的血。半个时辰过后,那宽大的锯条还卡在粗壮的树干中间,仿佛咬在树干上的一排锋利牙齿。周围的大大小小都端着饭碗过来看看,嘴里啧啧地说:这树真大。长了几千年,难道不大吗?哪个人能活这么久呢?

　　午饭过后,过来几个小伙子爬上柏树,把粗粗的绳子拴在柏树腰部,然后顺着树下的空地摆好。到了下午的时候，长绳两边站满了全村的当家人，那根锯条也快咬到树的另一边了。我们小孩子都围了一圈，想看那大树是如何倒下的。结果被家人赶得远远的，如果树倒偏了，小孩子跑也跑不动，砸上可不得了。等我们远远地听到大人们"一！二！三！"的齐喊声后，只听"呼"的一声，那是树梢划过天空的声音，紧接着就是"嘭"的一声沉闷巨响和树枝被折断的咔嚓声，然后就是一阵地皮抖动，那棵巨大的柏树倒下了。我们跑过去，发现长长一根黑黑的圆木倒在地上，仿佛一头巨蟒。我们都争着往上爬，好不容易才能爬到倒地的树上。看到沟壑重重的树皮，想必它已经历了多年的风雨，然而却在这个时间倒下。

那棵大柏树在几天后便支离破碎了，中间的树干也成了一段段的木料，这些上好的木料都先后运出了村，有的换成了电线，有的变成了电杆。那棵大柏树的根也慢慢挖出了一些，那个巨大的有一人多深的大坑也填平了，种上了胡豆。每次看到那里长出的开着紫黑小花的矮矮胡豆，我便想起那个地方曾经站着的巨大的柏树。

房前屋后全都是树和竹子，这些我都心中有数。后檐有棵柚子树，东面路边有棵紫薇树，房子后面还有几棵大柏树。多年没有回家，这些东西依然清楚。然而，多年没有回家打扫院坝，不少不知名的草也慢慢侵过屋外的石板，蓬勃向前。

与我的老家一样，李家湾、蒲家湾、杨家山的那些院落也慢慢人去屋空。老的去世了，年轻的外出打工去了，年幼的也跟上年轻的父母进城当了农民工子弟。他们在乡下的家园也日渐荒芜，还给了草木。

村里男男女女不少在远远近近的城里安下了家，凭借在城里高价买

下的住房，也把户口迁进了城。老家的房屋没人照看，日渐破落。地里的野草也没人打理，自然而然退耕还林。

当初闯入乡村的庄稼人东一个西一个地离开了。他们都把祖业连同村庄抛在了身后。那些没有砍下的树，那些没有除掉的草，又慢慢地，静静地，把曾经撕开的伤口一点一点缝合，把曾经的人世悲欢一点一点地掩埋。

回望老家，草木葱茏。

在泸沽湖的波光里

梁君

去年8月中旬，我到大凉山深处一个叫卡拉的电站工地，然后经木里县去云南，恰经摩梭人居住的泸沽湖。

越野车沿着蜿蜒的雅砻江颠簸着行进，一路风光奇异，令人目不暇接。飞湍的瀑布，像有人在云里摇动的雪练。一壁壁翠松，似一幅幅抖动的绿幔。江心坝子上云雾缭绕的民居，像缥缈的琼楼玉宇。在我不断的惊异、感叹中，车子穿过充满藏族风情的木里县城，穿过一路清甜、翠碧，穿过一路花香、树香、草香，终于在第二天一早抵达了云遮雾掩中的泸沽湖。这时，各种各样的车像是从地下涌出来的一样，把公路塞得满满的，像挤在一起的牛羊。楼宇商铺越来越稠，如华埠闹市，哪里是静谧的"女儿国"啊！

买了门票，来了一位导游姑娘，一身标准的摩梭女孩打扮，叫人眼前一亮。她自我介绍叫杨次尔友珍，好稀奇，五个字！导游姑娘还是个在校生，在四川省某学校读大专，学的是导游和酒店管理专业，暑假回来做兼职。细看这位摩梭姑娘的装扮，她的头饰硕大多彩，黑色线挽成的盘髻，盘髻下端缠着一束蓝色丝线，丝线在左耳鬓垂下，飘过腰际；盘髻前裹着五串红、黄、兰、白等各色串珠，左边还插着一朵粉红的大花。整个头饰的重心在左。姑娘上身穿红地、金色镂花、白色镶边的大

襟紧身袄，下穿白色百褶裙，裙的下摆加了一圈红色丝线。腰系十几厘米宽的白色腰带，叫"花腰带"，"花腰带"上竖织着红蓝等彩线，是精美的手工制品。导游姑娘说，现在摩梭青少年很少穿戴传统服饰了，但重要节日和活动则一定会装扮整齐，年轻一代摩梭人仍对本民族文化传统怀有深深的爱。一路上我没有看到摩梭男子有什么特别的服饰，还是听了导游姑娘的介绍，看了博物馆的照片才有了大致的概念：毡礼帽，大襟上衣，宽脚裤，长筒皮靴，同女子一样系花腰带。

  导游姑娘带我们抄了近道，来到了泸沽湖边。高居海拔2690米的泸沽湖，有着48平方公里的湖面，在四周青山的拱卫下，在夕照的辉映中，出奇地宁静，湖水清澈湛蓝，没有一丝涟漪。摩梭人尊称泸沽湖为"谢纳咪"，即母亲湖。导游姑娘说："你看这湖面多像一面大镜子，蓝天、青山、太阳都藏在这湖里，人们可不要随随便便碰她啊！"而泸沽湖东南角高耸的格姆女神山，披着一身翠绿的衣裙，山头缠着一朵白云，像仙女头上的一方雪帕。导游姑娘说："老人们说，格姆女神山山头总是绕着一朵祥云，如果哪天祥云飘走了，泸沽湖的雨水就少了，这里的日子就难过了！"姑娘的话像重锤连续敲击着我的心。是啊，这圣湖，这神山，千万年来以特有的气质，现身人间，与人们同风雨共欢乐。如果我们无休无止地去惊扰她们，不知满足地去掠夺她们，她们可能就不再留恋尘世，就会丢下一堆糟烂的躯壳返回天堂了。乘车沿环湖公路停停走走，时间催促着我们的脚步，太阳坠得更快了。现今的泸沽湖为四川省、云南省所共有，四川一侧修旧如旧，较好保持了民居、商铺的原貌，云南一侧则在大兴土木，楼堂馆所方兴未艾。近些年来旅游业普遍兴起，不少地方用心浮躁，开发过度，不伦不类。想起前些年到地处浙江省的雁荡山,不知什么人把"历险洞"搬上了大龙湫。还有贵州省的息烽集中营旧址,是1938年到1947年国民党关押、屠杀共产党人和进步人士的地方,本是今天人们凭吊革命烈士、接受理想教育的地方,却被置入了许多娱乐设施,大分贝的流行歌曲会尾随你到监牢、刑讯室……而今天的泸沽湖啊,也不可避免地被浓郁的商业气息所充塞。我真的担心,有一天格姆女神头上的那方雪帕,会不会倏然飘离、无踪无影?泸沽湖那张楚楚动人的脸,会不会变得污秽不堪、晦暗可怖?!

　　匆匆吃过晚饭,到导游姑娘祖母家参观。这是一处典型的摩梭人居住的四合院,由四栋木屋围成,坐南面北,大门临街,全部由松树、杉树削皮后平摞而成,当地人称"木摞子",如同早年我所熟悉的鄂伦春猎人在大兴安岭深山老林里修建的"木刻楞"。不同的是,"木刻楞"房顶铺的是木板和树皮,这里的"木摞子"房顶盖的是瓦片。导游姑娘把我们引进大门,径直到左侧房门前停下来,介绍说:这是祖母屋。接着喊了一声"阿仪",听得里面答应后,我们略低着头,随姑娘迈过高高的门槛,走进祖母屋。后来导游姑娘告诉我,"阿仪"就是摩梭语"祖母"的意思。祖母屋宽敞、高大。祖母在左边的一个火塘边站起来同我们打了声招呼坐下了,坐在铺着一条长巾的黑皮沙发上,沙发表皮有的地方皱裂了。导游姑娘说,祖母能听懂一般的汉语但不会说,同祖母交流只能由她当翻译。姑娘介绍说,祖母叫言尔拉玛,年已七旬,身体硬朗,仍当家理财、劳作不息。老人思想开明,富有见地,尽管生活艰辛,但她积极支持晚辈上学读书,走出家园,见识世面。导游姑娘的母亲在西昌读了大专,现在泸沽湖畔左所镇的一所小学当老师。姑娘本人从学前班开始即到西昌就读,一直到高中毕业,寒暑假则多在祖母身边。祖母同

我们交流时始终面带微笑，手里不停地捻动着红色的佛珠。祖母头上的盘髻是用黑色布料挽起的，没有彩珠、彩线及红花，上穿紫地蓝花大襟衣服，也是白色的镶边，外套浅紫色对襟坎肩，浅蓝色的布料长裙，裙的下摆也织着一条红线，腰缠红色腰带。这时姑娘告诉我，摩梭老年人日常仍穿戴着民族服饰，颜色深一些。姑娘介绍说：祖母屋是摩梭人大家庭的中心，饮食、议事、待客、敬神、成年礼（摩梭人13周岁举行成年礼）等礼仪、仪式均在祖母屋进行，祖母是大家庭的掌舵人。又特别介绍说："祖母屋主要由两根立木支撑，左为男柱，右为女柱，男柱女柱必须出自同一棵大树，树梢部分为女柱，有开枝散叶的意思，树根部分为男柱，有扎实稳健的意思，总的说来，就是男女共同撑起一个大家庭。"

告辞老人步出祖母屋，借着灯光和一天朗照，我环视摩梭人的庭院，这是个方方正正的"回"字形院落，布局规范。祖母屋坐西朝东，与其他三栋房子等高，是一层结构，其他均为两层。祖母屋的左侧为"经堂"，设置在二楼，一楼放置粮食和农具。摩梭人对宗教十分虔诚，家家户户都设有经堂，经堂是摩梭人的精神学校。摩梭人古代信奉达巴教，元末明初喇嘛教传入后，以信奉喇嘛教为主。在姑娘的引导下，我们学着姑娘轻轻踏着木质的楼梯上到经堂。经堂布置精致，供奉着多尊佛像，墙壁上悬挂着唐卡、壁画，像是一座小小的艺术殿堂。佛龛下燃着一盏盏酥油灯。姑娘告诉我，这些灯常年不熄，因她在外地读书，祖母特意为她摆了一盏，为她祈福，希望她学有所成。祖母屋的对面是"花楼"，是成年女子居住的地方。花楼是不准外人随便进入的。祖母屋的右侧留有大门的那栋木屋是"草楼"，顾名思义，草楼是堆放柴草的地方，一般摩梭家庭走婚的男子在草楼有简易的居室。姑娘告诉我，她的舅舅住在草楼的二楼，今天外出不在家。后来姑娘同我们渐渐熟悉了，又深感我对摩梭人习俗的尊重，对家人的情况也不再顾虑。姑娘告诉我，祖母一家既有传统的走婚，也有同居婚，传统与现代相结合。自己的母亲还有两位姨姨是同居婚，一位姨姨和舅舅是走婚。并说，这类的家庭现在越来越多了。由于"母系"家庭的特定结构，加之宗教的影响，摩梭人都有较强的集体意识，有互敬互爱的美德和善良诚实的心理。导游姑娘说：摩梭人家庭及居住区都和谐友爱，相互间彬彬有礼。

  离开泸沽湖已有几个月了，但泸沽湖的粼粼波光一直映刻在我的脑海，摩梭人的四合院一直矗立在我的心头。在全世界二百多个国家和地区中，在约两千多个民族中，唯有我国摩梭人仍维系着"母系"家庭，这是多么值得我们珍视、深思的人类社会现象啊！我也久久地陷入深思，在现代社会的飞速发展中，在汹涌澎湃的商品经济大潮冲击下，在全国乃至全世界更多的人带着对泸沽湖的向往纷至沓来时，古朴的摩梭人"母系"家庭还会经久不变、宁静安详吗？清丽的泸沽湖还会那样"上下天光，一碧万顷"吗？当我们带着好奇带着向往徜徉在泸沽湖畔，在泸沽湖的波光里，我们还看到了什么呢？

苍溪之溪

李 汀

树浓夹岸，苍翠成溪，谓为苍溪。

在苍溪生活久了，走了苍溪的山，看了苍溪的水，就觉得山野苍茫、水幽生清，小县城在山水间妥帖得很，穿城而过的嘉陵江让小县城又多了一份灵气。陆游四十八岁时入四川办理公务路过苍溪，三十多年过去，已七十九岁的陆游还对苍溪的山水风情记忆犹新，在他的《怀旧用昔人蜀道诗韵》中记录下"最忆苍溪县，送客一亭绿"的深情，八十三岁时，又写下"自笑远游心未已，年来频梦到苍溪"。

能够让人心去居停的地方，一定有水。我现在越来越热爱苍溪的水，譬如鸳溪的水，蓝得诱人；梨花溪的水，泛着诗意。在心里默念一下，发现苍溪的乡名、村名似乎都与溪水有关。

我的扶贫联系村，叫西溪村，一个古朴的小村庄。一条山谷溪水穿村而过，山谷两边住着二百六十三户人家，农家小院掩映在山谷树丛中，安宁寂静。我第一次进村时，正是春天，站在山谷一处农家院子里，看到一山谷的洁白梨花盛开，照得天空异常明快高远。缓缓流淌的溪水映着随风飘落的梨花，倒映着蓝天白云。我感叹道，好美。一起工作的村干部笑着说，我们西溪村确实变美了，三年前栽下的千亩梨树如今都开了白蓬蓬的花，看着这花开得旺，村民心里美呢，再过几个月就摘果收钱了。

这不，一位老人家正在梨树下给花授粉，一问，老人家居然七十八岁了。我问老人家：还干得动吗？老人家说：我这身体还硬朗得很哈，给花授粉算轻松活路了。再问收入几何，老人乐呵呵道：我家梨子是老品种雪梨，入口化渣，一成熟，收水果的把车子开在院子旁边，一车就收走了，收入嘛，至少上万元啦。

简单几句交流后，心里想着，这里的老人家的心态，也像溪水一样清亮。老人家从满树雪梨花丛里走出来，招呼我们去他家里坐。这是一处老房子，立柱老木材，青砖马墙，屋顶老青瓦，外墙和屋顶爬满爬山虎藤，院子前是几棵猕猴桃树和雪梨树。雪梨花开，有淡淡的闷香。

堂屋敞着，门柱上写着一副对联：开天开地莫若开心做人，藏金藏银不如藏书教子。正墙上挂着一幅水泥画。老人家笑眯眯地说：这是我画的我们村子。仔细看这幅画，山坳间一条溪流自然流淌，洁白的梨花在青山绿水间绽放，白墙青瓦的农家小院掩映在花丛中。我不禁一阵惊叹：老人家学过绘画？老人家嘿嘿一笑：向生活学习嘛。

面向远山，在老人家的堂屋里坐下来，慢慢悠悠地品着老人家自制的蜂蜜金银花茶。蜂蜜是老人家自己养的蜜蜂，采山上梨花、野花粉酿的；金银花也是从山上采来，晾晒干。一尝到这自然的味道，尝惯各种合成香料的舌头，一下子打了一个激灵。啧啧，这是花香自然发酵的味道，雨露阳光流进心里的味道。这东西太纯，得一小口一小口品。老人家说：许多事儿，就得像种这些梨树一样，一口一口吃，一点一点滋润，自然而然就成了气候。

不一会儿，就聚拢过来一堆村民，大家在一起说村里的雪梨产业，说村里的水泥画，还都随意地斟老人家的蜂蜜金银花茶品。小小的院子

里不时响起一阵阵爽朗的笑声。老人家凑到我耳边说：这扶贫的事儿就得这么慢慢说、慢慢磨。我心里一动。细细想来，这西溪村退出贫困村，靠的就是说和磨，磨出了长效稳定的雪梨产业，磨出了每个人心里的涓涓细流。我在西溪的农家小院穿来穿去，感觉每个人心里都自然流淌着一条清亮的小溪。

紧接着，我又去了梨花溪，一条梨花掩映的小溪。在这个村庄，我看到数十棵百年老梨树，和保存完好的施家老茅屋。苍溪雪梨尤以施家梨为最佳。《广元县志》记载有"梨中最佳者，施家梨，种出苍溪"之说。所以，这个村庄很好地保护了百年老梨树和施家老茅屋院子。老梨树古朴苍劲，虬枝形态各异，沧桑、苍劲的枝头依然争妍傲放簇簇成团的梨花。

弯弯绕绕，踩着青石板铺就的小路上山，走进绿树掩映的院子。抬头望见招牌，竟是一处民宿。从树丛里挑出去的露台，视野开阔，看得见远处的高速公路，四处蜿蜒的山峰，还有低处村庄冒出的炊烟。三棵高大的马尾松树，一张石桌摆放其下，三四根松针落在石桌上，石桌上有着浅浅的尘土痕迹。我突然觉得这院子好生亲切。

见有人进了院子，一位三十多岁的年轻人笑呵呵地招呼我们：快坐，快坐，我给你们沏茶。

在石桌旁坐下来，一壶热茶就递了过来，轻轻一抿，我说：这茶咋有一丝甜味？

年轻人说：这是我们村里的罗汉果茶呢。

这时，我才想到，上山时，看到一弯一弯梨树旁那一蓬蓬开着小黄花的藤蔓，原来就是罗汉果花。

年轻人姓葛，辞去成都大城市的工作，花了三百多万元，专门选择在苍溪开了一家民宿。小葛笑嘻嘻地说：有山有水，才是民宿。苍溪山好水好呢。

中午，小葛亲自下厨，给我们做了一桌丰盛大餐。一看菜名，我就喜欢上了。怀旧山水，原来就是小野蒜凉拌折耳根；晶莹剔透，原来就是清蒸切片老腊肉；黄土成金，原来就是土碗坨坨肉……还热了一壶土酒，梨花溪土酒。桌边还备了一盘野果子，野草莓。丢一颗在嘴旦，有一点点酸，也有一点点甜。酸甜中有麦黄风的吹拂，有阳光的沐浴，有月光的耳语，有雨露的倾诉。

几杯梨花溪土酒下肚，我有了一些兴奋。在回城的路上，我一直在想，苍溪的西溪、梨花溪这样的小溪沟，最后都汇到奔腾的嘉陵江，然后一路欢腾汇入长江。我在苍溪的山水间行走，吃饭，呼吸，读书，言谈，都会清晰地感到有一种涓涓细流在浸润心田。这片土地上那缓慢流动的时光，就像溪水一样丰盈。老百姓的日子，也像溪水一样过得清澈明亮。

武隆的山水交响诗

陈世旭

秋日，第三次踏上武隆山地。

车子沿乌江上溯。茂密的树木在恍惚中后退，隐约的记忆渐次清晰。奔腾的乌江，在峡谷里蜿蜒，绝壁像书页。杜甫惊呼"众水会涪万，瞿塘争一门"，刘禹锡悲歌"巴山楚水凄凉地"……诗人们迤逦而来，用竹简上千年长成的文字写诗，等着我们翻看。

曾经，万山隔绝世事。巴人，在峭壁上拉纤；诗人，愁眉深锁仰天浩叹。那仅仅属于遥远的回忆。

而今，一切都超越了想象。我怀抱莫大的激情一而再再而三走进武隆，走进一首不是用文字而是用奇山异水写出的诗篇，一首让千百年前的伟大诗人会遗憾自己缺席的诗篇。

一条乌江，及其次级河流，在将武陵山与大娄山割裂的同时，将处于两山褶皱地带的武隆分为若干高山峡谷。峻岭深壑把武隆人围在一方方狭小天地，蜀黔屏障挡住山里人的视线。武隆七山一水两分田，土地金贵而贫瘠。自古刀耕火种，人们汗水摔成八瓣也弄不出几粒粮食。穷困的山民没有被盖，就钻在玉米壳子里睡觉。

武隆史料记得明白：境内有"山形如龙""逶迤修回"，武隆人因而自认姓龙，渴望"飞龙在天"。山里人淳朴，有的是力气，每天劳作不止。然而老天似乎并不看好这里。武隆人的福禄依旧跟土地一样单薄。

终于有一天，人们发现：武隆的优势、武隆的财富、武隆的福祉，就在武隆山水。两千九百多平方公里的武隆，山水相连，森林覆盖率高，集大娄山脉之雄、武陵风光之秀、乌江画廊之幽，足可称"中国武隆公园"。

仙女山拥有规模世界罕见的串珠式天生桥群——天生三桥。桥的高度、宽度、跨度皆在两三百米以上。三桥平行横跨峡谷，将两岸山体连在一起，气势磅礴，高耸云天。无边无际的群山，如同碧绿的大海。天桥是横跨大海的脊梁，以静卧的姿态，躺在大海的心脏，看潮起潮落，浪飞浪舞。

龙水峡十里地缝，以数百米的幽深，仰望一线天光熹微，听任千载云雨倏忽。千仞绝壁，悬挂着飞瀑流泉，蜿蜒清涧，摇曳着翠竹茂林。徜徉于谷中，俯仰于高下，昏昏然不知身之何处，不知今夕何夕。

十万亩高山草原，是"火炉"重庆的"避暑胜地"。我们来时，正是阳光明媚的下午，辽阔的草原一片葱茏，蓝天白云下，到处纤尘不染，空气沁人心脾。儿童的风筝释放了纯净的心灵，像风一样自由；阶梯飘荡着少女的裙裾，倚在楼塔的窗户，张望爱情的彩虹；白头的夫妇执手相携，在纹路纵横的手心，分享岁月的无数点滴，回忆里没有棱角只有光泽，当草原上青春的歌声响起，似曾相识的故事，把他们带回到遥远的从前。

如果说武隆山水是一首恢宏的交响诗，白马山望仙崖便是交响诗的高潮。

望仙崖，横卧乌江南岸，与仙女山一江之隔，奇峰罗列，怪石嶙峋。天尺坪茶山茶园接天，云缭雾绕。"敲钟望茶""拨瑟闻茶""擂鼓采

茶""抚琴献茶",若隐若现。

黔蜀门屏,作为省界矗立于密林古道;黄柏淌,白马山最高峰,俯瞰数百平方公里的白马山脉,一片花的海洋;神龙湖海拔千米;十里岩溶洞河流水喧哗;黄莺大峡谷,绝壁深幽,云遮雾涌,人迹罕至;巅峰七门洞开,七窟相连;万寿桥,武隆古石桥之最,沧桑两百年,犹闻马帮的铃声回响;山虎关,神庙祈福,神秘莫测;大洞河,"河是一道峡,峡是一条河";城门洞是石壁奇观,一夫挡门,万夫莫开……

千仞望仙崖,望仙台悬空险峻,临崖而立。俯观千里乌江奔腾汹涌,仰眺妙曼仙女山千姿百态。问浩荡天风,苍茫云海,哪里是通往梦想的殿堂?

大自然对人类的恩赐,人类常常视而不见,不知珍惜利用。

其实大自然本身精心变幻着构思。欢歌,盛宴,张灯结彩。

武隆喀斯特以景观资源的独特性、完整性和原始性,于2007年列入《世界自然遗产名录》。武隆走上将得天独厚的自然资源转化为经济资源的脱贫崛起之路。近二十多年来经济总量、财政收入、农民人均纯收入大幅增长。千年的历史一晃而过。今日的武隆已是高楼夹江的现代新城。

夜晚的石板,柔柔地透着如水的亮光,静静地等待日月的轮替,静静地聆听瑰丽的诗章。

攀登过多少青山,跋涉过多少绿水,仰望过多少高峻,迷恋过多少清丽,武隆,让我的吟唱充满巴山特别的韵律。

今夜,就这样静静地倾听你在虫鸣中酣然的呼吸,看你在睡梦里微笑的样子,让五彩缤纷的梦幻翩翩起舞。愿所有的花朵和树叶,在风中歌舞升平;愿所有的山里人青春不老,爱情如蜜;愿所有的有生之年,尽享春夏秋冬四季美好。

回家　回家

陈忠实

　　祖居的屋院在白鹿原北坡根下的一个小村子里，距西安城不过50华里。得着路程近的方便，有事要做很快就能回到那个小院，无事也常常想回去便回去了。其实，无论有事无事，就是想在那个曾经生活近50多年的屋院里坐一坐，到门前的灞河沙滩上遛一遛，似乎心理上的某些亏缺就获得了补偿。这种感受只有在这一方小小的地域才会发生，回家走走就成为永无遏止、永无满足的欲念潜存心底。

　　近日我又回到原坡下祖居的屋院。车子在愈加稠密的高楼之间的公路上行驶，不觉间便驶上浐河大桥。我的心在那一瞬便发生微妙的变化，顿然亢奋起来，这是走世界上任何一条路、过任何一座桥都不曾发生的一种心理和情绪的反应；更为奇异的是，每次回归老家，车子刚刚驶上这座大桥，我的情绪便发生这种亢奋的变化，几乎没有一次例外。我至今说不准这是一种生理反应，抑或是一种心理反应？我唯一能想到的因由，大约在我的潜意识里，这是我回家的桥，或者说是离我家最近的一座桥，过了这座桥，便进入我大半生都跑跑颠颠于其中的一方地域了。

　　这条浐河发源自横亘在关中平原南部的终南山，自南向北从白鹿原西坡根下流过，形成一道最适宜人类生存的河川，新石器时代的一个人类聚居的村庄——"半坡遗址"就在河岸东边；晴朗无霾的天气里，站

在浐河岸边,可以看到白鹿原西坡上绿树掩映下的白墙红瓦。过了浐河桥不过三四里地,就进入白鹿原北坡下的灞河川道了,北坡上和河川里排列着稠如藤叶似的一个个或大或小的村庄。无论作为乡村教师或基层干部,抑或后来有幸成为专业作家,我在浐河灞河两道河川和白鹿原上整整跑跑颠颠了30多年,在进入传统习惯所划的老年年龄区段时进入西安城。在城里待过几年,在新世纪到来的时候,却也难以抑压灞河岸边家园的诱惑,决然一人回到那个祖居的屋院,读书写字,煮一碗妻子在城里擀成藏在冰箱的面条,日落的霞光里到灞河水边的沙滩上散步,不觉间竟有两年……

我后来才意识到,白鹿原西坡根下的浐河和北坡根下的灞河,真是天造地设鬼斧神工的好水滋润着一道好原。我有幸出生在这原下且在这里生活过大半生,先是为这里的乡村孩子教授识文断字,后来组织乡民造梯田修河堤,再用笔叙写对这原这川里的历史和现实的体验和感受,这样的人生经历就很难用通常所说的情感纠结来表述了,反倒是每次车上浐河桥的一瞬所发生的那种微妙的亢奋情感,才是最真实最准确的难以分清生理或心理的本能性反应,这是在任何地方不曾有过的。

回到祖居的屋院,烧一壶源自村中深井的自来水,三五下清扫了院中走道上的积尘和落叶,坐在院中喝一口茶,在车过浐河桥时发生且持续到开锁进院时的那种亢奋情绪,顿然消失了,不觉间转换为一种沉静,既区别于在城市住室里的沉静,也区别于过去常住这里时的那种沉静,当属重新回归时独有的一种沉静。这种独有的沉静心境也是只有坐在这个小院里才会发生。在城市待得久了,少不得忙忙乱乱,也多有来来去去,有得意也难免懊丧,在走进祖居的屋院坐在小院里抿一口茶的时候,似乎"宠辱"被荡涤得丝毫不留了，任何欲望也都隐退无痕了……这种独有的沉静，就成为回归祖居屋院的诱惑，一种永难满足更难得淡化的念想潜存心底。

　　随意到村子里走走，就会发现变化，这里原本是两间窄小的厦屋和那边撑立了几十年的破旧漏雨的小安间房的房址上，都建起了颇为排场的两层楼房，迎面墙壁都是雪白的瓷片，却依然延续着关中乡村传统建筑的格式，大门门框上方镶嵌一方砖雕刻字的立家宣言，既有传统的"耕读传家"，也有时兴的"满院春光"等。不觉间村子里全建起了水泥砖瓦结构的房屋，那些还保存着的土坯垒墙的破旧屋院，几乎全是迁居本省和外省的人家留存的空院。我总是会被勾起往时的记忆。在20世纪60年代初之前的十几年间，这个村子只有一户人家盖起了三层瓦房，不仅成为本村人热议羡慕的"高档建筑"，甚至成为连邻村人都纷纷跑来参观的一道景致。这户人家的主人有一个在高寒荒漠做勘探工作的儿子，收入丰厚，这是任何一家农户（公社社员）难以望其项背的。在我能解知人事时所记忆的村子，竟然没有一户拥有三间瓦房的人家，且不说这个小村庄有几百或千余年的历史，自然可以理解村人对这幢三间瓦房的惊羡情态了。即如我这个有干部身份也有固定工资的人，也是挨到80年代中后期才建起三间新房，也就再不用每到雨天便把盒盒罐罐都搬出来接房顶漏下的雨水了……现在，无论谁家盖房建楼，已经不会引发热议，更不会有惊羡的眼光和议论，在于家家都有宽敞的新房了。

　　我总是想到村前的灞河边上遛遛。走出家门再下一道小坎，便是村人赖以生存的旱涝保收的田地了。在我幼年的记忆里，河川田地有三道灌渠，引灞河水自流浇灌禾苗，如果不是百年一遇的一年两年滴雨不下

及至灞水断流的特大旱灾，这方地域的庄稼总有收成。然而，现在的河川里几乎看不到麦子和苞谷苗了，整体变成了樱桃园。村子背倚的白鹿原北坡，凡是可以植栽树木的梯田和坡地，也满是樱桃树了。如果清明前后回家，沿路满眼看到的都是粉白的樱桃花；再过一个月到5月初，坡原河川的樱桃树上都挂满紫红的淡黄的樱桃，西安城里的居民，或扶老携幼或搭帮结伙到原上原下和原坡来摘樱桃，车拥人挤，盛况持续大半月。乡民喜不自胜地说，城里人给乡下人送钱来了……那一幢幢装潢讲究的两层住宅楼的开销，绝对多数是从樱桃树上获得的收益。无论在村巷无论在河川，碰到一位乡党，拉起闲话便说到樱桃，两棵樱桃树的收入超过一亩地麦子的价值。用乡党的结实话说，只要不是瓜（傻）子，谁都会算这笔账，自然就不种麦子苞谷全种樱桃了……我几乎每年5月都会上原摘樱桃，既为品尝这北方第一料成熟的鲜果，更在看那些乡党往钱袋里塞钱时生动的喜悦脸色……

这是冬天，我又漫步在灞河边上，冷风飕飕，河水清透见底，我的心里愈加沉静。我走过一些名山大河，多是以观赏的眼光去看的，新鲜的惊喜是自然发生的，也曾把那种感受诉诸文字。然而，那些感受完全区别于面向眼前这条灞河的沉静心态。这是家园。回归家园所发生的沉静心态，是在家园之外的别处不曾有过的。

哦，我的家园。

与那村庄的距离

王明宇

我与那村庄的距离似乎越来越远了。

离家到县城读书，已是二十多年前的事。那时，半年才回家一次。每次放寒假回家，都有同一种感触——走下汽车，向生我养我的村庄遥望，总能想起鲁迅先生那凄清的话："苍黄的天底下横着几个萧瑟的荒村，哦，这就是我二十余年来时时记起的故乡。"我的童心就油然而生一种莫名的凄凉感，冬日的家乡竟然是如此的荒凉和陈旧。

那不过是陕南秦巴山地深处一个极其普通的村庄。

也曾迷茫，诚如鲁迅，二十年后，我又在哪里？中年的我所"记起的故乡"会不会依然是那个荒凉的模样？二十年后？多么遥远的未来啊！

一

那时，我期待着这穷乡僻壤的一个变迁，一个让我远离墙壁灰扑扑的色彩和疲惫易怒的父亲的变迁，而内心却带点绝望，因为隐约中，那传说中的"小康"还在科幻当中。少年的心里，暗藏着些许迷茫。

多年后回望，才发现很多小伙伴，也都和我一样迷茫。

在改革开放令所有人眼前一亮的时代，我的家乡还没有通电。那时，全国没通电的村庄已经为数不多了，而我所生活的地方竟是其中之一。1993年，我返回家乡，从远方瞭望，家乡还是苍黄的天底下那几个萧瑟的荒村，惊喜的是不远的山头上多了几个高大的铁塔。

一丝希望从我的心头燃起。

年末，我迫不及待地赶回家，像孩子一样好奇地凝视着崭新的日光灯，再走出门去观望家乡被红灯笼点缀的除夕夜景，感觉已不再是从前，真是难以言表的感动。只是灯光下破旧的四壁，还缺点新的生气，我心里又暗暗地潜藏着一份期待和一份稚嫩的使命感。

记忆最深的那一次是香港回归后的那个腊月，我已是活跃在象牙塔中的"高材生"，身心都在古都西安的文化熏陶中，忙碌着上课、读书、参加各色活动及新奇又烦扰的大学生活。那一个寒假归来，抬眼远望，冬风里吹得仍然是苍黄的天，横卧的村落依然是萧瑟的一片，三两座二层小楼零星地点缀在村子两头，显得格外扎眼。蹦蹦车驰过后公路上烟尘冲腾，和屋顶烟筒流出的黑烟遥相呼应，使这一片天空更显得无精打采。

我定睛一看，我所住的村子竟有了些变化——原本一片灰色，如今东头黑乎乎，西头白皙皙，鲜明的对比。

我不由得生出几分感慨，泪水模糊了我的眼帘，至今难以忘记当时的哽咽。

二

那一年，我二十岁，回家过年的心态已经与以前大不相同了。

那一次，我终于看清了我那黑白分明的村庄。东头即"黑区"，是"文化先进区",西头即"白区",是"经济先进区"。"黑区"和"白区"的父母们都一样,像飞转的车轮一样紧张急促地呼吸着,劳作着。不同的是,"白区"的父母们把钱用在建设家园了,他们让孩子早早辍学回家种田或外出打工,家庭财富便渐渐积累起来,这房子便随之换了面目。"黑区"的父母们为了孩子读书而不惜血汗,尽管孩子们做得未必尽如人意,但父母都用尽了全力,使得这些家庭便没有了可以让房子变白的人力和财力。

可以慰藉的是,这黑房子里毕竟走出了好几个"秀才","黑区"毕竟是全乡油墨味最浓的一片。这也不能不说是一种骄傲。

"十年磨一剑",我发奋读书的九十年代,终于结束了,迎接新世纪的喜悦还没有消散,淡淡的乡愁已涌上心来。那十年,从县城到西安,从教学楼夜灯下到实习工厂的车床边,记不清多少次归来,都忍不住要遥望家乡。冬日里寂寞的时候,我更愿意在门前河边走走,感受冷风吹面,欣赏潺潺的河水、飘零的雪花和袅袅升起的炊烟。

新世纪的第一个冬天,作为全国并轨招生后的首届毕业生,我在人才市场奔波了一个月后,选择了"东南飞"。以为自己是优秀毕业生,所以对离开故乡似乎义无反顾,甚至有"终于逮住机会逃离那穷山恶水"的念头。

当然也曾想过,我所走过的青春路决定了我家的黑房子没能变白,甚至在之后相当长的一段时间都难以变白。但我毕竟在努力着。

三

其实,当时我不过只是一个初出校园、涉世未深的小生,只是因为见识了城市的繁华,感受到了这个时代的变迁,我不得不生出很多

幻想。也许某一个时节以后,我再次返回家乡,遥望着"苍黄的天底下"不再生出一种凉意,而激动地发现我家黑乎乎的一片已然改头换面,亦不是白色瓦房,而是像城里人那样的雅致的小楼、美丽的院落,鲜艳的瓷砖将它装扮得光彩照人,使那曾经黑灰色的群落变成天底下最亮的景致。

随着年龄增长,我对家乡萧条的模糊认识逐渐转化为一种实际的信念。我与家乡的距离感越来越强烈了。或许这种感觉正是成熟的体现,是我的生活观念的必然变化,因为当年对家乡的苍凉感只有经过距离的变迁才能转化为未来的希冀。我更聚焦自己今天和明天该做的事情,而不再是那些焦虑。

时光如梭,我的青春岁月快速地前进着,有些幻想已经逐渐变成现实。

冬寒料峭、雪花飘飞的时节,我归来了。

又一次走出汽车车厢,走到河岸,放眼一望,河面横出一座崭新的大桥,家乡的路已经变宽了很多,村落里冒出了很多小二层楼。当年所看到的"黑区"和"白区"已没有了明确的界限,白色显然已经占据了主流。

那个除夕夜,热闹的不只是火炉,也不只是油炸的锅,更不只是噼啪作响的鞭炮和人们重复啰唆的唠叨。几乎所有的家庭都有了电视机,有的家庭已经有了微波炉、电冰箱,人们可以边包饺子边看电视,欣赏春晚。仅此一点变化就让我激动得睡不着。记得在我买回这台我家最值钱的电器之后,父亲和母亲都露出了愉快的笑容,母亲像寻找纳鞋的针眼一样在电视机屏幕上检索,仿佛要挖掘什么秘密。但电视这玩意儿,最后还是只吸引了我和姐弟们，母亲一如既往地忙着做吃的，父亲一如既往地剁柴剁猪腿。

母亲说，电视没娃们重要。

四

世界的变迁让老一辈震惊，让70后的我这一辈感觉"带劲"。转瞬间，中国加入世贸组织，北京奥运会、上海世博会都已成为昨日的辉煌和今天的回味。

我在宝钢南京的生产基地工作十年后，调到了在上海的集团总部，我的小家安在上海吴淞。尽管大城市生活成本不低，尽管我还没觉得自己真的改变了命运。唯一欣慰的是，我的父母在老家会因为提起"我儿子在上海宝钢总部工作"而按捺不住内心的自豪，我当年的小伙伴会因为我"走出了大山、跳出了农门"而有一丝丝的敬佩和羡慕。

父亲说，到外边去不是跑掉了，是争气了，不是窝囊，是本事。

回望家乡，因为退耕还林、房屋出新、道路硬化等，村庄的面貌已今非昔比，不再有"黑区"与"白区"的分别，即便是依然昏黄的冬日下，那天也不再显得"苍黄"，那村也不再那么"萧瑟"。我家门前新建的砖房也熠熠生辉，遮掩了尚未拆除的旧土房，而村里的多数旧土房已不知去向。

全家的艰辛努力加上我的"争气"，终于促成了命运的变迁和祖坟上多出来的数炷香。

改革开放以来，有数千万农村青年像我这样，经历故土的滋润、父

母的付出和青春的磨砺,终于跳出"农门",奔赴城市,在新的天地里拼搏,成为同村伙伴们艳羡的"跨世纪人才"。而家乡那"苍黄的天底下"的萧瑟村庄,也伴随这个时代,发生着令我们惊愕的变化。

三十多年的故事,有二十多年是逃离的过程。心底的故乡情结无法言语,即使我长年生活于他乡,即使还不能做到衣锦还乡,即使我还因没有能力反哺家乡而暗自惭愧。

再回来看家乡,我不会因为越来越远的距离而懊悔,只因为对时代,对记忆,对人生,对将来,有一种无法舍弃的信念!

回家的路

荆永鸣

人离家有多远，回家的路就有多长。

十几年前，我离开故乡到北京谋生，此后便有了一条往来奔波、永远走不完的路。十几年间，我在这条路上走过的里程，累计相加，大概不少于十万公里，比绕着地球转两圈的长度还要长。

其实，北京与我老家的距离不到五百公里，不算远，只是感觉上很遥远。三十年前，我第一次从煤矿到北京，全程倒了三次车，时间是一天一夜。当时的火车还是蒸汽机车，是英国人史蒂芬森发明的那种，跑起来不停地冒烟。打开车窗看风景，能把人的脸看黑了，遇上弯道，说不定还会被车头喷出的煤屑迷了眼。如今这种火车早被淘汰了，仅在博物馆里能见到。想坐它，只能到我们赤峰的克什克腾草原去坐了。那里每年都会举办一次国际蒸汽机车旅游摄影节。白雪皑皑的寒冬，黑色的蒸汽机车穿山跨桥，喷云吐雾，蔚为壮观。

那时候我却没有"壮观"的感觉，只是觉得它太慢了。哪怕路过一个很小的村子也要停。没有村子的野外，偶尔也会停站，叫什么什么"乘降所"，上几个人，或下几人；有时没到站也会停，说是会车，等信号。好不容易启动了，还不稳，"咣当"一家伙，把人揉个侧歪，还没等坐直呢，又是"咣当"一下，像是开了个很坏的玩笑，把人气得直乐。

九十年代，我老家通往北京的火车换成了内燃机车，并修了新的线路。不需绕道辽宁，不用换乘，从北京西直门上车，便可直达赤峰。夕发朝至，全车卧铺。比那种冒烟的火车快多了，也舒适多了。且一进车厢，满是浓郁的乡音，甚至能嗅到一种草原特有的味道，让我常常涌起一种亲切的感受，觉得老家与北京只有一个火车站的距离，它就在西直门的火车上。

我在北京谋生，最初总是乘坐火车回老家。我的老家是一座煤矿。我离开时叫平庄矿务局，后来改成了煤业集团公司。改吧，不论怎么改，也改变不了它在我心里的位置。作为往昔岁月的一部分，我的生命，我的童年，我充满梦幻的心灵历史就是从那里开始的。迄今为止，我一生中最重要的朋友大多都集中在那里，它是我人生的大本营，是我魂萦梦绕的地方。即使到了天涯海角，我也不可能不回去。火车在夜里奔驰，躺在卧铺上，想着在老家等待我的人和事，常常睡不着。坐在窗前往外看，漫山遍野全是夜。当然也不全是漆黑，还有四季。有时电闪雷鸣，有时大雪铺地，或星光灿烂，或风清月朗。在五百公里长的铁轨上，伴随着列车的轰鸣，我走过一年又一年无数个不同季节中的旷野——那种游子归乡的感受，我是体会得最深、最深的了。

后来我有了车。再回老家时，又多出几分便利。至少，我不用再买票贩子手里的高价火车票，在时间上，也没有了几时几分的限制。啥时候上路，完全由自己掌控，而且说走就走。从北京出发，沿东北一线走密云，出古北口，过承德，再向北就进入赤峰边界了。一路上，不但能体验到自我驾驶的乐趣，还可随时停下来，欣赏路边的风景，或找一家干净的农家餐馆，吃一碗羊汤或真正的小鸡炖蘑菇，都是可以的，非常惬意。

不惬意的是天不作美。偶逢雨雪，就很容易演变出一些很糟心的事。有一次突降大雪，车过茅荆坝，上不去山，我差一点在山里过夜。还有一次，车子陷进了雨后的泥坑里，四个轮子干纺线，出不来。幸亏附近有村子，被两个农民兄弟很内行地用绳子拖出来，连人带车，全是泥。当时我挺生气，说路都这样了，也不知道修一修，这个地方的领导是白痴吗？

修着呢。

在哪啊？

山那边。那个农民用沾满了泥的手指了指。

世界上的事情就是这样，你想到的事，其实早就有人想到了。一年后，一条崭新的高速公路把我引向了"山那边"。我喜欢山。无论是开车还是坐车，一旦被山挡住视线总是想：山那边是什么样？山那边还是山。是一个完全没有见过的陌生世界。峰回路转，偶尔可见山沟里窝着几户人家，像一个古老而神秘的故事。远远地想：不知道以前的村民怎么才能走到山外去；路来了，却遗憾他们无法到高速上来。这条高速公路很厉害，有野性，逢山钻洞，遇沟跨桥，它的目标在远方。路边的群山，山洼里的小村，都只不过是它的掠影。

我开车在高速路上回老家，以法律允许的速度行驶，只需五小时。比原来的混合型公路缩短了一半。为此，我老家的煤哥们儿打来电话，说回来吧，早晨出发，中午喝，你下午启程咱们晚上整！每每如此，耽误不了喝酒。只是人在高速运转的状态下，开车的人容易疲劳，坐车的人容易眩晕。副驾上的妻子总唠叨：一回老家你就兴奋！安全第一，走那么快干啥？想想也是。而且速度越快，被忽略的东西就越多。感觉上，全然没有了原来那种优哉游哉的乐趣。我试着把车速慢下来。有一次，我干脆避开高速，把车开到老路上去。

老路更老了一些，也更窄了——或许它原来就不宽，是别的路宽了。路面上，轿车少多了，除了一些农用车，多是负重的大卡车，车厢比火车皮还大，被苫布蒙着，无比沉重的样子，每逢山路，爬得比蜗牛还慢。那些曾无数次路过的村庄，像几年不见的熟人，因为衰老而显得疲惫。我去路边的小卖店买一盒烟。店主是个掉了两颗门牙的老人，他跟我搭讪起来——或许是太寂寞了，老人才跟我搭讪。他问我从哪来，到什么地方去。

我告诉了他。

老人"嚯"了一声说：

"有高速啊，你怎么走到这来啦！"

他不知道，我不走高速就是想看看这条路现在是什么样子了。

想了想，路是一种很神奇的东西。它在平原挺进，在山腰上绕圈，人总是跟着路走。走得次数多了，路边的山川，河流，村庄，树木和田野里的庄稼，都会刻录在人的大脑里。我走在这条几年不走的回家路上，就像回看一部老的电影，只是里面的角色已经变了。有一段山路，过去总有一些守着路边卖东西的人，卖鲜瓜果、熟玉米、柿子、榛子、蘑菇、小干鱼儿、柴鸡蛋……一年四季，附近的一些村里人，鼓鼓捣捣，似乎总有他们可以用来换钱的东西。现在少了，已经看不到几个摆摊的人。我原本是想买土蜂蜜，却只买到了不想买的核桃。卖核桃的是姐弟俩，姐姐十一岁，弟弟六岁。

你父母怎么不来卖啊？我问小女孩。

我妈回家做饭去了。

你爸爸呢？

爸爸到北京盖楼去了。弟弟几乎是在抢着答。

我买了姐弟俩五袋核桃。核桃不错，最好常吃，据说是健脑。

我在路上磨磨蹭蹭，到了中午，我得打尖。在我们老家，管途中吃饭叫打尖。我走过一村又一村，赶往"老白羊汤馆"。老白五十多岁，人干净，收拾的羊汤也很白，汤浓，味道好，量大实惠。以往每次路过，我差不多都得吃上一碗。但这次却吃了闭门羹。"老白羊汤馆"的破牌子还在，老白却不在了，油漆剥落的店门上挂了把锈锁。令人怅然。再去前边的村子找那家"喜来农家乐"，也没了，变成了汽修部，一个中年男人蹲在门外，慢吞吞地研究着一个像是小油泵之类的东西，两手沾满了黑油。有道是，在一个高速发展的时代，什么都在变。不久前，我在网上看到一则消息，说通往我老家的高铁已经开建，通车后，再回老家只需一个半小时。只是速度快了，它的实际距离并没有变。而且，无论用什么样的方式赶路，我总要回家。

回家的路，是我生命中最长的路。

日子里的黄河

秦岭

"日子,就是一担水。"从黄河儿女的这句口头禅里,我闻到了烟火味儿。

小时候,我不懂。"黄河远上白云间",那滔滔的黄河水,该是多少担水啊!把黄河与日子联系起来,我总是想到扁担、木桶和黄土高坡上的羊肠小道。一位长满花白胡子的老人说:"其实,咱和黄河天天见哩,咱都是女娲蘸着黄河水抟着黄土造出来的,都是黄河的娃哩。"

至今想来,这句话意味深长。中国的乡村,到处都有龙王庙。求水的日子里,成千上万的人高举火把,在苍天之下、大地之上跪成一种无与伦比的虔诚和渴望。在红烛的火焰和紫香的缭绕中,庄重、慈祥、平静的水龙王,俯瞰众生,目光里蓄满了母亲才有的表情,她身上倾注了芸芸众生对河流的崇拜和念想,她是龙,也是水。当一担水挑回家,炊烟袅袅升起,日子里所有的滋味儿都有了。喝一口黄河水,一种宗教般的庄严,在我内心驻留、伸展、蔓延。

当明白一切祈福都是为了日子,我顿悟古代诗人"君不见,黄河之水天上来"的绝唱,不光是一种情怀,也不光是一种浪漫。

我有理由断言,黄河的文化源头早已超越了地理意义上的故乡——青藏高原巴颜喀拉山北麓的约古宗列盆地,超越了天下黄河"九十九道弯"的文化空间，同样超越了黄河五千四百六十四公里身长所辐射的疆域。黄河用上百万年的耐心和胸襟，轻轻拥揽了西北、中原、华北几十万平方公里的土地之后，苍生尽在她温情的怀抱里。

沿着黄河走，我发现，黄河对人类精神的浸润和人类心灵对黄河心悦诚服的接纳，早已成为一种双向力量。假如，百万年前中国西部的地质变化没有为黄河的诞生提供可能，那么，谁来给我们提供一担水的意义？黄河流域的掌心里，到底还有多少超越五千年的华夏文明遗存，至少当下无从得知。也许，我们真的只是领受了黄河文明的一角。置身历经千年风霜的殿堂和古柏，耳闻经久不息的钟声，我们只知道，历史刚刚从史前向殷商走来，从秦汉向唐宋走来，从明清向当下走来，"奔流到海不复回"。

荀子说："不积小流，无以成江海。"一条又一条黄河的支流，跨越时空，奔流不息。每一条支流都是每一担水的合计，都是去黄河那里"赶集"。在黄河沿岸的乡村，你侧耳谛听，一定能听到这样的声音："滴答，滴答，滴答。"那是屋檐水的声音，也是黄河的声音，更是父老乡亲血管里的声音。她最终在华北汇入苍茫的大海，带去的，是这片土地的表情。

少年时代，我一度迷恋西方哲学，但有一位外国朋友告诉我："我不敢轻视中国哲学，因为有一条河，它叫黄河，是一首叫哲学的诗。"诗？我的耳畔，顿时响起先秦以来黄河两岸的低吟浅唱："坎坎伐檀兮，置之河之干兮"……"所谓伊人，在水一方"……"劝君更尽一杯酒，西出阳关无故人"……

每一句艺术的经典，都是日子的投影。在我心灵崖畔的视野里，古

人和今人的艺术联系、传承,根脉如此密不可分。那史前人类遗址中陶罐、陶瓶、陶盆上镌刻、描绘的符号,那用简单的线条、笔画对河流、鱼虾、白云、牲畜、狩猎、祭祀的表达,那云冈石窟、龙门石窟、敦煌石窟、麦积山石窟中的雕塑、壁画……那一刀又一刀,一笔又一笔,一画又一画,分明是一支支反复吟咏的民谣,民谣里蓄满了所有关于日子的歌。这些歌,伴随着黄河的涛声,经久不息。当艺术融入人们的日子,那不就是一曲几千年的黄河大合唱吗?

一直在想,在中国,每当中华民族处于生死存亡的十字路口,为什么人们首先想到的是黄河?"风在吼,马在叫,黄河在咆哮,河西山冈万丈高,河东河北高粱熟了……"也许,社会学家给出的答案是母亲,哲学家给出的是精神,政治家给出的是人民,美学家给出的是气质,历史学家给出的是传统……一位农民却这样回答我:"风水。"我的理解是,黄河流域的气候、土壤与地貌,体现了农耕文明更多的特征,"河东河北"密不透风的高粱,既给黄河儿女以日子,同时也为黄河儿女抗击外来侵略提供了天然屏障。"黄河在咆哮",那是对敌人的怒吼,也是对儿女的召唤。

毋庸讳言,近百年来,中国东南沿海地区创造时代文明的步伐要远远比黄河流域快,这得益于现代工业、海洋文明的进步与发展。"源头不会变,风水轮流转",这不光是一个历史问题,也是一个生态问题。变与不变之间,人与自然的作用力,可以海枯石烂,也可以沧海桑田。

我们一定不会忘记这样一段歌词:"我的故乡并不美,低矮的草房苦涩的井水,一条时常干涸的小河,依恋在小村周围……"我在黄河流域考察农村饮水现状的时候,再次看到了农民肩膀上的一担水,那,还是我小时候见过的清冽的水吗？那分明是稠泥浆。有个不争的事实是：黄河瘦了，近几十年来，曾频频断流。一条条排污管道，像罪恶的大炮一样伸向黄河。

"保卫黄河"，半个世纪前的黄河儿女面对敌人发出的呐喊，犹在耳畔，只是，如今黄河的敌人隐藏在哪里呢？要我说，就在我们自己的日子里。信不信，一担水的日子里，什么都看得出来。

最是一曲解乡愁

安雷生

"敲锣打鼓,两腿无主",黄河三角洲上的老戏迷饭可以不吃,但吕剧不能不瞧!很多赶集、做工的途中遇到演出,总按捺不住从血统里直往外冲的那股子馋劲儿,索性下车子,引颈举踵把赏,一晃瞅了大半上午戏,耽误了营生、办事,回家挨老婆一顿善意的"臭骂",却嘴巴一咧嚓,憨厚地笑笑,"哈哈,哈哈""很值啊!"

乡村的吕剧道场通常是这样的,琴声一响,几句独白一念,观众"入戏"不比演员慢。逢年过节,庄里若要来个吕剧团,顿时,就欢腾起来了。邻里之间奔走相告,呼儿唤女占埝子,那红火热闹的场面令人至今难忘。有一句流传很广的俗话:"听见坠琴响,饼子烀到门框上。"调侃的就是那些痴迷吕剧的举动。

黄河三角洲膏腴热土孕育出性情爽朗的大众唱腔,稼穑渔猎之余的河海齐民后裔心坚石穿地创造出了绸缪的吕剧。声声饱溢着麦浪翻滚的香味,镶嵌着打夯号子铿锵有力的吼声,淋漓着杨柳葳蕤芦苇葱茏的姿态,为间阎那些渗透了薄荷芬芳、玉米窈窕的日子涂上了一道道亮丽的油彩。大家兴冲冲地陶醉其中,乐此不疲,追逐着希望的太阳。

一方水土养育一方人,不仅滋润血脉,更塑养地域性格和人文艺术细胞。吕剧产生于黄河大冲积扇上,就像河水流淌的气质、品格和旋律,以良心大实话唱情拉理为脾性，具有包容耿直的特色。那些熨帖人心、展现庄户情感交流与世俗风情、社会伦理的唱词，是这块土地上的儿女性情美的再造和延伸。

鲁东北平原大地的浑厚凝重，将生活在其怀抱里的莽壮的子民养育、醺化得沉静、惇淳；鲁东北平原大地的广袤辽阔，将河流发轫的汹涌咆哮卸载、抚慰成舒淌缓泻，更将人们心绪中的块垒郁闷梳理得顺溜畅快、心平气和。正唯如此，泰山意象的山东大汉应该具有的高亢粗犷雄浑让位给了黄河尾闾安晏流淌的矜持悠婉、圆润活泼、清秀诙谐，少了血脉偾张大悲大乐的震撼，多了弘毅率真、开朗浏亮。

想想那种场面：千里黄土飞尘，四面苍茫寥廓，偌大的天地间一方人性张扬"天台"，唯有情动于地声闻于天，方可引黎庶共鸣。吕剧在深层文化心理上与乡野浩气、民众人格情投意合，从诞生起，始终活跃于乡野岁月，所以我们常常一步到位地称其为"庄户戏""草台剧"。

一段段吕剧剧目，像一颗颗璀璨的明珠，使日常生活涅槃出了非凡的光彩灵气。她所传达的"情"，为农民大众内心的情，她所崇尚的"义"，为兴邦兴业之义。她和着民众的呼吸和心跳的节奏，常成了寄托好恶、表达感情、社会交往的无形载体。一村搭台唱戏，本村群众便会提前遍发口头"请帖"，邀请亲戚朋友前来欣赏。有缘走近原生态吕戏部落的人，往往都要感叹于它简直是一桩村社的狂欢、一场世俗的盛宴。

鲁东北人看吕戏，往往就坐块砖头，看到实在不能不击节处，从屁股底下顺手一抓，板砖就径直找上对子高高扬起在头顶之上，"噼里啪啦"拍敲得震糊了耳的山响——活脱脱一副网络热词"拍板砖"的现实版——齐声喝彩喊"好"！演唱结束，他们则三三两两直接飞身跃上戏

台,将一床早已准备好了的彩绸背面七手八脚斜系于演员身上。此所谓"披红挂彩",那是现场观众对演员自发的最高褒奖。

  黄土地上酸甜苦辣都在唱念做打中年复一年地流走,对幸福的渴望也都在吕戏一阵阵的快慢板中一点点地升华。

  吕戏是黄土地的精气神所向,是黄河三角洲儿女的心理依托,早已沁骨入髓地融入血统之中。哭了,笑了,铿铿锵锵的锣鼓熙攘中,红红火火的庄户大戏拉开了,把大地丰稔的喜悦、闾阎质朴的道德感,把万众悲愁欢笑都摆在舞台之上,捧向大伙面前……

当雄浑的天山打开自己

熊红久

天山是用来仰望的,就像散文是用来抒情的。当散文遇到天山,那种被提升的状态,宛若云雾,在雪峰间缭绕,恰似苍茫,在大地上漫漶。这是疆域所赋予的情感生发,也是历史所蕴含的生命光泽。它是一个打开的盛宴,装得下所有的惊喜和礼赞。

6月的新疆,是歌者与旋律的心神互助,是舞者与雄鹰的展翅翱翔。这里的辽阔,配得上你的眺望,这里的高耸,扶得起你的仰叹。

雄浑的天山,行走至此,终于慢慢打开了自己。一条峡谷,让天上人间隔空相望。使得早已习惯了平庸的内心,终于有了被拯救的欢悦,有了直抒胸臆的抵达。

天山大峡谷的名声,就像悬挂在乌鲁木齐胸前的金牌。国家级森林公园、国家5A级旅游景区、国家级体育运动基地等诸多"王冠"加冕其上,让没有到访过的人心生愧疚,好像错过此景,便已铸成人生大过。当那些美轮美奂的图片和文字,被众人推送到面前的时候,你不能不心生敬仰,又心驰神往,仿佛每一幅画面都会衍生出羽翅,带着你的愿望飞翔。

第一次去天山大峡谷,你会惊叹于壁立万仞的巍峨,似乎瞳孔已经装不下了山的高耸。苍翠挺拔的雪岭云杉、绿草如茵的南山牧场、清凉甘洌的照壁山湖水以及倒映在湖水之中的蓝天白云。这一条条注释,解

读着天山的自然之美。面对亿万年练就的岿然和磅礴，你会霍然觉得，所有的辽阔和壮美都有了最稳重的依靠。血脉开始偾张起来，那些风起云涌的情绪，最终幻化成内心的沸腾。似乎天山的存在，就是为了显示人类的渺小。

一直觉得，美好的事物不能仅凭眼睛来观察，要用心去品味，才能深入肌理。就像一道好菜，要闭上眼睛感知舌尖的氤氲。邂逅天山，它能用静谧过滤你浮躁的内心；用高洁涤荡你视野的俗尘；用湛蓝驱逐你灰暗的阴霾。这或许就是"新疆天山"申遗成功的原因，作为新疆唯一的世界级自然遗产，天山是配得上这个盛誉的。

当道路细成了大山的一道掌纹，汽车就像甲壳虫，缓慢行走在山脚下，即使将头伸出窗外，依然望不见天山的巅峰。沿着照壁山水库向东走，右侧山涧有溪流潺潺而下，水域开阔处，可见几只白色水鸟在湖心游弋。两侧的山似乎开始向路间汇集，越走越快。道路忽然被整座山挡住了去路。山突然就跳到了路中央，像打家劫舍的草莽，手握松树的利剑，向过往者讨要路钱。我们的视线和思想无路可走。几只鹰，盘桓在天上，带着神的暗示。全车的人都以为，到了尽头。

绝处逢生不仅仅只是人间才能创造的奇迹，在人与自然交往中，一定有着秘而不宣的内在原理。所以，当高耸的天山豁然裂开一条夹缝时，我们很容易就会想到天若有情之类的诗句。这是自绝望里生出的一道云梯，用以摆渡我们对这个世界的感恩。

天山大峡谷地处天山山脉中段，天格尔峰北麓，准噶尔盆地南缘。山势雄耸、起伏多变。地形总体呈南高北低之势，由暖温带、中温带、寒温带和寒带组成鲜明的气候带谱，形成天山山脉最具代表性的地貌特征和生态系统。天山有这样的能力，在一次旅行中，完成对四季的体验。对惯常了一山一景的内地游客而言，天山的丰富，已遮拦不住他们兴奋的神态。目光比心情更加急切，许多眼睛已经长在车窗上，呈放射状向四周延伸了。

在万丈壁仞的作用下，峡谷中的道路看上去有些弱不禁风，被挤压成了一根线，线的上端是经过裁剪的蓝天，在视线里，风筝一样飘忽不定。匍匐地面的路在山势的托举下，显然想站起来，却又被沉重的车轮，压弯了腰。想站的念头和压弯的决心，在路和车的较量中，以能耗的方式显现。发动机噪音粗重，车子行驶缓慢。这是整个峡谷最窄也最陡的路段。宽不足5米，坡却达30多度。绵延2000多公里的天山，在这里裂开了一道口子，把自己的肺腑向人类摊铺开来。这是一道柔情的出口，天山用内在的美，来医治西部的荒凉。

峡谷恰好将一个原始植物园分开，这才看出，我们其实是穿行在天山植物园里的。雪岭云杉是天山固有的最繁密树种，挺拔而粗壮，几百上千年的成长，让它们自信而低调。不像脚下的野花，什么柳兰、金莲花、蓝刺头、野蔷薇，见到来人，毫无顾忌地绽放，随心所欲地盛开，把一生的艳丽，全部展示出来，显得很不简朴，不会过日子似的，一餐饭就要把家底吃光。只有绿茵茵的酥油草，既不张扬也不羞怯，像个油漆工，把花与树之间的空隙，全部刷成绿色。甚至还想攀上岩石，毕竟太陡峭了，站立不稳，只得放弃。这让许多山崖裸露着黝黑皲裂的岩石。远远看去，老成持重，有了岁月的沧桑。

越往里走，峡谷越幽深，即使仰视，也只能看见被松枝剪碎的一些蓝纸片，洒在狭长的空中。溪水被茂密的草丛遮掩了，但叮叮咚咚的弦

乐,却敲击得异常清脆。静谧的密林,被泉水的声响啄开一条道,欢快的旋律,顺着坡度流淌开来。气温明显低了,花草开始稀疏,云杉密集。车子进入牛牦湖沟,这里是整个环线丛林最密集的区域。溪水蜿蜒,泉潭密布;怪石嶙峋,树木参天;奇峰耸立,烟岚缭绕。盘山路九曲回肠,一线天剪开云雾。

路越走越像一根鱼线,而车子则是一条上钩的鱼,在上下起伏和迂回环绕间,从沟底慢慢提到了水面。这个水面,已经跃居到了海拔2000米之高的山脊上。在6月的通透里,远处的皑皑雪山,清晰可鉴。与身边的苍翠松柏形成了两种势力的对峙。这是两个季节对信念的坚守。作为旁观者,在这样的空间和时间里去体察,让我们觉得,这两个季节之间相隔的,已不仅仅是距离了。雪峰处就是海拔4562米的天格尔峰,山顶终年积雪,最大的一号冰川是乌鲁木齐河的发源地,冰川距今480万年,古冰川遗迹保存得非常完整和清晰,有冰川活化石之誉。有了历史的厚重感,大家的注视里,就多了一层肃穆。我们所面对的不再是一峰冰雪,而是洞悉了沧海桑田和世事变幻的智者,鬓发双白,巍然屹立。雪山一言不发,只用洁净和高耸来俯视人类的波诡云谲。

车子攀升到2600米,越过一道梁,地势豁然开阔起来。视觉刚准备松弛一下,就撞见了天鹅湖。感觉湖是跑累了,却依然躲不开我们。只好收拾停当裙裾,静静坐在草地中央,低垂着头,像羞赧的少女,把雪山和白云都垂落到了湖面上。湖有四五个足球场那么大,周边被群山环卫。我们行车至此,都颇费周折,而这一汪水,不知是如何行走的。随木栈道逐级而下,靠近湖边。水很清凉,有不忍触碰的冷艳,也有冰清玉洁的高贵。清澈见底,能看到几米深的石子,体现了湖应有的精神品质。而碧波荡漾，能感受微风徐来的清爽，则蕴含着湖温馨的人文情怀了。

缺少了天鹅的水面，湖显得有些落寞，这也让天鹅湖的名字添了些虚妄。知情人告诉我们，在没有建成景区之前，这里是天鹅理想的家园，每年春夏间，都有几十只在这里栖息游耍。游客多了，惊扰了它们的生活，天鹅迁徙到更深的山湖里去了。到了秋季，游人稀少了，它们才会飞回来。我们的失落里，多了一层对自然的忧虑。尽管我们渴望与这些精灵们相遇，但对天鹅而言，无论哪一类游客，都是它们生命的戕害者。对于所有的自然之子，无论植物还是动物，无论蓝天还是白云，我们都没有权利改变它们应有的状态。

站在海拔3000米的天门观景台上，可以俯瞰整个乔亚草场，刚才经过的牛牦湖沟，像一条拉链，把两座山襟连在了一起，合成一套完整而得体的绿色衣衫。而乔亚草场则是晾晒在山坡上的绿毛毯了，上面绣满了马牛羊和毡房的图案，甚至连炊烟和奶茶的清香，都绣了进去。

在天山面前，那些原以为很重要的事情，陡然变得轻飘起来，还有什么值得斤斤计较，还有什么可以肝肠寸断。面对如此的庞大和壶空，人类的那点纠结，已经轻若游云。站在这里，叩拜山水为师，聆听云松对话，听得久了，就涵养出了一个男人所尊崇的胸怀和伟岸来。

这或许是天山所独有的一种品性，它能让每一个登临其上的人，都从自己的生命经验里，体悟到一种从未有过的感动与启迪。并让它成为力量的一部分，信仰的一部分。当一个人的精神高度与天山齐肩的时候，这个世界，其实是为他打开的。

天山在看着你，错过了新疆，你的人生将留下一片，面积最大的遗憾。

回乡记

许锋

一

火车开过来了，停在夏官营。火车只停两分钟，等我们上车，找到座位，放下行李，向车窗外的亲人使劲挥手时，火车已徐徐开动并渐行渐远。我看见站台上送行的亲人追着火车跑，我的父亲和母亲泫然泪下，我的眼泪也扑簌簌地在风里乱飘。

那是1975年的一次迁徙。那时候的火车是绿皮的，时速六十公里，车轮与钢轨的磨合与撞击声清脆而响亮。我第一次坐火车，与亲人离别的悲伤很快被兴奋与好奇所代替，车厢里的乘客南来北往，嘈嘈切切地说着各自故乡的方言。

夏官营是榆中的一个乡，夏官营车站是榆中的火车站。车站很小，"级别"很低，快一点的车都不停。祖祖辈辈栖息于此的乡亲有的一辈子都没坐过火车。那时坐火车便意味着出远门，要去很远很远的地方，甚至是天南地北，海角天涯。一次别离，再见可能是几年后十几年后几十年后的事情。1985年，我跟随父母返回故乡时已经从一个幼童长成少年。我们从东北上车，在北京中转，到夏官营下车，用了三天三夜再加三天三夜。不同的是十年前出行一路坐的是硬座，返回故乡时好不容易买到了硬卧。

夏官营车站位于陇海线上，前后两头牵着很多车站，朝西迎风而立，前头的大站是兰州，后头的大站是西安。我在兰州工作时也曾坐着火车回榆中，早上从兰州站上车，到夏官营站下车，换"招手停"到县城时已是中午。即便如此，每逢学生寒暑假和春节前后，火车票也是一票难求，眼见车厢门口站着人，厕所里挤着人，座位下面塞着人，行李架上睡着人，其情形犹如"叠罗汉"，人满为患。有时候人要从车窗进出，像一件包裹被人揉进去再被人推出来。

交通制约了故乡的发展。

我便盼望故乡通高铁。望眼欲穿之际故乡真的通了高铁，今年7月9日宝兰高铁开通，高铁途经故乡，站名叫榆中站，站址不在夏官营，在县城边上。母亲尝了鲜，她坐高铁去西安看望她的姑姑，从家里出发，十分钟到达高铁站，上了火车，一人一个座儿，不拥挤，不嘈杂，不颠簸，三个小时后到达西安，宛如平常一段歌，像平时随便走个亲戚那么简单。

今年暑期我回到兰州，专门去兰州西站乘坐高铁。高铁如卧到的海豚蓄势待发。上了车我仍有些忐忑，似乎还在怀疑它是不是真的会驶向故乡。我想起四十年间一次次往来于故乡的经历和路径。高铁徐徐启动，眨眼间时速已是两百五十公里，可谓风驰电掣，故乡的山扑面而来，故乡的水扑面而来，故乡的田扑面而来，山花烂漫，树木葱茏……我拿着表掐算时间，五分钟、十分钟、十八分钟，火车如约而至，故乡到了。那天下着小雨，有些微微的冷，我出了车厢，走出站台，望着远处逶迤的群山，风扑面而来，雨扑面而来，我贪婪地嗅着来自故乡大地的气息，心潮起伏。

高铁的开通为故乡注入了一股鲜活的动力。故乡醒了。

二

那个村子叫许家窑,是我出生的地方。村子依山却不傍水。

村子以前没有井,只有一个洼,如一口炒菜的大锅。锅里的水是老天下的雨,老天下雨就有水,老天旱,锅就干了。

就算有水也是刚好漫过锅底儿。

锅没有盖子。天就是盖子。遇上沙尘天,大风吹起整个村庄动物的粪便,细菌在风中孤魂野鬼般游荡,落入锅里,锅里的水就脏了。一眼看去,那水是浑浊不堪的,还漂浮着什么东西。到了跟前,你低下头就能清晰地看见水里浮游的生物。你用一个水瓢划桨似的摆动,微生物时而聚合时而分散,水会一时"清澈"起来,但水的本质不会发生丝毫的变化。二十年前,我曾蹲在"锅沿"边看锅里的水,我无法想象锅里的水被舀到真正的锅里然后进入人们的食道之后的结局。

不是乡亲不知道它脏,是没有选择。就那么一片"水泊",你若讲卫生就等着渴死。

不是那里没有地下水。但打一口井需要很多钱,这钱没人掏得起。要是有一口真正的井,建个泵房,修个水塔,铺设通向各家各户的管道,乡亲们都能喝上自来水。

村子有路,但都是土路。阳光晴好时,乡亲走过,"扑哧扑哧",脚下和身后冒起一缕一缕青烟,尘埃在阳光里萦绕盘旋,不停地往人的鼻孔里钻,呛得要命。下雨天路更难走,呱唧,一脚是泥,呱唧,又一脚还是泥,"土人""泥腿子"便是乡亲形象的写照。

村子没有电灯,更没有路灯,天一擦黑,整个村子就仿佛进入了原始社会,阒静僻陋,烟火稀疏。

村子离县城十二公里。出了村子有一条路通往国道,原来也是土路,坑坑洼洼,后来铺了沙子,硬化了路面,却很窄,一辆车可以通行,两辆车会车时要靠边再靠边,小心再小心,两边是沟,搞不好会翻车。这点距离对于城里人算什么呢?一脚油门,几分钟的工夫,可对于乡亲便是一道鸿沟,是城与乡的一道坎儿,是贫与富的一道屏障。

我曾经很多次回到故乡,望着光秃秃的山,看着乡亲们的生活,不由得感慨,外面的世界变化这么快,日新月异,故乡怎么老是一潭死水,不变呢?

这一次回乡,我欣喜地看到铺路工人正在修理地基,准备铺路。有一段,冒着热气的沥青已经堆在路上。这是村口通往国道的路。

乡亲们早已不喝雨水,家家户户都通了水管子。我拧开水龙头,清澈冰凉的自来水哗啦啦地流淌。我在乡亲们的树上摘了一个苹果,用自来水洗净吃,和我在城里的厨房洗涤蔬菜水果一样方便、干净。

我也看见,一幢幢红砖瓦房拔地而起;很多乡亲的院子里停着卡车、小汽车、农用车。

一个晚辈说,到十月份,咱们村更会大变样。

故乡会变成什么样呢?

前几天,新当选的村民委员会主任许立东在微信里告诉我,在县政府的支持和乡亲们的努力下,"村村通"四点五米宽和"户户通"二点五米宽的水泥硬化路面已经修通,各家门口都安装了路灯,还建起了图书

阅览室和群众文化室。生我养我的乡村不再是"白天不懂夜的黑"。

"你淡淡的乡愁会变成甜美的乡情"。村里正在筹建戏台。在几千里之外,我仿佛已经听到乡亲们正唱着秦腔,那高亢、粗犷、清丽、煽情的旋律在耳边经久地回响。

三

榆中县城离兰州几十公里。对故乡来说,这段距离仿佛是城与乡的分水岭。已经开通的高铁拉近了城乡之间的距离,正在逐渐抹平城与乡的差距,规划之中的兰州通往县城的地铁像一朵油菜花盛开在希望的田野上。

县城属于城中有乡,乡中有城。我回去的时候正是瓜果飘香的时节,白兰瓜、桃子、西瓜,不但好吃,特别甜,还特别便宜,一斤西瓜才几毛钱。乡亲们推着车,开着车,从田间地头拉着丰收的喜悦到县城叫卖,满街都是卖瓜、买瓜、抱瓜的人。应季的蔬菜青翠欲滴,乡下的亲戚到县城卖菜,路过母亲的住处时捎来土豆、辣椒、茄子、西红柿、豆角,一堆一堆的,够我们吃十天半月。

小城虽小,却有历史。秦始皇三十三年(公元前214年),嬴政派蒙恬到黄河流域"斥逐匈奴",在黄河沿岸"因河为塞",建立四十四县,榆中县即其中之一。

小城藏着宝,《四库全书》这个宝贝曾藏于小城。

《四库全书》是清乾隆皇帝组织编纂的中国历史上规模最大的丛书,分经、史、子、集四部,故名四库。后《四库全书》奉旨总共缮写成七部，分藏各处。但在其成书后的两个多世纪中，世道常不太平，战乱频仍，灾祸连连，内忧外患，致《四库全书》命运多舛，屡遭劫难。二十世纪六十年代中期，文溯阁《四库全书》调拨甘肃省图书馆收藏。1971年，文溯阁《四库全书》由军队秘密押送至榆中县，存放于占地面积三十亩，建筑面积两千多平方米的专库之中。

守护《四库全书》的人如今安在，住在县城一隅，离母亲的住处很近，叫刘永安。他清晰地记得在去省图书馆报到时老馆长亲口转达的周恩来总理说过的一番话，大意是，一座城市毁了，可以重建，但是《四库全书》毁了，就再也建不起来了。

对于《四库全书》的守护，组织上有纪律要求，《四库全书》是国宝，专库是保密之地，天机不可泄露。在很长一段时间里，刘永安的妻子不知道丈夫换了什么工作，具体工作内容是什么。有一次妻子去看望他，进了第一道大门，问刘永安你在这里干什么，他笑而不语。第二道门里就是《四库全书》，他没让妻子进去。

作为一名书生，刘永安何尝不想目睹《四库全书》的真面目？他多次进入藏书的密室查看保管情况，嗅着那一个个楠木、樟木盒子散发的迷人的香，他格外陶醉，但他一次都没有打开国宝。

多少个日日夜夜，刘永安都是在专库工作与生活的。正是在刘永安等人的精心守护下，《四库全书》没有发现潮湿、发霉、长毛现象，也无虫蛀、指印、唾液等污染。

问起刘永安当时的感觉，他说了两个字：寂寞，又说了两个字：光荣。

暮色四合，华灯初上。我站在四楼的窗口端详自己的故乡，路在变，街道在变，建筑在变，环境在变，尤其是最近几年，越来越多的兰州人

和外地人移居于此。福建福州人柯学仁落户榆中已经有好几年时间,他在榆中娶了妻子,生了孩子,办起一所中西医医院,帮助榆中乡亲解决"看病难"问题。为了保护榆中农村的生态环境,家弟花了五年时间几乎倾尽家财研发成功低温电磁力垃圾裂解系统,我眼见他节能环保科技公司里的工人将生活垃圾、塑料、橡胶、医疗垃圾等填入系统,瞬间处理得一干二净,没有黑烟扶摇直上,没有刺鼻的气味四处弥散,让留住乡村青山绿水不再困难。

榆中县政府的工作人员对我说,不信你看,三五年之后,咱们榆中就是兰州的"后花园",会有越来越多的人到榆中安家落户。

小城在变。小城人在变。小城人的生活在变。但不变的是悠久的历史、文化和乡情,以及一城人对文化与一草一木的敬重。

岁月静好,而今迈步。

老家在山上

马宇龙

西二区九排八号。

如果人生是一场戏,这应该是大剧院里看戏的座位。在这里,上一幕演出刚刚结束,新的大幕又缓缓拉开。只是,坐在这里的人,已经走出了我们的人物表,不会再与我们有睡梦之外的任何交集。

春节的时候,弟弟从北京回来,我带他去给外婆扫墓。按照父亲的叮嘱,带他去认认父母的墓地:西二区九排八号。那是父母亲背着我们,自己选的。当父母把一切手续都办好告诉我的时候,我才第一次发现这一天正在向我走来。此前,我一直觉得那一天是个无比遥远的日子。父母之所以不告诉我们,就是不想让子女有心理阴影,办法就是自己来安排。

四年前,近九十岁的外婆忽然离去,变成了这里的一堆黄土,每年清明、春节和十月一,这里成了我必来的地方。外婆在半山上,站在那里顺山下望去,可见密密麻麻的新坟地,父母选的就在那里。尽管知道是在那里,可自己却从内心惧怕并排斥着走近,也不想记住。终于一排一排找过去,找到那里的时候,却不由失了颜色,这个位置竟然坟堆耸起,墓碑有名,刚刚烧过纸的灰烬还在风中瑟瑟颤抖。

那一刻,我心里一紧,一种冰凉感直袭身心,顿时浑身没了一点温

度。弟弟三番五次地打电话给父亲,求证准确位置,折腾了半个多小时,才发觉并不是别人占了我们的位置,而是西一区和西二区有两个"九排",含糊的分界线误导了我们。

这种"含糊"也许正隐喻着人生的格局和生命的序列,一排排一列列,猛然一看,毫无区别,细细看去,却不尽相同。九排八号的旁边是九排九号,土是新的,碑上的字也是鲜亮的。看碑字,竟然是崇信县的。父亲曾在崇信这个小县里生活、工作了一辈子,在平凉最终与崇信人为邻,也算是他乡遇故知,不至于太孤单。

春节前,山东老家的一位大伯突然离世,让父亲心情晦暗到了极点,无心饮食。关于生死的话题就这样突然而真切地横亘在我的面前,像平地突然长出来的一座山,堵得我气郁心结。父母的老去似乎只是一瞬间,我无法想象他们离去后的情形,我也越来越深地体会着他们对我的依恋之情,那种依恋就像我小时候对他们的依恋一样,是一种生命的本能,是一种血脉的牵扯与联系。

年年的清明节总是早早地就来了。去看过外婆,又去了位于四十里铺曹湾的外公处。上初中的时候,外公去世了,那时的情形依然清晰如昨。外婆说,有一天她也会随外公而去,并张罗着为自己打了一副棺材,靠着土炕搁在堂屋的一角。有时候我不听话,挨了大人的笤帚疙瘩,就会偷偷钻进棺材里藏起来。入夜,大人们慌了,泪痕未干的我报复成功,在棺材里偷偷乐了。当我被外婆紧紧抱在怀里的时候,她却哭了。那时候我根本没想过外婆有一天会躺在棺材里永远不再起来。

也许,只有生死能让人活得清醒和明白起来。我们无法挽留住每一个亲人,能做的只能是尽可能地陪伴他们,给他们的心灵哪怕一点点的慰藉。去过龙隐寺公墓和四十里铺曹湾的第二天,随妻子去崇信拜访岳父岳母。他们跟我的父母亲一样,在我眼里,每看一次,就老一次,自然,每看一次也就少一次。那些青春的记忆还不曾磨灭,无情的光阴已经让他们一个个花了头发,背了耳朵,弓了身影。饮食、睡眠、药物、血压……这些我们曾经并不为意的字眼成了他们的日常话题。天不亮,我就听到岳母起来,开始在厨房里窸窸窣窣给我们做好吃的。尽管她嘴里在念叨,做了一辈子,已经做不动了,但我们回去,她总是在做。经历过吃不饱肚子的人,吃,永远是头等大事,也是她赐给后辈儿孙的现世安稳和心灵慰藉。

在崇信这天,去见小时候一个玩伴,他说今天上午要去给他爷爷填坟。忽然想起,他的爷爷已经去世两年了。上小学的时候,我家与他家邻近,常去他家玩,连他家的狗都与我相熟。他爷爷打理着一个菜园、一个果园。每一次去,老人都会去园子里,挂两腿露水,给我们装鼓鼓的一大包。外婆和他爷爷两个人年龄相仿,每次遇到谈得都颇为投机,长久不见,就会彼此挂念。多年后,外婆年迈,已经不能出门的时候,还在不停念叨。外婆去世后两年,九十岁的他也走了。那天下着大雪,道路不通,我绕行泾川县费了一番周折赶去崇信,参加了老人的葬礼。转眼又是两年了。我说,慈祥的老人把我从一个小孩子看到这么大,我也要去给老人填一把土,一份关爱一锨土,也算是感恩吧。

我们沿山路而上。这个清明意外没有雨,难得晴朗的天气,山上桃杏花盛开,地上草芽萌发,万物萌动着,吐露着生命的气息。邻家的爷爷就安葬在这里。后辈三代人拉着车子,带着绳子,拎着铁锨,以坟冢为中心,在不同的方位取土、修坟,像是营造一件艺术品,一点土疙瘩

都不许有，一根杂草都不能出现。先用土做出一个底座，再将坟包隆起，整理得左右、前后对称，清清朗朗，整整齐齐，有棱有角。

整饬完毕，和发小站在春光里缅怀往事，回忆三十多年的友谊，倍感光阴易逝，情谊可贵。山间地里，树木葱茏，山花吐香，麦苗青青，多好的地方啊。在它下面的第二级台地上，是另一户人家正在先人的坟冢前栽植柏树。栽好柏树，还从山下拉来了水车，仔细地浇灌新植的树苗。他们的投入与仔细，就像是在精心装修新买的大房子。这一刻，我又一次想起父母亲的位置：西二区九排八号。我知道，不久的将来，常回家看看，只能去那个地方。

清明，我们所做的一切，其实都是在找回已经失去或即将失去的老家。

我家门前

王选

我家住村东头。

村里人出村进村，都要从我家门前过。我小的时候，父亲在家门前的土台上栽了一棵洋槐。只有锨把那般粗细。父亲栽那棵树的时候，还很年轻，一头黑发。

天擦亮时，躺在炕上，我总能听见人的脚步声，沾着浓重的雾水，闷闷地走过去。这是人们下地去了，他们的犁头上，一定挑着露珠。

中午的时候，人们扛着农具，浑身泥土，回来了。这时候，父亲会隔着门喊：来喝一罐茶——

门外回道：不了，回去早点歇。

麦茬地翻几遍了？

第二遍。

话音传来，人已走远。

黄昏，我端着碗，蹲在门口的土台上，等伙伴们来捉迷藏。月光从蟋蟀的琴弦上升起，夜空清亮，大人们站在院子里，盘算着明天的活。我们把自己藏进葵花秆，藏进麦草垛，藏进背篓，藏进云端，甚至把自己藏进大人的闲聊里。

小时候，村里的路，全是土路，我家门前也不例外。

下雨天，屋檐上的水，汇聚在一起，淌过门前。过往的人，深一脚，浅一脚，踩着泥水，裤腿上，甩起的泥点，糊了一层。布鞋底子上，粘着一层又一层的泥巴，厚厚的。

这种时候，村里人很少出村。下地，是泥；去赶集，也是一路泥。我家门前，是寂静的。只有雨水兀自淌。洋槐树长高了半截，树叶上挂着雨点，吧嗒，落下一滴，吧嗒，又落下一滴。

天晴了，云散开，出彩虹。阳光把路面晒干，晒得发烫。不用多久，路上便是一层虚土。人拖拉着鞋走过，便是一路尘土飞扬。

洋槐树，这时候泛着苍翠的光芒，似乎再一使劲，它就要飞起来了。

有一年，村里来了工程队，拉来成堆的水泥和沙子。听说，要硬化巷道了。在这之前，从山下通往村里的路，已经硬化了，五米宽，修了护坡，挖了水渠。下雨天，终于可以不用踩泥踏水，去赶班车、赶集了。

很快，路面硬化到了我家门前。

我们把硬化路面叫打路。刚打过的水泥路，不能踩踏。撒一层麦秆，或铺一层塑料布，用砖头压住。人们欠着身子，从墙根下颤巍巍走过去，生怕一脚落下去，踩进水泥里。鸡啊鸭啊，是不怕的，趁人不注意，已经开始大摇大摆走了过来，还不时用嘴啄一下粘在水泥上的蝇子。水泥路上，留下了几串竹叶，又落下了几串枫叶。

路干了，可以行走了。风再吹，雨再下，路上拓着的竹叶和枫叶，似乎永远长在了上面。

通村的水泥路，和村里硬化过的巷道接上头了。

又是下雨天。

厚厚的云，铅灰色，从南边移来，罩在我家门前的洋槐上。洋槐长大了，也长粗了。只是雨落在洋槐上，还是旧年的样子。吧嗒，落下一滴，吧嗒，又落下一滴。

人们再不用担心下雨天了。该进城进城，该赶集赶集。雨水顺着水泥路面流走了，踩上去，不会甩起泥点子，不会粘两脚泥，也不会脚下一打滑，跌倒在路上滚一身泥。

后来，路面变得干净，人们依然秉承着黎明即起、洒扫庭除的好习惯。扫了院落，还会把门口也打扫一遍，有时洒点水，清清爽爽。

经过我家门前的，最先是三轮车，后来是摩托车，现在变成了小轿车。人们蹲在我家门前的土台上，掰着指头算，从东头到西头，从上庄到下庄。海明家一辆大众，永恒家一辆面蛋蛋，大瓜家一辆五菱宏光，翠球家好像也有一辆，石头还有一辆出租车……一圈算下来，八九十户人家的村里，竟然有二三十辆车，不少了。这车大多都在城里，周末有时会回来一趟。上山，进村，都是平坦的水泥路，一路顺风，大多能开到家门口。

车过我家门前，开车的人会停一下，把头从玻璃窗伸出来，跟蹲在土台上的老人们打招呼。这是祖辈留下的礼仪，所有人都遵守。

回来了？

回来了！

您身体好着没？

好着哩，屋里喝水去。

不去了，热得很。

那赶紧回吧，你妈给你包的扁食都煮烂了。

一句玩笑，众人哗啦而笑。

车开走了,人们顺着话题,七七八八又扯一阵子。阳光在洋槐树荫里飘荡,有一些细碎的,飘到人们脸上。那深刻的皱纹,落满黄土的皱纹,能种出五谷杂粮的皱纹,此刻,泛起了光泽。

再后来,两三年前的事。村里要安路灯。太阳能电板,半个炕桌大小,顶在杆子上头,路灯弯着脑袋,到了晚上,天抹黑,齐刷刷便把眼睛睁开。我家门口也有一盏。炽白的灯光,一半落在路上,一半落进院子,亮晃晃的,像池塘里的水。

几百年了,村子里都用月光照明,在昏黄的光线里,过河一般,深一脚,浅一脚,歪歪斜斜,走过一辈又一辈。没有月光的夜晚,伸手不见五指,人们只能凭感觉,一步步走向更深的夜里。到我小时候,条件好些了,用起了充电式的手电筒。四四方方的身子,红塑料壳,小碗口般的灯头,屁股后面挂着电池。关键是可以充电,充电就省事多了,把拳头大的充电器别进插座,一晚上,就充满了。提着手电走夜路,是骄傲的。浓烈的光,那么亮堂。

现在更好了。现在不需要手电筒了。白天,电池板吸足太阳能,晚上,自动亮起来。黎明时分,又自动灭了。清洁、环保、智能。父辈们一定没想到有一天,曾经稀罕的灯光,会在村里家常便饭般亮起来。

我曾在某个夜晚,踏着山鸟的鸣叫,在村庄的对面,看到几十盏路灯把村庄罩着,毛茸茸的,像一块白毛毯。那光亮,让村庄变得温暖,变得慈祥。她不再是大山的一部分,她就是她自己,一个养活着八九十户人家的村庄,她有名有姓,有出处,也有前程。

我甚至借着光亮,远远地,看到我家的门前。那条水泥路,那墙角的竹子,那路口的洋槐,带着风,带着阴凉,带着光阴的私语。

有了路灯，没过多久，又有了网络。高高的杆子栽在我家门前，上面架着通信电线。于是，父亲的手机接上了移动无线网络。一根线，一个路由器，父亲的世界从此不同了。父母有了微信，拍点照片，发个朋友圈，百度搜个秦腔，做个家庭相册……用得比我们还顺溜。打电话，也换成了视频通话。

一段路，一盏灯，一根网线，变化看似细小，却悄悄改变着村庄的内涵和走向。

我家门前那段土坯墙，也要换成砖头的了。村里提供砖头、水泥，还免费给砌起来。我回家的时候，砖头来了，码在门口，水泥也来了，砌墙的地基也挖开了。下次回村，那多年的土墙，便再也见不到了。

只有门口的那棵洋槐，长成了一棵大树该有的样子。挺拔、葱茏、安详，树荫依旧笼罩着土台上的人们。其实，它比我更知道这个村子发生了什么。

下次回家，我要带上露珠和月光，向它详细请教。

图书在版编目(CIP)数据

记得住乡愁 / 人民日报文艺部主编 . —— 北京：人民日报出版社，2022.3

ISBN 978-7-5115-7278-3

Ⅰ . ①记… Ⅱ . ①人… Ⅲ . ①散文集—中国—当代 Ⅳ . ① I267

中国版本图书馆 CIP 数据核字 (2022) 第 031831 号

书　　名：	记得住乡愁
	JIDE ZHU XIANGCHOU
主　　编：	人民日报文艺部
出 版 人：	刘华新
策 划 人：	欧阳辉
责任编辑：	宋　娜　刘思捷
内文插图：	孙小良
装帧设计：	奇文云海・设计顾问
出版发行：	人民日报出版社
社　　址：	北京金台西路 2 号
邮政编码：	100733
发行热线：	（010）65369509　65369527　65369846　65363528
邮购热线：	（010）65369530　65363527
编辑热线：	（010）65369521
网　　址：	www.peopledailypress.com
经　　销：	新华书店
印　　刷：	北京中科印刷有限公司
开　　本：	880×1230mm　1/32
字　　数：	224 千字
印　　张：	9.375
版次印次：	2022 年 3 月第 1 版　2022 年 3 月第 1 次印刷
书　　号：	ISBN 978-7-5115-7278-3
定　　价：	58.00 元